戴维·洛奇天主教小说的宗教叙事

张艳蕊　著

中国出版集团

东方出版中心

走进戴维·洛奇天主教小说的意识深处

张艳蕊博士以她五年前（2010年4月）的学位论文改就的专著《戴维·洛奇天主教小说的宗教叙事》要正式出版，邀我写一序言。作为她曾经的导师，就此一话题曾与她一起讨论，写"序"便似成不容辞之事，只好勉力为之了。

当初选择戴维·洛奇的天主教小说为题时，我一则以为很好，一则又有犹豫。以为选题不错的原因在于：以戴维·洛奇的成就与影响特别是小说个性，他是一位应进入学术视野认真研究的对象；二是国内对他的译介虽有一定成绩，但其时研究成果仍属有限，而在有限的研究中又有不甚平衡处，且拟研究的"天主教小说之宗教意识"又几属空白；三是此前我曾偶然读到戴维·洛奇的"校园小说"代表作《小世界》，甚是喜欢他的风格，其中关于学院知识分子的戏谑式刻画生动、辛辣，其中诸多人物虽属"西方"，但"东方"似亦然，于此不无经验性体会，自然也产生了几许于主题的亲和感。但我亦有犹豫：在我的认识与体会中，以现实生活经验为创作基础的写实型、实写性作家（大部分现实主义小说家在此范围）较易把握，对论者的要求起点相对"稍低"，而学者型、思想型小说家则难，因为它往往涉及更广博的知识领域、更高深的理论层次以及更显自觉亦必更为复杂的创作技法（现代主义小说家大多如此）——戴维·洛奇集小说家、学者、文学批评家于一身（有14部小说与15部小说批评专著或编著），具体的题目又涉及天主教，作家本人又是活在也活跃在"现代主义后现代主义"的当代文化语境中，甚至是"弄潮儿"之一。讨论、分析这样一位作家，尽管只是其整体小说创作中的一部分——6部宗教小说——尽管只是6部宗教小说的一个"点"——"宗教意识"，也虽然仍是"文学"而非"理论"范围的一个题目，但我仍觉不易、不轻，所以犹豫。

但是，一个挑战性的选题自有它的魅力。征服的诱惑与成就感的感召非挑战者不能知。最终，张艳蕊博士在认真考虑之后勇敢地面对了它。

当论文答辩前我读到她的完稿时，我感到欣慰：她已较好地完成了这一具有相当难度与深度的选题。

首先，她系统地梳理、把握了戴维·洛奇的6部"天主教小说"，通过其小说中相关涉的"事实"，分析了其中传达的"宗教意识"，并具体讨论了此一宗教意识在艺术中的美学转化以及这一转化、反转对宗教意识的有效传达。此一工作是具有"填补空白"性质的，也有一定开拓性。它对此后此一方向或切口对戴维·洛奇的小说世界更全面、系统、平衡地进入无疑具有意义与价值。

其次，她立足于"文本细读"，综合运用宗教神学、叙事学、原型批评等理论与方法对对象的分析是得体也有效的。"文本细读"之法近年日渐为学人看重并更多践行。作为个人选择，我亦甚重此法。其实我们可以提出一个发生学意义的问题：作为物化的文学存在是从哪里开始的？倘无文学同心圆中之中心点之"文本"，其余属文学、涉文学的一切又何以发生？文本不存，"毛将焉附"？在今日汗牛充栋之文学论文、论著中，不乏天马行空、大而不当、貌似羚羊挂角实则凌空蹈虚的所谓"学术文字"，而此类文字大约也充分利用了"文学非科学"、"文学批评是主观性"的这一属性，亦即所谓"一千个哈姆莱特"之说。在我个人的尺度中，批评、研究确有很强的主观性，但判断、结论还是应在"文本"中生根、"落实"，要"言之有（文本实）据"。我很高兴张艳蕊博士作了扎实的文本细读工作。只要仔细阅读文本，可以体会到她对文本的细致体察，这为她的把握、分析、判断、结论提供了甚为坚实的基础。

再次，是论文颇为稳妥的立论或结论。在对戴维·洛奇的6部天主教小说中的宗教意识作出具体的把握、分析后，论文得出了戴维·洛奇的宗教意识可概括为"新天主教理想"的结论（可见论文之"结语"部分，不赘述）。令人欣赏的是，此一在证明上言之有据、在论析中自圆其说的结论并不只限于6部小说的理解、分析，而是将其置于希伯来文化、基督教文化、人类文明史以及当代神学的大背景与其各自的动态中考察定位、定性。宗教问题伴人类而生，是亘古迄今并将永远的复杂问题。在我，一个自幼被"无神论"思想塑型教育且生根又近乎冥顽者的朴素思考中，人，作为基于感性（动物性、本能）的高级（人性、理性）生命体，是永在本能与理性间徘徊、挣扎的两难困境中,亦永在本能与理性的不断博弈、彼此妥协中。所以看到"身为天主教教徒的洛奇实质上在激进自由主义神学与天主教信仰之间选取了一条折衷道路,把宗教信仰与现世幸福结合起来"的断语,遂生认同之感。感性与理性、自由与约束、神与人的几组关系中,人类文明史证明着它们彼此间永远在交互进退动态中运行的可探可见的轨迹。戴维·洛奇的"新天主教理想"是此一关系中当代世界的一个"点"。在对世界的解释(理性不能全部完成)、在心灵的安放与慰藉(感性永远的需要)、在对欲望的约束(放纵的欲是灾难性的)、在文化与价值观的教化与认同并凝聚诸点上,信仰意义的宗教是必须、必然也恒在的。

自然,论文也有我以为的不足或可讨论处。比如外文文献的利用不甚充分,遣词造句达意方面亦有可推敲处、将对象置于"历时"与"共时"的交叉坐标上或可更显对象的个性与价值,等等。但我还想或更想谈的一点是不做亦可、做了或者更好的工作,即对对象的"当代性"、"当下性"与"以石攻玉"或"从'他'到'我'"的问题的探究。

就对象谈对象当然是一种做法;就对象谈对象亦谈对象之于当代、于当下则是一种更开阔的做法;而从对象的"当代性"、"当下性"扩及"我",无论以之为镜或两两相较,或许是一种更充分意义上的"比较文学与世界文学"。旧曾有奉为圭臬之语曰:"古为今用、洋为中用。""用"一说似出"学术",但作为中国学者,对于外国文学除了了解、认识、理解、评价之学术责任、义务外,是否的确存在一个促其从本民族文学出发借鉴、汲取、发展的问题(中国文学于"外"亦然)?世界文学正是在各民族文学彼此的交流、交融的共同创造中存在、发展并长流不息,何况我们今天已在一个全球化的大背景中、在一个"地球村"中生息?也许这可以是论者进一步的工作。

祝贺张艳蕊博士的研究专著正式出版。

是为序。

仵从巨

2016 年 2 月 18 日

于山东威海玛伽山下

给艳蕊写的序言

　　张艳蕊博士的著作《戴维·洛奇天主教小说的宗教意识》终于出版了，这部在博士论文基础上进一步细致、深入讨论戴维·洛奇天主教小说的专著，是艳蕊几年来心血的结晶，也为我国的相关研究添上了一项新成果。

　　戴维·洛奇是英国当代文学界一位风格独特、见解独到的学者和小说家，在世界各国具有广泛影响。他所提出的"小说也是一门语言艺术"、认为小说家的工具是语言而非生活，以及反对以道德判断取代文学批评等新锐艺术见解，对于小说的本质特征、小说与生活的关系、小说评论中道德评价的地位、小说的艺术真实等问题，都与自古希腊以来西方文学所奉行的"模仿说"理论相悖。他强调小说的虚构性，同时将小说研究提升到诗歌研究的高度。洛奇的文学理论对 20 世纪下半叶以降各国的文学研究产生了不可忽视的影响。

　　戴维·洛奇在世界范围的学术影响不仅源于其文学理论的新锐独到，也与他风格独特的小说创作密不可分。自 20 世纪 60 年代以来，洛奇发表了 13 篇小说和一部与人合写的戏剧，以创作实践着自己的理论建树。正如艳蕊在这部书中所总结的那样："洛奇的文学创作和文学批评总是穿插进行，两者颇得相得益彰之妙。一方面，创作理论为创作实践增强了自觉性、实验性，赋予传统的线性故事叙述策略以别具特色的形式与技巧；另一方面，丰富的创作实践又使得洛奇的批评有的放矢、言之有物，语言也相对生动活泼，多了文学趣味。"

　　戴维·洛奇的小说创作题材比较集中，一类描写学院生活，一类描写英国天主教徒的生存状态。这两类小说都与洛奇本人的生活有关，反映的是他在自己生活环境范围内的所见、所思、所悲、所喜。从本质上讲，洛奇的小说创作并没有提着自己的头发离开地球，他仍然是在摹写生活，只不过是在对生活感受的基础上重新虚构了小说中的人和事罢了。在这一点上，洛奇的创作与他的艺术主张表现出距离，但并不减弱他小说的价值，反而为洛奇研究提供了新的范畴。

戴维·洛奇进入我国读者和学界的视野，始于20世纪80年代中期，对他的研究主要集中于其文学理论的阐释评论，和一部分校园小说的分析评价，而对他天主教小说的研究相对薄弱。艳蕊查阅了国内外尤其是国内洛奇译介、研究的全部文献资料，进行了详尽的学术史调查，选择了洛奇天主教小说作为深入探讨的课题，是对我国国内洛奇研究薄弱环节的一个填空式补充，她的研究具有比较重要的学术价值和高校教学、科研的理论与实际应用价值。

艳蕊这部著作的特点，一是学术史调查详细，对国内外的戴维·洛奇研究情况有比较全面、深入、详细的了解，对各评论家的学术观点有简要而明晰的归纳；二是在洛奇分析中进行了与英国20世纪著名的天主教作家格雷厄姆·格林和伊夫林·沃创作的对比讨论，寻找到戴维·洛奇的独特之处，即他对天主教既有批判又有和解、认同的态度，和对天主教对于当代后工业社会缺乏精神支柱、享乐主义盛行、人们心理危机、社会混乱的精神拯救价值；三是作品剖析比较细致深入；四是批评方法科学合理，著作中对洛奇小说的宗教原型的探究具有深厚的历史内涵，学术含金量高；五是较详细地分析了洛奇天主教小说富有宗教感和喜剧色彩、广泛运用象征手法的艺术表达方式。可以说，这部著作对戴维·洛奇天主教小说进行了全方位的探讨，达到了科学、深入、前沿的高度，是戴维·洛奇研究中值得一读的成果。

艳蕊天资聪慧，为人沉稳诚恳，做学问也是一步一个脚印，深入扎实。自1998年攻读硕士至今，从事外国文学研究和教学已有16年，辽宁师范大学硕士研究生毕业后，又在山东大学作从巨先生门下完成博士深造，已经成长为一名学问功底深厚的青年学者，这一本专著也是她学业有成的一个小小的证明。

杜　林

2013年12月19日于成都

目 录 CONTENTS

前　　言

　　本书研究的戴维·洛奇是英国当代著名天主教作家。作为一位出生于天主教家庭并一直关注天主教改革的英国当代著名小说家,戴维·洛奇(1935—　)在小说创作领域与学术批评领域都表现出浓郁的宗教意识。他在小说批评领域对天主教小说的研究代表了英国学界对天主教小说的回顾与系统梳理,他的天主教小说创作则体现了一位在小说创作与宗教体悟两方面都具有自觉意识的天主教小说家独特的宗教意识。对戴维·洛奇天主教小说的系统研究有助于我们全面了解英国战后天主教小说创作的历史和发展趋势,也有助于我国当代英国小说研究走向深入。

　　我国自 20 世纪 80 年代以来的戴维·洛奇研究尚有空白与不足,洛奇在中国多以学院小说家之名广为人知,很大原因是学界对他的研究多局限于以《换位》、《小世界》、《好工作》学院三部曲等为代表的学院小说,而对占其小说创作近半的天主教小说则察之甚少,仅有的几篇也大都关注其创作手法、文字技巧等技术层面,研究其作品的拼贴戏拟、互文性、对话性、复调、狂欢化等,形式分析远远多于对作品主题内涵的挖掘,更缺乏从宗教意识层面进行全面系统的学理分析。这种重心失衡状况既造成了研究视角的趋同、选题的重复,也体现出对洛奇天主教小说乃至英国宗教小说整体都缺乏全面系统的考察。本书试图从宗教性事实、宗教原型以及小说美学个性等方面,系统分析其宗教叙事通过美学构建最终传达出来的宗教意识及其意义与价值,希望借此拓宽、深化对异质文学的内涵研究,也深化对戴维·洛奇乃至英国当代小说的理解。

　　拙著主要以《电影迷》、《大英博物馆在倒塌》、《走出庇护所》、《你能走多远》、《天堂消息》和《治疗》等六部天主教小说作为对象,在文本细读基础上,综合运用宗教现象学、叙事学等学科理论,以及社会历史批评、原型批评等多种批评方法,系统分析洛奇天主教小说中的宗教性事实、宗教原型及其文学化叙事,阐述小说总体传达出来的宗教意识,揭示其社会现实意义。在研究对象、研究方法以及观点这三个方面都具有创新意义。

全书共分六个部分,绪论、结语各占一章,主体占四章。

"绪论"对我国戴维·洛奇研究现状从作品译介、总体研究、专题研究三个方面作了梳理、综述,概括了戴维·洛奇的创作情况及国内外研究现状,指出我国洛奇研究的匮乏与缺憾,分析其原因,说明本书的写作目的、基本结构和研究方法。

第一章主要研究戴维·洛奇天主教小说中的宗教性事实。以宗教现象学和小说美学为研究方法,从小说构成之情节、人物、语境三要素的角度阐述诸种宗教教义教规在洛奇天主教小说构建中的美学意义,以及所涉宗教性事实在基督教历史以及基督教文化构成中的作用。

宗教性事实既构成了洛奇天主教小说的中心情节,也赋予了人物显著的宗教特征,营造了情节展开与人物性格塑造的叙事语境。本书认为,对于基督教历史发展过程中逐渐形成的教义、教规系统,戴维·洛奇主要侧重于表现天主教教徒在教义教规压制下的苦恼人生,灵与肉的冲突构成小说文本的主要叙事核心。一系列包括神父与平信徒两大人群的宗教性人物在宗教与世俗生活对立、冲突的情节发展中完成了形象塑造,对教义教规的态度以及选择成为评判人物人格高下、智慧优劣的标尺。洛奇天主教小说中的宗教性语境包括自然环境、社会环境等具体直观的语境以及宗教系统中特殊的玄学氛围即玄学语境,这些语境在叙事语境层面上表现出小说人物各自不同的宗教体验,营造了浓郁、神秘的宗教氛围,传达出作者对教义、教规总体批判、质疑的宗教意识。

第二章侧重阐述戴维·洛奇天主教小说中的宗教原型。对戴维·洛奇天主教小说中出现的宗教原型,本章主要从原型批评角度阐述各种原型的来源及历史变迁,深入挖掘潜藏在具体文本之中深厚的基督教文化底蕴及其在小说中的作用及现实意义。本章把洛奇天主教小说中的宗教原型分为意象原型、概念原型、结构原型这三大原型系统,从具体的形象塑造、抽象的概念渊源以及宏观的叙事结构三个层面具体分析。戴维·洛奇天主教小说塑造了一大批基督教原型人物,包括亚当、夏娃、救世主这三个最主要的原型形象以及多个基督教圣徒。基督教文化传统中兼具善恶双重意蕴的"水",象征贞洁、安全的"园"以及象征人生与信仰的"路"等意象,营造了小说富于原型色彩的环境。在宗教概念的借用方面,戴维·洛奇借用了与世界末日说相联系的天堂和显示信徒虔诚信仰的朝圣这两大概念。结构原型则重点分析 U 形结构与二元对立结构这两种在洛奇天主教小说中最为普遍的结构原型。

本书认为,戴维·洛奇对宗教原型的借用,建基于其本人自幼浸淫的天主教信仰,建基于对基督教历史文化的熟谙,更建基于对宗教、对现世人生作用的理性体察。其天主教小说中诸多宗教原型的存在,打造了小说深厚的宗教底蕴,沟通了世俗人生与宗教世界、现实人物与基督教原型的联系。同时,洛奇对原型的借用又大多侧重于对宗教原型表象的模拟、对内涵的现实性置换,在近乎渎圣的叙事中传达出作者对宗教原型乃至宗教信仰的重新改造。在追逐感官刺激、享乐主义盛行的后工业时代,戴维·洛奇天主教小说一方面借用古老原型保持和召唤对美好生活的向往,另一方面也绝不把类似救世主原型化身的主人公改造成众生之上的存在,没有此类造神企图,不排斥、阉割"饮食男女"的日常生活、平凡人生。让宗教贴近人生、让宗教更富人性,聚焦于质朴、真实、充满生命气息的日常世俗生活,远离各种抽象的宗教意识形态和玄学说教,这是戴维·洛奇借助于其小说宗教叙事所传达出来的自我努力。

第三章阐述戴维·洛奇天主教小说传达出的独特宗教意识及其变化轨迹,分析洛奇天主教小说中的宗教性事实、原型借用、人物塑造、情节走向以及细节刻画,结合小说创作的社会历史语境及其在文中的表现,阐述小说传达出的宗教意识。

拙著认为,以《你能走多远》为界,洛奇天主教思想分为前后两个时期。《电影迷》、《大英博物馆在倒塌》、《走出庇护所》、《你能走多远》属于前期,而《天堂消息》、《治疗》则属于后期。前期小说侧重于展示宗教教义、教规对人性的禁锢、对现世幸福的压抑和剥夺,表现作者对教义教规的批判与整体思考。在《天堂消息》、《治疗》等后期小说创作中,洛奇则把对宗教的嘲讽、批判转化为对宗教精神安慰的理性认同。

从文学创作的主客体关系以及创作心理学的角度,本章剖析了戴维·洛奇天主教小说独特宗教意识的社会、心理根源,指出洛奇创作伊始是对宗教制约、压制人性合理欲望的批判,在批判宗教教义教规严苛的同时,突显其荒谬。总体而言,洛奇前期小说大体表现出对天主教教义教规的质疑与批判,侧重拯救宗教重压下的世俗幸福。而在后期天主教小说中,作者在批判宗教压抑合理人性的同时,也关注到信仰危机,开始对宗教教义教规的系统审视、质疑。符合民众需要、符合伦理规范的宗教究竟能在上帝与大众之间妥协到何种程度？对这些问题的关注显示出作者深沉的道德焦虑。戴维·洛奇后期天主教小说探讨宗教与人生的关系，主要笔触侧重于来世观念与现世生活的取舍。洛奇并没有完全否认人类渴望通过宗教方式实现精神永恒的努力，只是巧妙地作了更贴近现实的置换。后期小说对宗教与哲学、宗教与心理学关系的思考，表明作者意识到在教义失去公信力、教规松懈、信仰虚无的当代社会，天主教教徒与非天主教教徒都面临着相似的精神困境、人生压力，宗教与其他人文科学一样都应该更侧重于对人类危机的解救、对精神的慰藉。因此，后期小说传达出信仰回归的倾向以及对个体理性改造宗教信仰的认可。应该说洛奇宗教意识的变化，前提是尊重宗教存在对人性的补充与完善。

笔者认为，洛奇在前后期天主教小说中逐渐显现出来的宗教个体化感悟，表明他已然把信仰和教会、宗教与教规区别开来，认识到作为精神支柱的信仰能拯救人，使人在物欲横流、道德沦丧的现实环境中摆脱精神危机、找到平静与幸福；而教条化的教义教规一旦成为对人类幸福的戕害、对肉体与理性的摧残，就会让人在宗教信仰与世俗生活的冲突中既无法拥有健全完满的生活，也失去坚定的信仰。这种宗教意识在思想内涵上体现为建立在宗教概念上的现实性体悟与化用，其坚实根基则是芸芸众生生存于斯的现实生活。

此外，本章还以"阈限"理论观照戴维·洛奇天主教小说文本中的仪式叙述，认为其关于天主教圣事礼仪的叙述，尤其是对《电影迷》、《走出庇护所》、《你能走多远》、《天堂消息》和《治疗》中涉及的弥撒、告解、朝圣这三大仪式的叙述，在不同维度、不同程度上各自契合了人类学的"阈限"理论，以文学化手法承载了作者对天主教教会教规、教义乃至信仰多年不辍的思考。这种文本书写，赋予与社会历史文化背景、宗教环境相互影响的个体宗教意识以叙述意义，成为文本合法性的基础。也就是说，小说的存在价值无法仅仅依托于作者脉络清晰、展现细致的意识诉说，归根结底还要看其是否成为小说美学独特而诗意的传达。

戴维·洛奇六部天主教小说既是英国半个世纪以来社会历史变化的表达，提供了历史的见证，同时也以文本内部复杂微妙的言语语境自觉参与了天主教教徒宗教意识与世俗欲望的较量、揭示了宗教意识变动的征兆，并以合力形式间接促进了天主教教会的改革，使文学文本参与到历史的发展和建构中,历史与个人、文本与历史、个人与文本互相作用、相互彰显,有力验证了新历史主义倡导的"历史的文本性"和"文本的历史性"。

第四章把戴维·洛奇天主教小说的创作与格雷厄姆·格林、伊夫林·沃这两位天主教前辈作家作比,重点阐述戴维·洛奇对前辈作家宗教观、创作观念的吸收借鉴,对艺术手法的扬弃,分析其独特宗教意识影响下的小说个性特征。

拙著首先指出,戴维·洛奇从第一部小说开始就显示出受到格林与沃这两位天主教作家的影响。对洛奇与格林的比较,侧重洛奇对格林宗教观、小说可读性的借鉴与扬弃。格林试图以宗教"恶"的观念解释人类的罪恶与现实社会的混乱,天主教教义中诸如原罪、天堂、地狱之类的玄学观念成为格林小说叙事的主要价值准则,而洛奇则弱化甚至略去了这类抽象神秘的玄学概念,更着重探讨宗教信仰、宗教教义教规乃至教会对个人的具体影响。与此同时,戴维·洛奇认可格林对小说可读性的重视,借鉴格林对故事、悬念以及电影直观展示的看重,即注重情节的线性逻辑、注意经营富于吸引力的情节与细节、注意以电影手法之类技巧丰富小说的表现手段,更注重读者的心理期待以及大众审美的猎奇心理,关注大众欣赏口味以及文学市场的需求。戴维·洛奇通过对趣味性及各种新潮创作手法的强调,赢得了世俗及学界的双重认可,从而进一步加强了文学关注人生的社会效用。

对戴维·洛奇与伊夫林·沃的比较,拙著侧重剖析洛奇在借鉴沃的喜剧性手法时的改造,分析沃的小说传达出的现代性荒诞与洛奇传统喜剧下的后现代狂欢。笔者认为,沃的小说在喜剧表面下潜流的是悲剧性的个人体验,是以喜剧笔法表现绝望情绪,很大程度上属于黑色幽默。戴维·洛奇一方面广泛使用了沃的喜剧性技巧,如超然冷静的语言、貌似中立的叙述立场、通过人物言行展露其内心世界等,还吸收借鉴了沃的小说广泛应用的象征手法,如书名象征、人名象征、建筑象征、景象象征等宗教感表现方式。同时,戴维·洛奇拒绝刻意表现绝望感、荒诞感,这一方面出于对现代主义、虚无主义的反对,另一方面则是出于其基督教人文主义的宗教意识面对现实世界的乐观主义立场。

事实上,戴维·洛奇致力于小说形式创新的一系列实验技巧,确实造就了一种叙事奇迹,既在后现代叙事语境下保留了传统现实主义的领地,又于现实主义、现代主义、后现代主义众声喧哗中创造了一种对话性、狂欢性的交叉小说、多元小说模式。大量应用并浮于生活表层的后现代笔法,使得洛奇灵巧地在各个人物、各个场景中辗转腾挪之际也造成人物的平面化特征。这种诸如人物性格模糊、情感薄弱、思想深度不够等被传统批评视为"扁形人物"的创作特色,很大程度上表现出洛奇对传统现实主义的超越。

最后一部分是结语,对洛奇天主教小说传达的宗教意识作了总结。

戴维·洛奇通过六部天主教小说中各种宗教性事实、宗教原型的借用与融入,展示了天主教从20世纪50年代到20世纪末的变化历史以及基本教义教规对教徒的具体影响,文学化地叙说了一个个天主教教徒心灵的历史,展示了作者宗教意识的变化,表现了一种贴近世俗人生的宗教观——新天主教理想。

戴维·洛奇新天主教理想的本质是基督教人文主义。这种新的宗教观既推崇原欲的合理满足,一定程度上认可潜意识对人类行为的决定性作用,也尊崇理性、尊崇信仰对欲望合理制约的一面。在对人类欲望合理制约的意义上,戴维·洛奇把信仰当作了人类理性的某种化身,这是对欲望人性的合理补充。与传统宗教强调来世相对,洛奇的新宗教理想排除了虚无缥缈的来世许诺,更注重现世建立在两性合理性爱基础上的博爱、宽恕与互助。从思想本质来说,这种源于宗教的伦理道德思想破除了宗教的蒙昧与神秘,既融汇了古希腊以来的人文主义传统,如追求现世幸福、肯定人类理性,也吸收了基督教文化中的合理元素,如爱与宽容。这一理想既沟通了西方古希腊以来的人文主义传统,也显示出了包括天主教在内的各种基督教信仰派别在新时期的继续发展。

笔者认为,戴维·洛奇天主教小说既看到了宗教束缚人性、限制追求幸福的一面,也认识到在享乐主义盛行的现当代生活中缺乏精神支柱所造成的心理危机和社会混乱。洛奇既关注个体的生存境遇与宗教教义教规的冲突、对立,也关注个体如何通过理性过滤保持某种精神信仰,在甚嚣尘上的当代都市社会中保持内心平和、维持人格完整。本书对洛奇天主教小说的研究有助于透过其表层的讽刺与批判深入其精神拯救的内核,全面呈现洛奇的宗教意识,体现他对当代后工业社会诸多现实弊病的深切关怀与深沉的道德焦虑。

绪 论

第一节　戴维·洛奇生平与创作简述

　　戴维·洛奇(David Lodge，1935—　　)，1935 年 1 月 28 日生于伦敦南部一个中下层家庭，父亲是舞厅乐队中的萨克斯和黑管乐手，母亲是爱尔兰人和比利时人后裔，信奉罗马天主教。戴维·洛奇曾在第二次世界大战期间有过短暂避难经历，该段经历在小说《走出庇护所》中有所反映。战后也就是在 1945—1952 年间，他被一所国家资助的天主教文法学校圣约翰学院录取，10 岁到 17 岁这段少年岁月就是在这所学校里度过的，小说《天堂消息》也有这段生活的投射。在修士们的教诲之下，幼时即受母亲天主教式教养的洛奇对天主教兴趣更浓。1953 年，18 岁的戴维·洛奇进入伦敦大学，主攻英国文学，并开始尝试写小说。3 年后获荣誉学士学位。在大学求学期间，洛奇邂逅了一位攻读英国文学的女学生玛丽·弗朗西斯·雅各布，小说《电影迷》中的女主人公克莱尔的天主教家庭即以女友家庭为原型。1956 年，戴维·洛奇开始服兵役，这段在多塞特郡皇家装甲兵训练营地当管理员的经历后来成为小说《傻生姜》的情节背景。服役期满之后，洛奇回伦敦大学攻读硕士学位，硕士学位论文题目是"天主教小说的文学形式和宗教内容"，该著作从牛津运动看现代天主教小说的形成，具有文学史研究的特征。1959 年，戴维·洛奇取得硕士学位，同年与玛丽·雅各布结婚。洛奇当时未能在大学谋得教职，于是在伦敦英国文化委员会海外留学生中心暂时教授英语和文学。1960 年，戴维·洛奇在英国中部著名的伯明翰大学获得助教职位，同年发表处女作《电影迷》(The Picturegoers，1960)，开始学者与作家的两栖生涯。1961 年，马尔科姆·布拉德伯里进入伯明翰大学英语系任教,戴维·洛奇与他相知甚深,成为好朋友与合作者。1963年升为讲师,在学术阶梯上稳步上升。1964年至1965年洛奇获哈格耐斯奖学金,携妻子玛丽、两个孩子及第三部小说《大英博物馆在倒塌》的第一章手稿赴美国,在布朗大学、加州大学伯克利分校等地研究和旅行。在此期间,开放激进的美国60年代校园文化给他留下了深刻印象。1969年,戴维·洛奇任美国加州大学伯克利分校客座副教授。1976年,获伯明翰大学现代英国文学教授职称。1987年,洛奇辞去了教职,开始专职写作。戴维·洛奇是英国皇家文学学会会员,曾多次出国讲学并参加国际学术会议,是一位集文学创作与文学批评于一身的两栖作家。

戴维·洛奇的第一部小说是《电影迷》(*The Picturegoers*,1960),其雏形即为他18岁刚上大学时练笔的《魔鬼、世界和肉体》。该小说主要描述布立克里郊区天主教教徒们的生活,场景大多集中在三个地方:日渐衰朽的帕拉亭电影院,一座天主教教堂,梅普尔街上天主教教徒聚居区的一个天主教家庭。小说以一位攻读英国文学的年轻大学生马克·安德伍德由试图诱骗一位女孩到重新皈依天主教信仰的故事为情节主线,把三个地点、诸多天主教人物勾连起来,形成一幅各色人物灵与肉对立冲突的百像图。《电影迷》出版后,戴维·洛奇于1962年开始着手第二部小说《傻生姜》(*Ginger, You're Barmy*,1962)的创作,这部小说大致脱胎于洛奇自己服兵役的经历。在叙述视角、主题、情节和人物塑造方面,着意模仿格雷厄姆·格林的《文静的美国人》。相比后来的创作,这两部小说大致都是小心谨慎的现实主义作品,还没有显示出洛奇本人在文学创作上的个人特色与喜剧才华,也没有引起很大反响。1963年,洛奇与马尔科姆等人共同创作了一部时事讽刺剧《四壁之间》,在剧院上演了一个多月,获得不大不小的成功。戴维·洛奇后来指出:“相比较而言,那部作品微不足道,而且寿命很短,但是它采用了喜剧手法,对我而言,这开启了一个新世界。”这部作品让洛奇惊喜地发现自己对讽刺、闹剧和滑稽模仿之类的作品充满了热情,使他得以冲破现实主义的“樊笼”,找到了适合自己的文学形式。

1964年到1965年在美国当访问学者期间,戴维·洛奇完成了《大英博物馆在倒塌》(*The British Museum is Falling Down*,1965),首次尝试以喜剧性笔法将学术内容结合进主流小说。他把这部小说题材献给好朋友马尔科姆:"我写幽默小说,主要是他的罪过。"洛奇深信找到了一个大众普遍关心和感兴趣的话题,即天主教会有关生育控制方面的教谕对已婚天主教教徒生活的影响以及当时教会内部对此教谕提出的质疑。该小说赢得了一批天主教教徒和学者的喜爱,评论界慎重的赞许使洛奇对自己的文学实验如释重负。这部小说是戴维·洛奇创作道路上重要的分界线,他终于在小说领域找到了自己的声音、自己的风格,奠定了成为一名杰出小说家的基础。

1970年,戴维·洛奇发表小说《走出庇护所》(Out of the shelter,1970),以一个少年的视角叙述主人公内心青春意识的萌发、受美国式享乐主义生活方式的冲击以及走出父母、家庭、学校、教会等庇护所的成长历程。

1975年,戴维·洛奇出版了讲述交流学者故事的《换位》(Changing Places: A Tale of Two Campuses,1975),这部小说一举获得霍桑登奖和《约克郡邮报》小说大奖,洛奇一时间名声大振。这部小说可以说是戴维·洛奇在学术生涯中获得一定名望之后"带着学术和文化使命"频繁环游世界、在一个接一个的学术会议中观察知识界的众生相而催生出来的硕果。

1980年,戴维·洛奇发表《你能走多远》(How Far Can You Go? 1980),于小说框架下更多侧重对英国天主教的历史性探讨。这部小说通过叙述几对青年天主教教徒的生活历程,对过去二十五年中天主教的发展与演变作了全面而综合的审视。

1984年,发表以学术会议为背景的《小世界》(Small World,1984),在欧美国家引起了强烈反响。这部小说不仅赢得学者关注,也赢得了大众的欢迎,既是学者从知识界内部解剖学术世界的书——被喻为"学者的哈哈镜、笑料的聚宝盆、文本的万花筒",也被《纽约时报书评》称为"一部奇异非凡、妙趣横生的小说"。《小世界》在1988年改编为电视连续剧,戴维·洛奇本人担任编剧,他的名字随小说人物一起走进了英国千家万户。

1988年,另一部写学术界与工业界关系的小说《美好的工作》(Nice Work,1988)发表,被《每日电讯》认为是"学院小说碰上了工业小说",《观察》盛赞这部小说"确认了戴维·洛奇是当代最好的小说家之一的坚实地位"。因这部小说,戴维·洛奇获布克奖提名,而且英国广播公司(BBC)以此书为蓝本制作的同名连续剧还获得了1989年皇家电视学会最佳电视连续剧奖。该小说与之前的《换位》、《小世界》合起来构成戴维·洛奇最有影响的"学院三部曲"。

1991年，戴维·洛奇发表综合天主教主题、学院主题、朝圣主题等前期小说主题的小说《天堂消息》（*Paradise News*，1991）。在接下来出版的小说《治疗》（*Therapy*，1996）中，克尔恺郭尔的存在主义学说成为小说主人公疗治精神危机、身体病患的切入点，这部小说反映了作者对宗教与哲学关系的探讨。2001年出版的《思索》（*Thinks*，2001）则进一步表达出作者试图弥合人文学科与技术学科鸿沟的努力。2004年，出版以亨利·詹姆斯为主人公的传记式小说《作者，作者》（*Author，Author*，2004）。2008年，戴维·洛奇出版了日记体小说《耳聋之刑》（*Deaf Sentence*，2008），主人公的耳聋、职业、家庭背景等都与洛奇本人如出一辙，自传色彩颇为浓厚。这或许意味着身为文学家的洛奇在行将耄耋之年时对自己的一生开始了文学化总结，颇为讽刺的是，现实生活中阻碍作家交流的耳聋却成为小说中借助一位叫戴斯蒙德·贝茨的教授传达思考语言、文学、家庭以及生命与死亡关系的切入点。

总体来看，戴维·洛奇的小说创作大致分为两大领域：一类主要聚焦于学院生活；一类则聚焦于天主教教徒的生存困境。《换位》、《小世界》和《好工作》三部作品是典型的学院小说，被称为"学院三部曲"，主要描述当代英美大学校园和学术界的种种现象与人物；而《电影迷》、《大英博物馆在倒塌》、《走出庇护所》、《你能走多远》、《天堂消息》、《治疗》六部小说则可称之为天主教小说，是身为天主教教徒的戴维·洛奇创作的主要反映天主教教徒在天主教教义影响、制约、压抑下的生活以及对宗教的思考、宗教观的转化的小说。最后一部小说《耳聋之刑》（*Deaf Sentence*，2008）则集学院小说与天主教思考于一体，加之其明显的自传色彩，可以视为是作者半生的总结。

在小说创作的同时，身为大学学者的戴维·洛奇也发表了一批有分量的有关文学批评的学术著作：1964年发表第一篇有影响的学术著作《康拉德的胜利与暴风雨》（*Conrad's Victory and The Tempest: An Amplification*，1964）；1966年，发表学术著作《格雷厄姆·格林》（*Graham Greene*，1966），延续的是相当中规中矩的新批评路线；同年，洛奇第一部有影响的学术批评著作《小说的语言：英国小说评论及语言分析著作集》（*Language of Fiction: Essays in Criticism and Verbal*

Analysis of the English Novel，1966)问世，这是作为文学评论家的戴维·洛奇崭露头角之作,他拒绝了理查兹重诗歌轻小说的立场,开始走向韦勒克提出的文学语言观念,指出"小说也是一门语言艺术",将过去被某些人轻视的小说研究提升到与诗歌研究同等的地位。洛奇认为小说家的工具是语言而非生活,这与亚里士多德以来流传两千多年的小说观念显然有着本质不同,这种说法颠覆了小说与生活之间反映与被反映的关系,更强调小说的虚构本质。此外,戴维·洛奇反对利维斯在《伟大的传统》中表现出来的以道德判断取代文学批评的倾向,认为虽然在小说批评中不能否认道德判断,但是决不能将"道德感"和"对生活的真实反映"作为批评的标尺。

1971 年,戴维·洛奇发表理论作品《十字路口的小说家》(*The Novelist at the Crossroads and Other Essayson Fiction and Criticism*，1971);1972 年,编辑出版《二十世纪文学批评》(*20th Century Literary Criticism*，1972);1977 年,发表《现代写作方式》(*The Modes of Modern Writing: metaphor, metonymy, and the typology of modern literature*，1977) 以及《现代主义、反现代主义、后现代主义》(*Modernism, Anti-modernism and Postmodernism*，1977);1980 年,发表《结构主义的运用:19 世纪和 20 世纪文学评论及书评集》(*Working with Structuralism: Essays and Reviews on Nineteenth and Twentieth-century Literature*，1980);1985 年,发表《现代小说中的对话》(*Dialogue in the Modern Novel*，1985);1988 年,发表小说《好工作》的同时,编辑出版《现代批评理论读本》(*Modern Criticism and Theory: a Reader*);1990 年,发表理论作品《巴赫金之后》(*After Bakhtin*，1990);在出版小说《天堂消息》的同年,开始在《星期日独立报》上开辟专栏,每周一篇,用通俗的语言和精选的文本讲述小说理论,这些文章在 1993 年结集发表[即《小说的艺术》(*The Art of Fiction: Illustrated from Classic and Modern Texts*，1993)],成为他流传最广的一部理论著作;2001 年,小说《思索》出版,同年有文学批评理论集《意识与小说》(*Consciousness and the Novel*，2002)问世。2006 年底,有感于在传记式小说《作者,作者》出版时的遭遇,结集出版《亨利·詹姆斯年》(*The year of Henry James*，2006)。在这本集子中,除了几篇之前发表的批评作品和书序之外,大部分都是对《作者,作者》的写作和出版情况的详细回忆。行文中,戴维·洛奇站在一

个作家的立场上回顾了创作中的艰辛和喜乐,感叹作品在交付出版前是完全受作家本人控制的,具体表现为大量的研读、修改甚至是重写,但是一旦交到读者手上,就不再受作者的左右了。同时,他又以一个批评家的眼光分析了作品的酝酿、创作和接受三个阶段的特征,提出现代意义上的"接受"包含了传统文学批评和普通读者阅读之外的诸种因素,认为作家自身在参与其中的同时也深受其影响。

总的来说,戴维·洛奇的文学创作和文学批评总是穿插进行,两者颇得相得益彰之妙。一方面,创作理论为创作实践增强了自觉性、实验性,赋予传统的线性故事叙述策略以别具特色的形式与技巧;另一方面,丰富的创作实践又使得洛奇的批评有的放矢、言之有物,语言也相对生动活泼,多了文学趣味。

第二节　戴维·洛奇作品研究现状综述

戴维·洛奇作为英国当代著名两栖学者,在小说创作和学术批评两大领域都成果颇丰。从 1960 年发表小说处女作《电影迷》(The Picturegoers)到 2008 年以本人耳聋和父亲经历为主线索的传记式小说《耳聋之刑》(Deaf Sentence)止,洛奇一共出版了 14 部小说,15 部小说批评专著和编著,此外还有几部剧作和短篇小说。小说方面,以 20 世纪七八十年代发表的卢密奇(Rummidge)学院三部曲最为著名,除荣获霍桑登奖、《约克郡邮报》小说奖等各项大奖和布克奖提名之外,其中的《小世界》(Small World: an Academic Romance)和《好工作》(Nice Work)先后被改编成电视连续剧,还荣获英国皇家电视学会最佳电视连续剧奖。与此同时,洛奇凭借《小说的语言》(Language of Fiction: Essays in Criticism and Verbal Analysis of the English Novel, 1966)、《十字路口的小说家》(The Novelist at the Crossroads and Other Essays on Fiction and Criticism, 1971)、《现代写作方式》(The Modes of Modern Writing: Metaphor, Metonymy, and the Typology of Modern Literature, 1977)、《结构主义的运用: 19 世纪和 20 世纪文学评论及书评集》(Working with Structuralism: Essays and Reviews on Nineteenth and Twentieth-century Literature, 1981)以及《二十世纪文学批评》(20th

Century Literary Criticism，1972)等学术专著和编著而稳居英国著名小说批评家之列。

国外(主要是英国本土)对洛奇的研究大致肇始于80年代,罗伯特·A.莫里斯的《马尔科姆·布拉德伯里与戴维·洛奇的对话性小说》(Robert A. Morace, *The Dialogic Novels of Malcolm Bradbury and David Lodge*，1989),主要致力于把戴维·洛奇与马尔科姆·布拉德伯里的校园小说作对话性比较;丹尼尔·艾曼的《戴维·洛奇的"艺术加现实"小说》(Daniel Ammann, *David Lodge and the Art-and-Reality Novel*，1991)阐释了洛奇小说的现实性与艺术性相结合的特征;莫瑞特·莫斯里的《戴维·洛奇:你能走多远?》(Merritt Moseley, *David Lodge: How Far Can You Go?* 1991)系统考察了洛奇文学试验历程及成就;艾娃·L.比约克的《校园小丑和经典:戴维·洛奇校园小说研究》(Eva L Björk, *Campus Clowns and Cannon: David Lodge's Campus Fiction*，1993)则重点探讨活跃在洛奇校园小说中各色丑角人物的形象特征、艺术传承等;而伯纳德·伯冈兹的《戴维·洛奇》(Bernard Bergonzi, *David Lodge*，1995)与布鲁斯·K.马丁的《戴维·洛奇》(Bruce K. Martin, *David Lodge*，1999)则分别梳理了戴维·洛奇小说艺术的发展脉络,对其创作与批评作了系统化评析。这些研究专著的出现,标志着国外戴维·洛奇研究已经把他的生平、思想与创作、批评相结合,有了一定分量的系统研究之作。

在中国,随着三部曲中之最著名者《小世界》以及小说批评普及本《小说的艺术》中译本的出版,国内学界开始关注到戴维·洛奇的创作和批评。相较于国外研究,国内戴维·洛奇研究起步并不算晚。以下从作品译介、总体研究、专题研究三个方面系统梳理国内戴维·洛奇研究二十年的现状。

一、作品译介

戴维·洛奇作家与评论家地位约于20世纪七八十年代奠定,我国对他的介绍大致相隔十年。1983年由侯维瑞翻译、刊登在《外国文学报道》第3期的《现代主义、反现代主义、后现代主义》是第一篇译作。《现代主义、反现代主义、后现代主义》是戴维·洛奇在1977年所写的著作,侯维瑞在译文开头简要介绍了洛奇的代表作品及文章主要内容:洛奇以"钟摆理论"来描述近一百年的现代主义与反现代主义两股潮流交替的现象，他认为三种文学模式或者潮流是按照其自身规律发展的，不能以衍生来说明与评价另一种文学模式。该译文后来被收入王潮选编的《后现代主义的突破》（敦煌文艺出版社，1996 年版）一书中。在 1986 年第 4 期的《外国文学》上，王家湘再译洛奇此文，更译名为《现代派、反现代派与后现代派》，并指明这篇文章来源于 1977 年 5 月的《新评论》。这篇译文之前有段附言，指出洛奇从文学本身探索近百年来英国文学的风格更迭，具体分析现代派、反现代派与后现代派文学作品在表达方法上的不同，认为这篇文章对我国读者阅读与研究现代英美文学作品大有裨益。

1983 年，中国社会出版社出版、杨静远编著的《勃朗特姐妹研究》中的《火与"爱"：夏洛蒂·勃朗特的尘世元素之战》，将戴维·洛奇收录于专著《小说的语言》中的一篇富有新批评色彩的批评文章作为勃朗特姐妹研究的重要参考文献予以专门翻译介绍。1986 年，《文艺理论研究》第 4 期刊登了陈先荣所译的《现代小说的语言：隐喻与转喻》，介绍了戴维·洛奇如何将雅各布森隐喻与转喻等语言学观点运用于小说评论。1992 年《现代主义》再译戴维·洛奇的《现代主义小说的语言：隐喻和转喻》一文，翻译更为精炼。该译作还被收入到《20 世纪世界小说理论经典·下》（吕同六主编，华夏出版社，1995 年版）中。该文较之洛奇其他文学研究著作，可谓语言形象生动、行文潇洒自如，应当说译者的选择相当独具慧眼。

1987 年，上海译文出版社出版了葛林等人所译、戴维·洛奇编著的《二十世纪文学评论》（上册），并于 1993 年 5 月出版了其下册。虽说这部译作译介的只是洛奇的编著，但在国内学界影响却颇为深远，书中很多观点如今仍有较高引用频率。

1991 年第 5 期的《外国文艺》推出专栏《洛奇作品选》，瞿世镜翻译的《小天地》（即 *Small World*）节译、《小天地》导论和《小天地》趣谈吸引了广大读者的关注，这是国内最早对其长篇小说的翻译与介绍，意味着戴维·洛奇的小说开始受到关注。与此同时，《文艺报》"世界文坛版"刊登了申慧辉的推介文章《曲高未必和寡——谈戴维·洛奇和他的〈小世界〉》①，详细论述了《小世界》雅俗共赏的审美特点。1992 年 2 月由漓

---

① 申慧辉：《曲高未必和寡——谈戴维·洛奇和他的〈小世界〉》，《文艺报》第 174 期，1991 年 6 月。

江出版社出版、吴岳添主编的《世界长篇名著精华》收录了罗云翻译的洛奇长篇小说《小世界》片段和一些评论。同年 12 月重庆出版社出版了罗贻荣翻译的《小世界》,书前不但有出版说明和戴维·洛奇致该书校译者的信,还有洛奇本人写的《小世界》导言、王逢振撰写的中译本前言,并再次将申慧辉的文章专门收录。洛奇在篇幅两千多字的导言里回顾了《小世界》的酝酿过程,详细描述了其主题结构——圣杯传奇的产生与构思,并借题发挥地提及了一些西方批评理论家对于"作者意图"的争论,以自己一贯幽默而嘲讽的笔触描绘出了一幅有关《小世界》创作层面的现实与学术背景,与《小世界》叙事层面的文本内容相映成趣。王逢振的前言则对《小世界》的后现代特征作了整体性分析,如"拼凑"、时间连续性的断裂、表征危机及对高级文化与大众文化界限的消除等,同时也提到《小世界》的现实主义特征及其内容的丰富繁杂。申慧辉的文章把《小世界》放在整个后现代文学的大背景下解读,具体细致地阐释了其复调特征、后小说(即元小说)特征、开放式结尾以及滑稽幽默的语言等,指出洛奇的小说既具有后现代特征又带有英国现实主义文学传统的沉淀,是"曲高未必和寡"的英国后现代文学的成功尝试。这一系列类似前言的文字包容了作者、校译者及学界三方对《小世界》的介绍和解读,无疑为此后国内的洛奇研究奠定了基础,某种程度上也指出了着力方向①。1998 年北京作家出版社推出由王逢振撰写了总序的六卷本戴维·洛奇文集,包括《大英博物馆在倒塌》(杨立平和张建立译)、《换位》(罗贻荣译)、《小世界》(赵光育译)、《美好的工作》(罗贻荣译)、《天堂消息》(李力译)等五部小说和一部小说批评专著《小说的艺术》(王峻岩等译),这一举措进一步扩大了戴维·洛奇在中国尤其是在学界的影响。2002 年南京译林出版社在洛奇的 Therapy(Penguin Books, 1996)出版六年后推出了中译本《治疗》,译者罗贻荣在译序里对《治疗》的主题作了细致的剖析,指出其一方面表现为哲学意蕴的精神危机与拯救,另一方面则继续了洛奇一贯的天主教主题。文章最后得出结论说:"《治疗》进一步表现了洛奇创作由重形式上的实验到重'人文关怀'的转变。"②2007 年,上海译文出版社推出了洛奇的四部大作:《换位》(张楠译)、《小世界》(王家湘译)、《好工作》(蒲隆译)、

---

① 戴维·洛奇:《小世界》,罗贻荣译、王逢振校,重庆出版社,1992 年版。
② 戴维·洛奇:《治疗》,罗贻荣译,重庆出版社,2002 年版。

《作者,作者》(张冲、张琼译),据称这套丛书还包括《大英博物馆在倒塌》、《小说的艺术》和《意识与小说》。这套丛书中的小说《作者,作者》和理论专著《意识与小说》此前在国内尚无中译本,可说是填补了空白。

综上所述,国内对戴维·洛奇作品的译介已经具有一定规模,某些作品具有两个以上的译本(如三部曲中的《小世界》有三个中译本,《换位》和《好工作》也有两个中译本),对其作品的介绍和评述也颇有高屋建瓴之章节,这为国内的洛奇研究提供了较为丰富的资料来源和理论基础。

二、总体研究

在对作品译介的过程中,编者、校译者可以说是最早对洛奇其人其作进行研究的学者,译本所附的前言之类文字可称得上是国内洛奇研究的初始篇章。他们的翻译、介绍乃至评论基本上都涉及对洛奇生平、创作历程的介绍和所翻译作品的评述,应该说也是此后研究的出发点之一。

迄今为止,国内关于戴维·洛奇的研究专著共三部:欧荣:《戴维·洛奇作品中的"危机"母题研究》(上海外语教育出版社,2008年版);欧荣:《"双重意识"——英国作家戴维·洛奇研究》(复旦大学出版社,2011年版);蒋翃遐:《戴维·洛奇"校园小说"的空间化叙事研究》(中国社会科学出版社,2012年版)。其中欧荣的《戴维·洛奇作品中的"危机"母题研究》以"危机"母题为主线,从戴维·洛奇四部作品出发,分析蕴含于其作品中的宗教危机、文学危机、文学批评危机、高等教育危机等,阐释其作品对话性、复调性艺术形式背后的思想动因,以及洛奇对危机问题所持的"双重意识"。2011年在此基础上出版了《"双重意识":英国作家戴维·洛奇研究》,从标题、开头、人物塑造、叙事结构等十个方面研究洛奇的写作艺术,分析洛奇的小说创作和小说批评理论之间的异同,尝试将洛奇创作的小说主题、小说艺术和小说批评理论分解成多个论题,然后有针对性地逐一加以论述。在批判性地吸收国外洛奇研究成果的同时,加强文学研究的本土意识,力图对洛奇的创作作出最全面、最系统的评价。欧荣通过前后两本专著将洛奇小说创作、小说批评理论以同一主题作了共时性研究,其研究文本可以说是国内较为全面的戴维·洛奇研究专著。蒋翃遐的《戴维·洛奇"校园小说"的空间化叙事研究》则是专门截取戴维·洛奇小说创作一维——"校园小说"(学界也称之为"学院小说")为研究对象,以弗里德曼的空间化叙事为理论框架,融合经典叙事学、后经典叙事学理论,从文本世界、文本与外部文本的对话、文本与社会、历史语境的关联三个层面,对这三部小说——《换位》、《小世界》和《好工作》——进行多维研究,分析作品叙事特点及其内涵,以期以点带面地剖析英国校园小说的整体风貌。

除了这三部专著,国内对洛奇作专章研究的著作共有 7 部:瞿世镜主编的《当代英国小说》(外语教学与研究出版社,1998 年版)把洛奇与马尔科姆·布雷德伯里(Malcolm Bradbury,1932—)共同放在名为"校园小说"的小节下专题介绍,全面而具体地分析了洛奇从第一部小说《电影迷》(The Picturegoers)到 1995 年的《治疗》(Therapy)之间的所有小说,也涉及其间创作的学术著作及几部剧作。就当时来说该文涉及面最广,走在了国内洛奇研究的最前沿。2004 年天津人民出版社出版的马凌所著的《后现代主义中的学院派小说家》,则专为洛奇特设一章"洛奇研究"(篇幅长达 20 页),在实际操作时把对洛奇小说的评析与他本人的小说批评结合起来,并对其小说理论给予了一定的侧重。同年,上海外语教育出版社推出由张和龙著的《战后英国小说》也为洛奇专辟一章"戴维·洛奇:穿越十字路口",除了评析洛奇的小说理论对小说创作的自觉指导之外,另附一篇《戴维·洛奇的小说批评理论》作为补充,评介的重心明显由小说向理论转向。在此之前的 2001 年,上海外语教育出版社出版的《英国小说批评史》(殷企平、高奋、童燕萍著)就用整章篇幅专门介绍"戴维·洛奇的小说理论",认为洛奇的小说理论"揭示了小说的诗学特征、语言模式规则和文体本质","成功地沟通了语言分析与文学欣赏和评价的分歧"①。以上四部专著尚属于英国小说的阶段性研究之作,2005 年南京译林出版社出版的由侯维瑞、李维屏著的《英国小说史》则是一部从英国小说的渊源、雏形、发展、成熟继而一直到当代的系统研究之作。在这部著作里,就如瞿世镜在《当代英国小说》中的处理一样,洛奇与布雷德伯里一起被置放在"校园小说"的标题下先后评介。2006 年中国社会科学出版社推出高继海主编的《英国小说名家名著评析》两卷本,也把评述洛奇与布雷德伯里的章节并重处理,在评介洛奇时,除重申以上专著的某些评述之外,特别注重评介了《换位》、《小世界》这两部校园小说。此外,2006年 7 月,洛奇小说主要译者之一的罗贻荣推出一本理论专著《走向对

---

① 殷企平、高奋、童燕萍:《英国小说批评史》,上海外语教育出版社,2001 年版,第338页。

话——文学·自我·传播》(中国社会科学出版社,2006年版),其第五章"戴维·洛奇与对话诗学",把洛奇的理论与创作实践结合起来置放于整个对话理论的框架之下进行解析、论证,将戴维·洛奇视为对话诗学的理论追随者和自觉实践者,认为洛奇对话思维的形成主要得益于巴赫金,面对现实主义与现代主义以及后现代主义共存的当代社会文化背景,洛奇以双重结构、文本诸文体的狂欢以及开放性结尾显示出对话理论在小说实践中的应用,这部专著可称得上是集洛奇诗学与小说研究的合二为一。

除了这七部对洛奇作专章研究的著作之外,尚有几部研究英美文学的专著也对洛奇给予了一定的关注。2003年上海外语教育出版社出版的由李维屏所著的《英国小说艺术史》虽对洛奇未作专章评述,但全书几乎从头至尾都以洛奇的两部批评著作《现代创作形式》(*The Modes of Modern Writing*)和《运用结构主义》(*Working with Structuralism*)作为评价19世纪、现代主义、后现代主义及当代小说的宏观参照和进行具体文本评析的工具,可说是国内学界对洛奇小说批评理论极为重视的一个范本。中国社会科学出版社1997年出版的《英国小说研究》项目中由陆建德主编的《现实主义之后:写实与实验》收录了黄梅的《〈小世界〉中的后现代话题》与申慧辉的《曲高未必和寡》(也收录在重庆出版社1992年版的《小世界》里),这两篇都是洛奇研究中较早的专题著作,且在此书一系列研究英国当代小说家的著作中分量相当惹眼。2003年出版的高继海所著的《英国文学史》,也对洛奇作了较为详细的介绍。

三、专题研究

第一篇研究洛奇的专题论文是刊登在《外国文学评论》1989年第3期上的慈继伟的《戴维·洛奇为什么不仿效现代派?》,指出作为批评家的洛奇十分崇尚现代派,但在创作时却多使用现实主义手法。文章对洛奇为何如此执着于现实主义的创作手法作了细致而中肯的分析。

此后,国内戴维·洛奇研究前期稳步进行,进而突飞猛进。据不完全统计,从1991年至2015年,国内的学术刊物共刊载181篇有关戴维·洛奇的专题论文。从论文发表的时间来看,1991年至1999年近十年间有13篇,进入新世纪以来则有168篇,其中仅2010年至2015年初就有82篇之多。如果说整个90年代的国内研究尚不瘟不火,那么新世纪尤其是2010年以来的戴维·洛奇研究则有了突飞猛进的发展。载有这些专题研究的刊物也从早期相对集中于《外国文学研究》、《中国图书评论》、《读书》、《外国文学》等逐渐分散至各级各类学报，辐射面日益增大。

对于戴维·洛奇的创作实践，我国二十多年的研究主要集中在对其结构特征、语言特色和反讽、互文等后现代小说特征以及现实主义特色等方面，对小说主题、人物形象等方面也有一定侧重。对其创作实践整体概述分析的专题论文有 24 篇，蒋翃遐、邓颖玲《试论戴维·洛奇的叙述结构》(《西北师大学报（社会科学版）》2012 年第 3 期) 从平行并置结构、嵌入叙事、互文性三个方面分析探讨洛奇小说的叙述结构，欧荣《戴维·洛奇小说的标题艺术》、《戴维·洛奇小说中的电影艺术》精炼概括了洛奇小说的标题特色及对电影叙事技巧的借用。以上各专题论文可谓是形式研究的典型个案。而王守仁、宋艳芳《戴维·洛奇的"问题小说"观》(《外语研究》2011 年第 1 期) 则从小说内容、主题这个角度剖析了洛奇创作与社会现实紧密联系的"问题意识"。

对戴维·洛奇创作实践特色落实到具体作品上，最受关注的则是由《换位》、《小世界》和《好工作》构成的校园三部曲（共有 113 篇），重中之重则是《小世界》(62 篇)，另两篇的研究成果相对较少（36 篇），对三部曲作宏观论述的则有 15 篇。互文性、偶然性、二元结构、游戏性、寓言性、典故反讽、标题多义性、复调和狂欢化、意义的不确定性等形式特征是这些文章的阐释重点，就研究深度和涉及范围之广来说，尤以《小世界》为最。李利敏《戴维·洛奇及其〈小世界〉在中国的接受》(《山东外语教学》2012 年第 3 期) 以《小世界》在中国的流传为样本，回顾梳理了《小世界》及其作者在中国的接受和研究现状。张恩华对《小世界》的狂欢化精神从狂欢节及其空间形式、戏拟圣杯传奇、主题与形式的正反同体性三个方面作了具体阐释①，苏晖详细分析了《小世界》中书名的典故反讽、开头的典故反讽、情节结构的典故反讽②，有学者认为《小世界》呈现出现代与后现代两种声音，还有学者分析了《小世界》的互文性艺术、后现代技巧，认为《小世界》是作者试图综合现实主义、现代主义以及后现代主义多种技巧于一体之作……在侧重《小世界》明显的后现代主义特征同时，也有一部分学者注意到洛奇创作的现实主义特色。洛奇作品最早的翻译者之一罗贻荣认

---

① 张恩华：《论〈小世界〉的狂欢化精神》，《天津大学学报》（社会科学版）2000 年第 1 期。
② 苏晖：《〈小世界〉的典故反讽》，《外国文学研究》2002 年第 2 期。

为《换位》"兼有元小说的血脉和小说传统的精骨"①,而《美好的工作》则体现了洛奇在题材、人物设置、文本结构及风格方面对"英国状况"小说的继承与创新②。小说人物也是学界比较关注的研究角度之一,黄梅在这方面较早进行了成功的尝试,其"学商扎普"的形象分析既渊源于文本,又揭示了其含蕴的"理论界和学术界的商业化"之潜文本③。事实上,《小世界》中形形色色的知识分子形象,可以说是作者对西方学术界知识分子群像的浓缩,对这一群体人物的形象刻画,嘲讽了西方学术界乃至整个西方社会④。而朱丽明的《天主教教徒生活的多面镜——谈戴维·洛奇的〈灵与肉〉》(《齐齐哈尔大学学报(哲学社会科学版)》2007 年第 1 期)则是对戴维·洛奇小说中另一组重要人物群体——天主教教徒的研究尝试。近期学界开始尝试把洛奇小说人物研究置放于某种原型背景中,用诺斯洛普·弗莱的浪漫主义和现实主义人物理论来分析人物。有学者注意到《小世界》与国内钱钟书《围城》的相似性,吴昌红的《一座精神堡垒,两种小说形式——〈小世界〉与〈围城〉之比较》(载于《南京师大学报(社会科学版)》1998 年第 4 期)与孟冰纯的《学者的罗曼司——〈围城〉与〈小世界〉比论》(载于《当代外国文学》1999 年第 2 期)是从学理上对两者进行平行比较的尝试。洛奇相较于钱钟书,两者同样是理论批评家与小说家的结合,都同样关注知识分子的生存现状,因此,研究者在创作手法、主题研究、理论批评等方面对其各自代表作《小世界》与《围城》进行比较研究,在中西方各自的社会和文化背景语境下,在中英学者小说异与同的分析比较中能够更好地达成对小说文本的接受。此外,车晓勤在《历史的"拧巴"——后现代小说的必然》(《江淮论坛》2005 年第 1 期)中,将戴维·洛奇的多部小说和徐坤的《爱你两周半》以及刘震云的《手机》并置比较,在剖析中西方后现代小说异同基础上指出:中国对西方的后现代主义理论更多注重借鉴其结构、技巧等形式层面,对其深刻的内涵则显然缺乏深层认知,部分学者甚至以后现代主义话语为掩饰,缺乏知识分子社会责任

---

① 罗贻荣:《元小说与小说传统之间——评戴维·洛奇的〈换位〉》,《外国文学研究》1996年第 4 期。

② 罗贻荣:《"英国状况"小说新篇——评戴维·洛奇的〈美好的工作〉》,《国外文学》2002年第 3 期。

③ 黄梅:《学商扎普》,《读书》1995 年第 6 期。

④ 马凤春:《评〈小世界〉——戴维·洛奇笔下的知识分子》,《西南农业大学学报(社会科学版)》2010 年第 3 期。

感、道德责任感的担当。这篇著作点出了国内学界对西方后现代主义借鉴的缺陷,切中肯綮。近年来,国内学界开始关注到戴维·洛奇与其他英语作家的关系,有的学者以巴赫金诗学理论及其存在论解读戴维·洛奇与美国作家约瑟夫·海勒的创作,将两者的小说实践作为狂欢化文学的研究样本①。还有学者认为《小世界》与艾略特的《荒原》存在互文性,认为这种互文性广泛存在于其主题的仿作、文本直接引用、语言风格的戏仿等多个层面②。

　　对三部曲之外的其他小说的研究较为薄弱,共 38 篇。童燕萍在载于《外国文学评论》2004 年第 1 期的《与"两种文化"的对话——谈戴维·洛奇的小说〈想……〉》中认为洛奇在小说《想……》中表现了当代科学与文学两种文化的对话,而情节的走势则暗示了两者之间的对立或分歧。上海译文出版社中译本《作者,作者》译者之一的张琼先是在《多重关系的再诠释——戴维·洛奇新作〈作者,作者〉》(载于《外国文学》2005 年第 2 期)探讨了洛奇在《作者,作者》中对文学场中作家和写作、作家和同行、作品和市场受众之间的多重关系的阐释,后又在《创作内外的选择——戴维·洛奇之〈治疗〉》(载于《当代外国文学》2006 年第 1 期)分析洛奇在《治疗》中对克尔恺郭尔存在主义哲学的借用,探索作家创作和生活中的选择。对于作家与作品的关系,也有学者或从传记小说写作,或从叙事视角角度关注《作者,作者》的创作特色③。对戴维·洛奇 2008 年出版的小说《耳聋之刑》(Deaf Sentence)专题研究目前仅见到两篇作品,其中之一是王先霈发表在《外国文学研究》2013 年第 2 期的专题著作《从社会批判精神的张扬到人生意义的追问——读戴维·洛奇〈失聪宣判〉》(《失聪宣判》即 Deaf Sentence),对比大量对洛奇创作技巧关注的著作,这篇著作的研究方向有了明显改变,从作品形式等技术层面转换到了思想意识层面。联系到除了三部曲之外,洛奇至少还有 10 部小说的创作,38 篇专题研究论文的分量明显不够。对占洛奇创作近半的天主教小说(六部)及其半天主教小说《耳聋之刑》的研究,无论是数量还是质量都远远滞后。在

---

① 邢颖:《狂欢化文学的存在论——对美国约瑟夫·海勒和英国戴维·洛奇作品的巴赫金论解读》,《当代文坛》2014 年第 5 期。
② 伍国华:《〈小世界〉和〈荒原〉的互文性赏析》,《青春岁月》2013 年第 20 期。
③ 龙瑞翠:《论〈作者,作者〉中主体与他者间的互凝视》,《当代外国文学》2014 年第 2 期;蔡志全:《戴维·洛奇的传记小说〈作者,作者〉与传记小说观》,《石河子大学学报(哲学社会科学版)》2013 年第 6 期。

有限的专题研究中,其研究重点也多集中于其喜剧风格、叙事艺术、讽刺手法、元小说叙事策略以及迎合各种读者的雅俗共赏性等形式方面的探讨,对其体现的宗教意识的关注较少。有学者则将《大英博物馆在倒塌》中的黑色幽默与中外学术界"不出版,就出局"的内部规则相联系,侧重研究小说涉及的现实内容①。丁兆国、童燕萍、罗贻荣等则关注到了戴维·洛奇天主教小说中体现的宗教意识,可谓宗教研究的先行者。丁兆国率先将洛奇的天主教小说划分为相互联系的三个阶段进行宏观式梳理,从发轫阶段、实验改革阶段到回归阶段分析了作家的宗教意识的嬗变②。童艳萍通过对《天堂消息》的解读,揭示了当代英国人在宗教信仰上的矛盾心理③。罗贻荣以克尔恺郭尔存在主义哲学中的"沉沦与拯救"概念解读《治疗》,指出小说主人公从中年危机得到拯救的不是克氏提倡的宗教信仰,而是一种以宽容与爱为核心的新天主教理想④。也有学者认为《治疗》的创作与英国社会的病态密切相关,体现了作者的乌托邦倾向⑤。

与辟专章对戴维·洛奇的创作与理论并重评介相反,对其小说理论进行专题研究的学术论文在整体规模上明显失衡。1991年至2015年总量为181篇的专题著作中,仅有6篇探讨其小说理论。童燕萍的《语言分析与文学批评——戴维·洛奇的小说理论》(载于《国外文学》1999年第2期)称得上是扛鼎之作,认为"揭示小说的诗学特征、语言模式规则和文体本质是戴维·洛奇对小说的三种不同而又相互关联的阅读和批评方法"。张和龙和王辽南分别在《戴维·洛奇小说批评理论评述》(载于《外国语》2001年第3期)和《戴维·洛奇小说理论评析》(载于《外国文学》2005年第2期)先后重申了童文中的观点并作了具体分析。欧荣的《戴维·洛奇小说批评理论再探》(载于《当代外国文学》2007年第1期)回顾了以上对洛奇理论的研究成果,把自己的探索重点放在国内批评界忽略的洛奇有关小说与电影、小说与意识、小说与市场、文学批评的功能与危机等方面,

---

① 宋艳芳:《〈大英博物馆在倒塌〉中"不出版,就出局"的黑色幽默——兼谈文学界的伦理转向与伦理批评》,《外语研究》2012年第3期。
② 丁兆国:《戴维·洛奇的天主教小说》,《外国文学动态》2003年第5期。
③ 童燕萍:《怀疑与希望——浅谈戴维·洛奇的〈天堂消息〉》,《外国文学》2000年第3期。
④ 罗贻荣:《沉沦与拯救——评戴维·洛奇的长篇小说〈治疗〉》,《英美文学研究论丛》2008年第1期。
⑤ 邓伟:《当代"英国状况"的生动摹写和"治疗"的尝试——论戴维·洛奇中的乌托邦倾向》,《湖北社会科学》2011年第5期。

在洛奇理论研究中可谓是查漏补缺之作;后又在《"小说与意识":戴维·洛奇小说批评理论的新贡献》(载于《国外理论动态》2009 年第 3 期)一文中将洛奇小说《想……》与著作集《意识与小说》结合起来解读洛奇对意识的看法、对意识与小说关系的论述,强调其对英国小说批评理论的新贡献。杨东、王翠的《意趣盎然的小说诗学——戴维·洛奇〈小说的艺术〉阅读札记》(载于《文艺争鸣》2013 年第 1 期)是专门对洛奇小说理论专著《小说的艺术》的针对性评析。

除这些发表在各大刊物上的专题论文外,以戴维·洛奇的创作为选题的还有 74 篇硕士学位论文和 5 篇博士学位论文,研究更为深入、细致。相较期刊论文,硕士学位论文虽然研究重点也都集中在以《小世界》为代表的三部曲学院小说范围,但在主题、形象研究方面有所开拓,且针对洛奇宗教小说研究的文章比例有所增加,74 篇中有 6 篇属于宗教研究专题。这些硕士学位论文研究内容包括小说的二元结构、反讽、后现代主义和现实主义特征以及人物形象、伦理追求等,个别涉及对戴维·洛奇长篇小说的宏观把握。第一篇研究戴维·洛奇三部曲创作特色的硕士论文是丁兆国的《戏拟与复调的寓意——评戴维·洛奇校园小说三部曲》(2003 年),以"戏拟"与"复调"这两个名词概括了其学院小说的形式特色,同时以"寓意"兼顾其意蕴内涵。5 篇博士学位论文中,第一篇研究洛奇的博士学位论文是王菊丽的《结构与解构的悖论性对话——戴维·洛奇校园小说的建构模式研究》(2005 年),对三部曲进行了相当具体精确的分析,揭示出其总体呈现的结构与解构的悖论关系。第二篇是欧荣的《戴维·洛奇作品中的"危机"母题研究》(2007 年),从思想意识、原型母题的高度把洛奇的宗教小说和学院小说结合起来作主题研究,成为洛奇研究中的填补空白之举。第三篇是李雪《戴维·洛奇重要小说中三种现代写作方式研究》(2008 年),侧重挖掘洛奇小说的创作方式。第四篇是《小世界》译者罗贻荣的博士学位论文《戴维·洛奇对话小说理论与创作实践》(2009 年),其内容大致在其对话理论专著《走向对话——文学·自我·传播》中已有涉及。第五篇即笔者 2010 年山东大学比较文学与世界文学专业博士论文《戴维·洛奇天主教小说的宗教意识》,是迄今为止将戴维·洛奇小说创作从宗教意识角度进行共时性研究的第一篇学位论文。

小结

以上对国内戴维·洛奇研究成果的汇总,显示出我国学界对戴维·洛奇的研究已经有了一定的规模,但同时也应看到其不足:

译介力度仍显不足。目前来看,戴维·洛奇的 14 部长篇小说只有 6 部有中译本,还有 8 部长篇、若干短篇及剧作无中译本。15 部小说批评专著和编著,也仅有《小说的艺术》和《二十世纪文学批评》被译成中文。此外,除了以上我们所列举的几部专著对洛奇的介绍外,国内尚有许多研究英国小说的专著没有洛奇的一席之地,更遑论英国文学史之类宏观之作①。相对于戴维·洛奇作品已经被译为 20 多种语言的国际氛围,以及对其作品的整体研究水平,国内的译介规模明显滞后。这对于洛奇创作的整体性把握相当不利,某种程度上可说是原初性的障碍。

对国外戴维·洛奇研究的介绍严重不足。外国作家作品研究必然要强调其国际性,而目前国内无论是英国本土还是其他国家洛奇研究现状的资料都极度缺乏,这无疑严重阻碍了国内洛奇研究与国际接轨的步伐。

研究重心失衡。对于戴维·洛奇在小说创作与小说批评两大领域的成就,国内研究多集中于其创作(尤其体现在学术刊物中专题论文的失衡),对其小说理论的研究明显薄弱与滞后。在对其创作所作的研究中,又多集中在三部曲范围之内,对于占其创作半数之多的天主教小说则察之甚少,无论是其覆盖面还是理论深度方面都留有很大空间,有待拓宽和加强。这种重心失衡状况既造成了研究视角的趋同、选题的重复,也体现出对洛奇创作总体上缺乏一种全面而系统的考察。

研究方法有待丰富、加强。从现有的研究成果来看,虽有传统的社会历史批评、作者批评,但更多则是运用后现代主义理论探讨其语言、结构、创作方法,以至于造成某种理论的过分集中和单一性。在当今原型批评、文化批评、精神分析、女性主义、后殖民主义、读者反应批评等各种理论方法密集的批评环境下,这种研究方法的单一状况无疑亟待改善。

以上不足及原因分析,事实上突显了我国外国文学研究的整体缺憾,

---

① 在此,列举几部出版于 21 世纪却未收录戴维·洛奇的著作仅作参考:蒋承勇等:《英国小说发展史》,浙江大学出版社,2006 年版。张中载:《二十世纪英国文学》,河南大学出版社,2001 年版。李公昭主编:《20 世纪英国文学导论》,西安交通大学出版社,2001 年版。孙建主编:《英国文学辞典·作家与作品》,复旦大学出版社,2005 年版。

启发我们如何在拓宽思路、开阔视野的前提下深化对异质文化文学的追根溯源，而不仅仅是停留在表面的文学技巧分析方面，而是要从个别到整体深化洛奇研究以至战后英国小说研究①。

第三节　选题意义与研究方法

从目前国内洛奇研究现状及体现出的不足来看，对戴维·洛奇小说研究的失衡已经相当触目。以天主教小说的研究来说，六部小说才仅仅20余篇专题论文，且这20余篇大多集中于《大英博物馆在倒塌》、《天堂消息》和《治疗》三部小说，而《电影迷》、《走出庇护所》和《你能走多远》则鲜有提及。对洛奇天主教小说的研究缺乏整体性与系统性，失之片面与主观。就研究对象及研究方法而言，大都局限于探讨小说形式方面的喜剧风格、后现代叙事手法、讽刺手法等，对作家重点体现在天主教小说中的宗教意识则缺乏系统、全面的学理分析。

笔者认为，戴维·洛奇是一位在文学批评与文学创作两个领域都卓有建树的学者，其文学实践有着强烈的自觉性；同时，身为天主教教徒，他对天主教教义教规以及教会对世俗生活的诸多限制与规定及其不便、后果都有切肤之痛，因此其天主教小说就承载了一位具有系统的理论自觉、直观感受以及强烈宗教诉求的作家独特的宗教意识。此外，在具体文本中，洛奇体现出对天主教既有批判又有和解、认同，既看到了宗教束缚人性、限制现世追求幸福的一面，也认识到在享乐主义盛行的现当代生活中缺乏精神支柱所造成的心理危机和社会混乱。本书对戴维·洛奇天主教小说的研究有助于透过其表层的讽刺与批判深入其精神拯救的内核，透过看似矛盾的宗教书写，理解其对当代后工业社会诸种现实弊病的深切关怀。本书的理论与价值意义也正立足于此。

基于此，笔者以戴维·洛奇六部天主教小说：《电影迷》(*The Picturegoers*)、《大英博物馆在倒塌》(*The British Museum is Falling Down*, 1965)、《走出庇护所》(*Out of the Shelter*, 1970)、《你能走多远》

---

① 本节有关数据基本来自"中国期刊全文数据库"、"中国优秀硕士学位论文全文数据库"、"中国博士学位论文全文数据库"以及"全国主要报刊外国文学研究文章索引"。

(*How Far Can You Go?* 1980)、《天堂消息》(*Paradise News*，1991)和《治疗》(*Therapy*，1996)为研究对象、行文基础，全面系统剖析小说总体呈现出的圣经——基督教影响，透过小说叙述元素表层的宗教表述，深入挖掘其宗教意识。

本书主要研究方法：

1. 文本细读。把戴维·洛奇天主教小说看作一个有机系统，在充分考察、占有资料的基础上，主要以文本细读的方法分析、阐释宗教性事实、宗教原型在小说构建中的主要作用及反映出来的宗教观。

2. 原型批评。以这种较为宏观的全景式文学批评作为对专注于具体小说本身的文本细读法的补充，追溯作家、作品内容丰富、思想绵长的文学渊源。

3. 结合宗教现象学、叙事学等多种学科与文化理论，全面细致剖析小说文本传达出的宗教意识及其美学表达。

天主教小说的研究既是小说研究，又是宗教研究、文化研究，鉴于研究对象所涉内容广泛，因此本书采取一种开放式的研究方法，在具体分析文本现象时，除了充分文本细读之外，还综合运用宗教现象学、叙事学、人类学等学科理论以及原型批评、社会历史批评等多种批评方法，力图透过戴维·洛奇天主教小说的宗教性事实与宗教原型表现，深入挖掘其宗教文化渊源及文学化表现，分析体现于文本中的宗教意识，揭示洛奇宗教观的世俗化特征，厘清其宗教观的发展脉络，指出其宗教批判表层下的人文主义关怀。

第一章

戴维·洛奇天主教小说中的 宗教性事实

正如小说类型学对某一小说门类总会有诸多定义一样，天主教小说的内涵也不一而足。在此，笔者无意进行知识考古式的梳理，只是想明确本书在何种意义上使用这一概念。笔者基本遵从高继海在《英国天主教小说的发展与特点》一文中的定义，即天主教小说特指天主教教徒写的以天主教为主题或题材的小说。高继海认为，英国天主教在其国家的少数派地位加之天主教严苛的教规，使得很多天主教教徒只能生活在封闭的小团体内，反映天主教教徒生活的小说在叙事角度及精神探索方面就有着独特的体悟。非天主教教徒虽然可能以同情的笔触描写天主教的生活，但旁观者立场的先天不足，对天主教教义的理解及切身感受自不能同天主教教徒相比。这一定义明确限定了小说创作的主客体，直接排除了一大批非天主教教徒写的涉及天主教内容的小说①。

由于母亲是一位虔诚的罗马天主教教徒，戴维·洛奇又是家中唯一的孩子，因此，他从小就接受了较为严格的天主教式教育，并在一个天主教学校完成了小学和中学课程的学习。这样一来，天主教对戴维·洛奇来说既是潜移默化在家庭中的无意识氛围，也有自觉、系统的认知。这种自幼就有的对天主教教义教规的切身体验，加上其本人文学创作的理论自觉，使得戴维·洛奇创作的以天主教为主题或题材的小说在反映天主教生活方面(宗教生活、现实生活乃至两者之间的冲突)能够达到他人难以企及的深层次探索。从 1960 年出版的《电影迷》(*The Picturegoers*)开

---

① 详见高继海：《英国天主教小说的发展与特点》，《解放军外国语学院学报》1997 年第 3 期。

始,戴维·洛奇逐渐推出了《大英博物馆在倒塌》(*The British Museum is Falling Down*, 1965)、《走出庇护所》(*Out of the Shelter*, 1970)、《你能走多远》(*How Far Can You Go?* 1980)、《天堂消息》(*Paradise News*, 1991)和《治疗》(*Therapy*, 1996)六部天主教小说。

天主教在宗教改革运动之前事实上就是在西方居主流话语地位一千多年的大公基督教,其教义教规就是大公基督教教义教规,即基督教教义教规,其核心是由奥古斯丁到文艺复兴时期支配欧洲思想的神学体系。奥古斯丁以前,早期教父中最有名的是欧里根;文艺复兴之后则有很多哲学家,包括现在墨守某种中世纪体系特别是托马斯·阿奎那体系的所有正统天主教的哲学教师。然而天主教思想综合体系的建立与完成基本发生于从奥古斯丁至宗教改革时期这段时间之内。

宗教改革运动之后,基督教分裂为天主教之外大大小小多个新教派别,加上中古时期分裂出去的东正教,现存基督教总体分为三大派别:天主教、东正教、新教。这些教派分离既源于对原初教义理解的分歧,也与社会、政治、文化等具体环境尤其是政治背景紧密相关。本书不拟详细追究及具体阐述基督教的历史沿革及其教派分歧,而是侧重关注文本所涉基本教义、教规,并把研究视域大致限定在文学表述层面,剖析文本中隐含的《圣经》—基督教潜文本,在文学理念上阐释《圣经》—基督教(更具体说是天主教)各种元素在小说中的文学化作用及其功能。

在戴维·洛奇的天主教小说中,通过其涉及的主要宗教事件及各种宗教名词、概念,我们可以大致了解基督教的发展历史尤其是"梵二会议"之后天主教会在神学、哲学、礼仪、《圣经》诠释上的变化及从封闭到逐渐开放的演变,了解基督教各个派别都秉持的核心教义、圣礼圣事、日常事功以及天主教的特色,了解构成基督教信仰文本基础的圣经中的某些人物、故事以及神学思考等。

这些宗教语汇出现在小说中、以小说元素的形式来表现宗教思想,它们对宗教思想的表露和传达必然要依靠小说美学构成的各个要素,以此赋予宗教性事实以叙事意义是文本合法性的基础。叙事文学中显要的两大要素就是情节和人物,而肇始于亚里士多德的西方诗学形成了一种较为传统的情节观、人物观。亚里士多德在《诗学》中从若干角度对情节作了界定:情节是事件的安排,是对人物行动的模仿;情节要模仿完成的行动,必须具备一定长度;完美的情节要包括"发现"、"突转"等戏剧要素。

与此同时,亚氏又说:"这些行动者必然在'性格'和'思想'两方面都具有某些特点。"①这实际已经把人物性格提高到与情节并重的位置。亚里士多德的情节观、人物观对后世两千多年的西方文学、文论产生了深远影响。且不说17世纪古典主义诗学实际是对亚里士多德传统诗学的固定化、体系化,就连20世纪由俄国形式主义者和欧美结构主义者对情节、人物的重新解读,也潜在地以亚氏诗学为基础。这派学者大都致力于将原属于叙事文学内容范畴的情节解释为形式因素,用一系列诸如"故事"与"情节"、"故事"与"话语"、"表层结构"与"深层结构"等新术语、新概念,使传统文论中的情节从以往"对事件的安排"或"对人物行动的模仿"转化为"事件的组合方式"或"人物行为的结构模式";把人物分割成"心理性人物"和"功能性人物",前者强调人物的心理或性格在情节中的主导作用,后者则更强调人物在推动情节的发展、演变的功能。

事实上,亚氏《诗学》既可视为"功能性人物观"的鼻祖,强调作品人物作为"行动者"的功能性,同样可视为强调人物性格和思想的前驱。亚氏的作为"行动者"的人物与作为"性格载体"和"思想者"的人物并没有截然分立,而是有着密切的内在关联。叙事文学中的情节与人物之间是辩证统一关系:一方面,情节是人物成长和性格构成的历史,人物性格决定着情节的构成与发展,决定着一系列事件的发生及其内在逻辑关系的建构;另一方面,情节的演变也展示并推动着人物性格的刻画和发展,也就是说,人物性格的深化和多方面揭示必然要借助一系列情节事件的矛盾冲突。

英国小说自18世纪开始,逐渐形成了较为完善、成熟的模式,成为一种塑造人物、讲述故事、反映生活的叙事体裁。虽经后世现代小说、后现代小说中诸如元小说、存在主义小说、新小说等各种实验性小说的反拨,但小说情节、人物两大要素之分一直是各时期叙事文学实践及批评理论一以贯之的文本事实。随着社会学、心理学、文学批评等发生的语言学转向,小说同任何语言载体一样,在一定的社会历史、现实语境中产生,文本内又形成独特的叙事语境。戴维·洛奇天主教小说基本采用传统小说构造方法,不采取情节淡化、人物消隐、环境模糊等实验性手法,因此,在分析洛奇天主教小说宗教性事实的文学功用时,本书主要以情节、人物、叙

---

① 亚里士多德:《诗学》,罗念生译,人民文学出版社,2000年版,第20页。

事语境为阐释坐标。

第一节 宗 教 性 情 节

戴维·洛奇天主教小说的一个重要特点就是把宗教性事实作为小说的中心情节,这种设置既涉及小说内容,又关乎小说形式。在洛奇天主教小说中,叙事焦点集中于人物面貌、性格如何在宗教性事实中展开、转变以及发展。按照当代叙事学观点,情节是经过作家精心构思、布局,并按照一定原则,朝向某种目的故事材料的重新组合。因此,情节是小说形式与小说内容的统一体。

情节发展一般经历开端、发展、高潮、结局这一完整过程。《电影迷》的故事由男女主人公灵与肉即宗教与情欲之间的张力引发,主要情节线索是男女主人公看与被看、诱惑与被诱惑、宗教与情欲的转化过程。小说男主人公是一位学英国文学的大学生马克·安德伍德,女主人公则是一位叫克莱尔·麦勒瑞的信奉天主教的女孩子。克莱尔代表着宗教,马克象征着情欲。玩世不恭、放浪形骸的马克使出浑身解数,一心要引诱年轻的克莱尔;当过修女的克莱尔则虔诚地想使马克重新皈依天主教。怀着不同目的,两者各自引领对方步入易于实现自己目标的场所。马克带克莱尔去电影院接受世俗的教育,克莱尔则带马克去教堂深切感受宗教氛围。与此同时,两个人内心深处也在进行着宗教与情欲的挣扎与转化。对立双方的拉锯战在文本中符号化地为电影院与教区教堂两个场所对受众的争夺。经由一番不见硝烟却异常紧张的情感与思想搏击,最后,克莱尔陷入了对马克炽热的爱恋,而马克却重新找回了信仰,甚至决定此后要从事神职。欲海之中挣扎的两位年轻人宗教态度的转化,构成故事的戏剧性张力。

《电影迷》中作为情节核心的宗教性事实是笼统的宗教世俗对抗,而在《你能走多远》与《大英博物馆在倒塌》中,故事得以展开的核心则是明确的教义教规。

20世纪80年代初创作的《你能走多远》主要叙写一群年轻人在天主教教义体系下从青春时代到中年危机的半生挣扎、思考与最终选择。以丹尼斯与安吉拉的恋爱、婚姻、家庭生活为主轴,连接起其他八位青年的主要经历。他们都或多或少因自己的天主教背景而遭受诸多精神困惑、折磨乃至磨难，尽管深受其苦，仍坚持在各种宗教教规制约下循规蹈矩。为何如此，《你能走多远》所言中的，直指天主教恪守教规的根本原因——即对地狱的恐惧，这实质上触及了天主教教义的核心——世界末日说。

主要渊源于希腊柏拉图哲学和犹太教的基督教，认为世界末日到来之际，人要根据生前表现受到审判，那时善人将要享受永恒的喜乐，而恶人将要遭受永劫的痛苦。早期基督教继承了犹太教以基督二次降临和肉体恢复为代表的末世学，但到了天主教时期，逐渐淡化了这种具有直线历史观的教义，更强调灵肉二分的希腊化倾向。与此同时，天主教淡化了希腊哲学来世说的形而上学性质，把来世说的抽象概念具体化为天堂、地狱、炼狱的形象表述。除了部分圣徒，世上大多数人都不可能死后即入天堂，而是要按生前功过、对教会的贡献大小，经过长短不定的炼狱磨难之后才能得救上天堂。这种学说强调了人在教会引领下的自由意志对来世生活的决定作用。

围绕这一核心教义，《你能走多远》设置了各个章节："它曾是什么"，"他们怎么失去了自己的童贞"，"事情如何开始变化"，"他们如何失去了对地狱的恐惧"，"他们具体是如何爆发、脱离、克服、打破、冲出的"，"他们如何处理爱和死亡"，"现在它怎么样了"，各个章节围绕的中心点"它"，即对天主教所谓地狱的恐惧。文本于故事之外专门阐释了由天堂、地狱统领的教义体系："往上是天堂，往下是地狱，所谓的得救就是进入天堂、逃避地狱的游戏。这一游戏就像'蛇与梯'游戏：罪恶拉着你向地狱陷落，圣礼、善行、各种禁欲苦行则会推你向上。你的行为、思想都是灵魂估算计量的对象，要么好，要么坏，要么中性。在这个游戏中，所谓的成功就是消除坏的、尽力把中性的变成好的。"[①]文本还说明炼狱是通往天堂之门的一种过渡："对天主教教徒来说，没有人会期待死去时就能到天堂，只有圣徒才可能拥有那样的殊荣。认为自己是圣徒只能确证你一定不是圣徒：有条叫骄傲的蛇跟那条叫绝望的蛇一样是致命之罪（这游戏相当微妙啊）。事实上，绝大多数天主教教徒能够期待的是，在炼狱里待够一定时间、接受一生中小罪与大罪（虽然有些在生前已经得到补赎，但是还有

---

① David Lodge, *How Far Can You Go?*, Penguin Books, 1981, p. 6.

些会滞留到炼狱之时)该遭受的惩罚。"①文本调侃说相对于为天堂与地狱中的灵魂祷告的毫无助益,为炼狱里灵魂做祷告倒是有用的:"为他们祷告类似于为逃亡者传递食品包裹,如果你能在其中塞进几张免罪符那就更受欢迎了。"②

在基督教历史上,天主教一向以威严面目示人。在基本教义的处理上也不例外,为了体现世界末日说中地狱、炼狱的恐怖威吓,天主教教会在日常布道词中常强调地狱之火的烧灼、地狱惩罚的恐怖,在教堂建筑式样、内部装饰、色彩布置方面也极尽渲染这种恐怖色彩。高耸入云的尖塔、幽深昏暗的小窗、色彩狰狞的玻璃、惨烈的圣徒像、圣洁的圣母像,再加上暗淡摇曳的烛光、神父肃穆的喃喃低语,无不给面前跪着的信徒造成一种压抑与威吓。

构成《大英博物馆在倒塌》情节核心的是天主教教规之一——安全节育法。天主教教规以摩西十诫为基础,摩西十诫即《旧约·出埃及记》第20章摩西从西奈山接受的上帝法版,概括为:(1)除上帝外,不许拜别的神;(2)不许制造和敬拜偶像(天主教公布的十诫无此条,另增加一条"勿贪他人妻"作为第九戒);(3)不许妄称耶和华的名(即不许以上帝的名义发假誓);(4)6日勤劳做工,第7日守安息日为圣日;(5)须孝敬父母;(6)不许杀人;(7)不许奸淫;(8)不许偷盗;(9)不许作假见证陷害人;(10)不许贪恋他人所有的财物。前4条是讲人与上帝的关系,是宗教道德,说明人必须敬爱上帝;后6条是谈人与人之间的关系,是世俗道德,讲述人的处世之道。天主教基本教规除在语言、形式上稍加改动之外大致在内容上继承了摩西十诫,只是把摩西十诫中不许敬拜偶像略去;把守安息日换为守瞻礼主日,日期由周六改为周日,且增加了多个节日;把第十条中本来包括妻子在内的勿贪他人财物专门分割出一条——勿贪他人妻,不再把妻子包括在财物中。

除摩西十诫外,天主教教规还规定信徒要信守本教区各项规定,守大、小斋期;每年至少向神父做一次告解,并领圣体;尽力向教会提供经费。守小斋为每周五吃素,纪念耶稣在十字架献祭。守大斋指在复活节前40天期间每天只吃一餐饱饭,凡满16—60岁的信徒均须严守,这是为

---

① David Lodge, *How Far Can You Go?*, Penguin Books, 1981, p. 8.
② Ibid.

了纪念耶稣在旷野修炼 40 天的神圣经历。平时还要注重祈祷、念经、朝圣以及为教会做奉献,参加神职人员主持的七件圣事,即圣洗礼、圣体、悔罪、坚振(成年时坚定信仰之礼)、婚配、神品(晋升神父)和终傅(追亡之礼),信徒才能得到天主恩典①。

对诸如安全节育法这类主要连接以天堂、地狱为核心教义的教规,戴维·洛奇的天主教小说有着特别的关注。通过构建其在小说叙事中的中心地位,突显了这些教义教规在整个教义教规体系中的重要地位以及对天主教教徒生活的影响。

天主教渊源于《圣经》并经由中世纪千年流传与坚固起来的婚姻观念——将生育视为婚姻与性行为的最终目的——与教徒们的实际婚姻生活构成极大矛盾。在天主教看来,婚姻与家庭是来自神性的爱的盟约。圣经把天主创造亚当与夏娃作为人类历史的开端:"因此,人要离开父母,与妻子连合,二人成为一体"(创 2:24),认为婚姻中的爱情是上帝之爱在人间的延伸,极力把婚姻之爱神圣化,这种神圣性的强调使得教会在理论上专注于提升情感的崇高品味,对于其不可缺少的肉体关系则虚化甚至无视其情感、生理愉悦功能而专注于本质化其繁育后代的功能,并把这一繁殖功能与上帝之爱紧密相连:"你们要生养众多,遍满地面,治理这地。"(创 1:28)所以,真正的夫妻之爱以及出自夫妻之爱的整个家庭生活方式,其目标就是夫妻们遵从造物主及救主的教导充实并扩展自己的家庭。

天主教用一套神学观念把婚姻、家庭、性关系都标注上上帝之爱的标签,正如《大英博物馆在倒塌》中一位保守派神父芬巴尔所说的那样,天主教认为:"婚姻的真正目的是生儿育女,让他们感受到上帝的慈爱与威严!"②因此,性关系的肉体性、愉悦性要么被无视,要么被歪曲成放荡、邪恶。尽管天主教允许信徒采用安全节育法,但这种措施必须在遵守自然规律的前提下进行,否则就是渎圣、犯罪。从现实的道德神学来看,使用避孕工具必然被教会视为是一种预谋的犯罪行为。这一套理论与人类情感生活的具体实践、生理需求等完全不符,这就必然引发诸多矛盾困惑。天主教教会也逐渐意识到严苛的教规与社会大环境的脱节,开始着手改

---

① 以上主要参考于可主编:《世界三大宗教及其流派》,湖南人民出版社,2005 年版。
② David Lodge, *The British Museum is Falling Down*, Martin Secker & Warburg Limited, 1981, p. 36.

进与更新。于是召开了始于 1962 年的梵蒂冈第二届大公会议,在教义、教规、礼仪等方面都有重大改革。但"梵二会议"在提倡人性、尊重婚姻的同时,仍然把生育作为婚姻的主要功能,对于安全节育法这一教会教规基本采取维持传统的姿态。

出版于 1965 年的《大英博物馆在倒塌》具体叙述天主教会教规对平信徒生活的影响,聚焦于教规对人性、对人类生活的悖谬与阻遏,其声讨矛头直接对准了安全节育法。男主人公亚当·艾普比正在攻读硕士学位,微薄的津贴不足以承担一个家庭的重任。但天主教信仰又让他不得不恪守教会教谕、教规,严格按照教会规定的"安全节育法"来控制家庭规模,这种方法既烦琐又不安全,让夫妻二人饱受煎熬的同时,又不得不面对其后果:已经有了三个孩子,第四个孩子可能又在孕育之中。"天主教教徒从小就认为自己会在某一天、某个地方突然消失,因此必须时时刻刻保持灵魂纯洁。"①这种对灵魂纯洁的要求,其概念化的直接表现就是笃信教义、严守教规。一面是天主教教徒的虔诚信仰,一面是正常情欲、控制家庭规模的理性需求,左右为难的亚当备受煎熬。文本借鉴詹姆斯·乔伊斯《尤利西斯》的象征性结构,展开亚当一天的经历,读者只见亚当辗转于家庭、大英博物馆阅览室、电话间、学校等代表学术生活与家庭生活两大对立场景中的忙碌身影,脑海中压倒一切的就是妻子即将生育第四个孩子的烦恼。小说叙述亚当先后给家里打了无数次电话,询问妻子月经来临与否、两人是否在不安全周期内有过性生活等,显示主人公异常的焦灼与担忧。

在这样的尴尬处境中,很难谈及婚姻的美好、精神的崇高,婚姻在亚当这里不过就是被茫茫生育之海紧紧包围的一个孤零零的小岛,时刻都有被淹没的危险。身为天主教教徒的亚当曾经对上帝充满信心,但所谓的安全节育法却无形中动摇了其对上帝的信心。天主教医生传授给他几个简单的数学公式,天主教婚姻咨询机构交给他一堆复杂的图表,以此在计划家庭规模的同时遵守信仰律条、教会规定。这些相较于复杂的人类生理功能、复杂的家庭生活来说,是那么的虚弱、无助、不堪一击。文本借用亚当神游时想象地球被原子弹毁灭后自己为火星人撰写一篇名为《罗

---

① David Lodge, *The British Museum is Falling Down*, Martin Secker& Warburg Limited, 1981, p. 65.

马天主教》的短文,调侃天主教是"一个内容庞杂的禁欲与宗教仪式系统。夫妻之间的性生活被限制在某些特定的日期内进行,并受女性体温的限制"。①图表、日历、写满数字的小册子、数不清的温度计,这些都是亚当夫妻二人婚内合法性生活的必备物品,这些东西可说以具体可感的形象集结了生活的一切烦恼与压力。如此暗淡、压抑的婚姻、家庭生活,在以往的文学作品中却几乎不见提及,正如亚当所言"文学主要是讲性关系,有关儿童的内容不多。生活则恰恰相反"。②诚然,亚当将文学对爱情的叙写调侃为性关系的讲述有失公允,但这一想法生动描述出了一位身体健康、有着正常生理欲望的已婚青年满脑子性关系却担心其后果的尴尬窘境。

《大英博物馆在倒塌》出版之时"梵二会议"尚刚刚开始,因此文本只仅仅提到"梵二会议",还无法预示其对安全节育法的保守态度,无法预示普通平信徒的反应。对此的补充则是20世纪80年代初创作的《你能走多远》,对"梵二会议"在改革的同时因维护安全节育法等保守立场而引发的不满,这部小说有较为充分的展开。文本全面展示了一群年轻人依照教会要求使用安全节育法的无奈生活。他们在婚后十年内几乎完全被婴儿所占据:丹尼斯和安吉拉、爱德华和特莎、艾德瑞恩和多萝西、米歇尔和米莉亚姆四对夫妻,已经有了14个孩子。他们本没打算这么快承担养育子女的责任,承担这么大一家人的责任,但自我控制、受尽折磨的结果还是这样。"原因就是囿于天主教教会的教导,他们只能按照教会允许的唯一节育方法即安全节育法进行节育,而实际上周期往往不准确。"③叙事人在这里闯入叙事,以突显的叙事声音提及《大英博物馆在倒塌》里亚当夫妻与之相同的遭遇,把两者联系起来。外在于故事之外的叙事声音以评论性语言在此对两部小说的困境给予统一解答:是恐惧,对地狱的恐惧。表面看来,对地狱的恐惧和安全节育法之间的联系似乎过分牵强,但实际两者却有密切关联:整个天主教神学体系的"力量就在于它的整一性、综合性和不屈服性,对那些在其中生长起来的人们来说,质疑其中一部分就等于质疑全部,在它各项道德规范中挑挑拣拣,蔑视其中难以履

---

① David Lodge, *The British Museum is Falling Down*, Martin Secker& Warburg Limited, 1981, pp. 5 - 6.

② Ibid., p. 63.

③ David Lodge, *How Far Can You Go?*, Penguin Books, 1981, p. 73.

行的条规,这都是伪善"。①"他们从少年时代就被灌输了一种被若干教皇教谕强调的观念,认为避孕是种最重的罪,……不像其他肉体之罪,它完全是一种有预谋的连续再犯行为……"②这种罪无法通过告解和宽恕得以化解,因此可能被剥夺领受圣体的权利,而如果被剥夺圣餐,天主教教义就认为你没有完成复活节义务,事实上已经自行解除了教籍。因此,要么不用人工措施,要么退出教会。能毅然决然离开的人还是少数,更多人经常是既在这个问题上行为失检又仍然保留某种对教义的信任留在教会,这样就得生活在罪感之中。反正无论哪种方式,在天堂与地狱的游戏中都毫无胜算。因此,只能谨守教规。

接下来叙事者继续抛开具体故事,阐述了一番有关生育这一问题在整个天主教教义系统中的地位。"人们一向认为,性行为包含两个方面或者职能:第一,生殖;第二,感官快乐的相互给予和接受。在传统天主教神学中,第二点旨在作为一种鼓励时才视为合法,同理,第一点也是这样——当然限制在已婚夫妇之间。"③一般认为,基督教神学体系主要来自希腊,部分继承了以苏格拉底、柏拉图为源头的二元论:"实在与想象,理念与感觉对象,理智与感官知觉,灵魂与身体。"④形成了重灵魂、鄙弃肉体的苦行主义观念。尽管基督教从未明文反对过婚姻,但一向认为独身要更高贵,且在教会实践中神职人员是杜绝婚姻的。这样一来,属于肉体之欢的性自然不被基督教看好。

基督教一些早期教父认为即便是已婚夫妇,性关系的主要职能也只是繁殖后代,从中取乐无论如何都至少算是一种轻罪。随着婚姻神学人道化的发展,教会逐渐认可性快乐也是夫妻之间相爱的表达,但是与生殖职能完全分开仍然是被禁止的,这种情形一直持续到20世纪。后来教会逐渐许可已婚夫妇设法将性行为控制在妇女每个月的不排卵期,以此规范家庭规模。这种许可自然是带着限制的,但是已经出现了关键性转折,即认可性行为生殖以外的功能。教会在这里遇到了两难处境:如果性行为的身体愉悦功能本身就是美好的事,那么只要不伤害他人就不应该有

---

① David Lodge, *The British Museum is Falling Down*, Martin Secker & Warburg Limited, 1981, p. Introduction.
② Ibid., p. 79.
③ David Lodge, *How Far Can You Go?*, Penguin Books, 1981, p. 116.
④ [英]罗素:《西方哲学史》,何兆武 李约瑟译,商务印书馆,2006年版,第178页。

什么限制，如果是这样的话，那么不但未婚性关系不应限制，就是各种极端的性关系如同性恋之类也都是允许的了。这样看来，对人工控制生育的禁令就非常必要，至少从理论上来说容易怀孕就是阻挡天主教教徒纷纷投向感官享乐的最后一道脆弱的障碍。然而这一阻碍相当脆弱，一旦教会关于地狱的恐吓对平信徒不再构成威胁，随其权威崩塌的同时就是人们对禁令的违犯。事实上，自由选择避孕方法使很多天主教平信徒开始获得道德自治权、摆脱迷信，在道德层面上不再把宗教视为一本随时可以为任何问题找到清楚答案的百科全书。因此，尽管围绕教皇维持现状的教谕《人类生活》的争论仍然方兴未艾，很多人还是作出了自主选择。就连一些之前对教会非常忠实的人也对教会在这个问题上的故步自封表示失望，如《你能走多远》中的艾德瑞恩一类天主教平信徒，就从保守忠实的右翼变成了激进的左派。"当然，还有很多天主教教徒带着或多或少的服从仍然相信教皇的话就是法律，也有很多人半信半疑，还有人出于绝望或厌恶最终离开了教会。但总的来说，整个事件最显著之处就是一种逐渐显现的平信徒的道德自主。"①

《大英博物馆在倒塌》与《你能走多远》讲述的大致都是青年男女婚姻生活所受的天主教压抑，在这一叙事过程中，安全节育法与联系天堂末日说教义的地狱恐惧成为两者叙事得以展开的核心内容。创作时间处于这两部小说之间的《走出庇护所》，情节主线则是主人公提摩太走出天主教庇护所的成长过程，可以说是成长小说之天主教版。提摩太16岁之前一直生活在家庭、学校以及从家人到学校共同的天主教氛围中，16岁之后去德国的一次游历给了他巨大的冲击。一边是天主教提倡的节欲生活，是英国二战后由配给制统辖的拮据的生存环境，另一边则是由吃喝玩乐、形形色色物欲积木构成的现代消费世界，是一帮流连忘返、彻夜狂欢、一味找乐的世俗男女群集的花花绿绿的享乐主义世界。对这一切初时愉悦进而犹疑的提摩太开始重新审视之前不加任何质疑的天主教教义教规提供的道德规范。

作为天主教家庭的孩子，提摩太7岁就做了第一次告解，领了圣体。表面上来看，提摩太一直遵守着天主教各种教义教规及礼仪。全新世界不但让提摩太体会到外部世界的精彩，也体验到对以往天主教神学体系

---

① David Lodge, *How Far Can You Go?*, Penguin Books, 1981, p. 118.

提供的庇护所的极大冲击。正像作者在《大英博物馆在倒塌》中所言："……在青少年到成人早期一直是一名虔诚天主教教徒的一代人中,任何受过教育的有知识的天主教教徒似乎都签订了某种生存合同:天主教玄学系统为他们消除了疑虑、提供了稳定的心境,作为回报,他们便接受了相应的道德规范,即使这些规范在实际生活中极为残酷和难以达到。"[1]年轻的提摩太确乎正是这样接受天主教庇护的一分子。

戴维·洛奇自己承认这部小说集德国式成长小说与亨利·詹姆士国际题材小说于一体。《走出庇护所》把少年提摩太的成长过程放在一个与家国迥异的全新世界里,在主人公成长问题上伴随着不同文化、不同世界观的激烈冲突,为成长小说赋予了新的内涵。这一国际氛围的置放前提,也为提摩太对天主教的重新认识提供了更为直观可信的变化背景。

在这一小说中,作者没有为提摩太庇护所内外的困惑给出具体的答案。只是细致再现了主人公刚刚脱离庇护所的惶恐、受到新世界的冲击,并按照基督教的奖惩原则为人物设计了结局,并以现世选择置换了不能预期的末日审判,让故事中的各色人等按照自己对生活的取舍得到相应的奖赏或者惩罚。提摩太成年之后有了成功的事业、完美的家庭。没有信仰支撑的温斯和克瑞格,这对专注于感官享受的同性恋者弄得声名狼藉,最后只好逃避到偏远的异地他乡;过分贪求物质享受的凯特放弃了宗教信仰,疏淡了亲情,抛弃了唯一的爱情,落得个"老大徒伤悲"的下场。

1991年出版的《天堂消息》,其叙事核心不再是基督教某一核心教义或教会某一教谕,而是基督教文化中的一种传统仪式——朝圣。《天堂消息》开篇即展示出即将踏上通往夏威夷旅游胜地的一群旅客形形色色的现实烦恼,渴望经由一番现代朝圣——旅行,摆脱烦恼,寻找幸福快乐。

小说主人公伯纳德·沃尔什经历漂洋过海、长途跋涉的旅途艰辛,不但为姑妈与父亲解开了多年的心结,自己也获得了爱情与财富。主人公从英国到夏威夷的旅程几乎再现了基督教文化中的朝圣传统,其经历一番波折最后抱得美人归的幸福结局也颇得朝圣者最终得见天堂的深层意蕴。

与精神、物质双重贫困的伯纳德相比,《治疗》的主人公墩子确然属于

---

① David Lodge, *The British Museum is Falling Down*, Martin Secker & Warburg Limited, 1981, p. Introduction.

事业成功、家庭美满的中年白领：作为电视剧编剧，他的稿酬源源不断；作为住家男人，他拥有宽敞舒适的别墅、美貌健康的妻子、独立生活的儿女，甚至还有慰藉精神的情人、闹市之中独属一人的公寓。但他偏偏得上了一种难以治愈的腿疾，疼得钻心，发作得莫名其妙。他四处求医问药，先后尝试了全科医生、理疗医生、会诊医生、外科医生、神经科医生的各种治疗，做了外科"关节内窥镜手术"，历经理疗、认知行为治疗、芳香疗法、针灸疗法等治疗方法，腿疾依旧。在冗长无效的求医苦恼中，他的妻子抛弃了他，儿女们也指责他，电视剧也出了岔子，生活全乱了套。

一番波折、一番磨难、一番漫漫寻求答案的旅程过后，他终于找到了腿疾的根源：原来是青年时代与初恋女友莫琳的恋爱受挫于天主教森严教规的经历。文本通过墩子撰写的莫琳回忆录，再现了两个年轻人在教规严厉"监视"下的恋爱经历、身体接触：先是在跳舞会上小心翼翼地隔着衬衣抚摸身体，一年之后隔着衬衣摸到了莫琳的乳房，后来又经过漫长时日才得以揽着胳膊、开始临别脸颊一吻……莫琳的天真无邪、其父母充满怀疑的监视、墩子的毫无经验，更重要的是莫琳的罗马天主教良心都使墩子对莫琳的欲望无法满足，墩子回顾往事时认为："或许正是这种限制帮助我们将彼此的忠诚维持这么长时间。从来就没有足够的时间对彼此的陪伴感到厌倦。"[①]然而，当时的墩子却无法忍受莫琳因为莫名其妙的宗教良心而拒绝自己，两者恋情的终结既源于墩子青春期骚动与宗教禁忌的冲突，也有墩子对整个天主教教义系统的反感。莫琳所属的天主教会、莫琳秉承的天主教教义、教规成了墩子人到中年无法找到快乐、腿疾爆发的根源，小说情节以一种倒叙的方式回溯了前因后果。

第二节　宗教性人物

西方小说最早渊源于骑士传奇的流浪汉小说，如欧洲现代小说鼻祖《堂·吉诃德》就是对骑士小说的讽喻之作。流浪汉小说的基本模式是以主人公的游历串联起一系列事件及次要人物，这可说是人物型小说，后来主要经由英国理查逊的爱情小说，小说开始集中于一个中心事件。对小

---

① David Lodge, *Therapy*, London: Secker & Warburg, 1996, p. 239.

说进行情节小说与人物小说分类的诗学传统大致源于小说这一演变过程。针对这种传统，现代小说及小说理论的奠基人亨利·詹姆斯认为两者是小说缺一不可的有机整体，人物是为了限定事件，事件又是为了揭示人物。

在宗教与各种世俗生活对立交错的情节发展中，戴维·洛奇塑造了一系列与宗教有关的人物形象，这些人物形象按所属阵营、宗教态度分为两大系列：神父系列与平信徒系列。这两大阵营又可细分之。

一、神父系列

戴维·洛奇天主教小说中的神父大致可细分为两类：一类是教条主义神父，另一类是怀疑主义神父。

（一）教条主义神父

教条主义神父也即保守派神父，他们一般观念保守，但无力改变现实。《电影迷》中的吉布林神父、《大英博物馆在倒塌》中的芬巴尔神父、《治疗》中的杰罗姆神父都大致属于这一行列。《电影迷》通过女主人公克莱尔的眼睛，再现了一位孱弱无力的神父形象：耐心、倦怠、迷茫以及无能为力。与其说是对世俗诱惑深恶痛绝，倒不如说更像是出于逃避。吉布林神父抨击色情电影"巧妙迎合了人类最低劣本性的丑恶展现，是对基督教社会基石——家庭——的邪恶攻击，而所有这些都打着娱乐的旗号"。[①] 他决定把星期四的祝福式改在星期六进行，迫使会众在原本要看电影的日子来教堂参加祝福式，以此让上帝帮助会众摆脱周六去电影院的嗜好。以教堂对抗影院、以布道对抗电影，吉布林神父注定在打一场没有胜算的战争。吉布林布道时的痛心疾首、义正词严与听众们麻木、困惑的表情对照，突出了说者与听者近乎时空交错的心理距离。马克将电影上升到形而上哲学层面，认为电影的威胁性不在于其淫荡与色情，而在于对生活的逃避。在这一点上，电影与宗教目标一致，只是宗教用虚无缥缈的天堂引导人脱离现实生活，而电影则营造出一个声、光、色皆备的有形的享乐主义天堂引诱人投入自己的怀抱。已然与现世生活完全脱节的吉布林神父自然无法理解马克的言论。对于这位不谙世事的吉布林神父来说，除了一个教会赐予的职业、一套用基督教义支撑的思想系统，他一无

---

① David Lodge：*The Picturegoers*，Penguin Books，1993，p. 105.

所有,自然无从理解与判断。

《大英博物馆在倒塌》中的芬巴尔神父表面看来也相当保守,他随身佩戴圣像护身,对"梵二会议"缺乏热情,反对改革礼拜仪式和对非教徒进行教育,反对对教会教义任何形式的变革,总之,态度相当顽固。但小说同时呈现了这位神父的另一面,比如面对亚当安全节育法的质疑,他在捍卫教义的同时,建议通过祈祷、分享圣餐、一起念玫瑰经等方式节制性欲;此外,芬巴尔神父对甲壳虫乐队的狂热,与同伴用掷钱币的方式决定谁去听布道,都显示出其性格中人性化的柔和一面。

《治疗》对杰罗姆神父的处理较为简单,由于他出现在小说主人公墩子关于初恋女友莫琳的回忆录中,对他的单一化处理自然携带有墩子本人的偏见。在墩子眼中,杰罗姆神父组织的青年俱乐部活动表面上是给天主教青年以娱乐与聚会,实则是进行严密监视,他的介入戏剧性地改变了墩子与莫琳关系的发展。神父提醒莫琳她自己的名字"在爱尔兰语里就是玛利亚","她要在思想、语言和行为方面都努力不辜负这一切"。①严密监视的眼睛、义正词严的训导、再加上身后耸立的森严的教义教规体系,导致了莫琳与墩子在青年俱乐部圣诞演出时的最终决裂。杰罗姆神父俨然成了伤害、阻碍、终结青春恋情的直接杀手,是天主教的有形化身。

(二)怀疑主义神父

怀疑主义神父也可以称之为激进派神父,《你能走多远》中的奥斯丁·布瑞厄雷神父和《天堂消息》中的伯纳德·沃尔什是这类神父的典型代表,两者最终都选择放弃神职、重回世俗生活,只是前者的转化过程是情节叙述重点,而后者则在故事开始时即已经脱离神职,是一位怀疑主义神学家。《你能走多远》中的奥斯丁,本为伦敦大学教堂的一位助祭,还负责大学里一个"新约研究小组"的研究指导。他非常喜爱身边一群总在周四望弥撒的年轻大学生,尤其是其中一位活泼激进的女孩。对奥斯丁神父来说,他一方面摆脱不了尘世的诱惑,一方面又对教会诸般教义教规保持一种郑重其事的研讨态度,动辄进行一番彻底的自由主义式的神学思考,因此总是处于与周围环境无法苟同的窘境。奥斯丁在神学及布道实践中的激进方式,布道时对圣经进行的自由主义式神学阐述,都让教会无法容忍。他一次次被赶下圣坛,被驱逐到大学进修,直至最后被彻底悬

---

① David Lodge, *Therapy*, London: Secker & Warburg, 1996, p. 253.

置：不允许布道、不允许插手教区事务。在被教会边缘化的过程中，他精读、谙熟了现代神学、哲学、社会学乃至心理学等各种思想学说。奥斯丁在小说开放性结尾中的复活节仪式之后就放弃了神父生涯，很快娶妻生子。之后有幸得到一笔奖学金攻读宗教社会学的博士学位，家庭、事业重新开始。虽然奥斯丁仍自视为天主教教徒，但他每周轮流去不同的教会或小教堂——天主教、安立甘教、东正教、自由教会或是教友会。奥斯丁在日常生活中采取的这种兼收并蓄态度，部分原因是出于研究兴趣，更大程度上也显示出其宗教信仰已经与天主教迥然有别。

或许是限于篇幅所致，文本对奥斯丁神父神学思想逐渐世俗化的过程叙述较为笼统。这一点由《天堂消息》中的伯纳德作了补充。文本以伯纳德的日记方式，回顾了自己献身天主又离弃神职的过程。伯纳德出生于中下层家庭，父母皆为爱尔兰人。兄弟姐妹四个年少时就读的都是政府资助的天主教中学或修道院学校。伯纳德自小笃信天主，很早就被神父选中为弥撒助祭，15岁就立志侍奉天主。他后来回顾自己的这一决定，认为那只是用来解决青春期诸多困扰的一种逃避而已。青春期身体的变化，头脑中的不洁念头，对罪过的恐惧，对有罪状态下死去的恐惧等，都让他不知所措。他以为献身于主的事业，就能解决所有的问题：性、教育、事业和灵魂的永生。于是他从寄宿学院式的初级神学院，到高级神学院，再到牛津大学攻读神学博士，最后一帆风顺地回母校神学院当教师，培育更多教士。学院停办后，去教区当神父。在履行教区神父职责的过程中，逐渐意识到教区居民要求一个神父所做的不过就是主持他们的婚礼、为他们的孩子洗礼、宽慰他们的丧亲之痛、减少他们对死亡的恐惧，简单地说就是精神慰藉；意识到自己的角色不过就像是一名旅行社职员，给游人送票、办保险、分发宣传册、担保他们永远的幸福。这样一周又一周待在祭坛上居高临下对会众宣讲各种保证和希望，某天伯纳德忽然察觉自己已经不知不觉地失去了虔诚的信仰。留在自己心中的，却原来就是曾经费心尽力地抵御了半生的那种激进的、去除神话形式求其真义的神学。女友达芙妮表面上是他最终离开教会的原因，实则只是充当了催化剂的作用。

奥斯丁与伯纳德·沃尔什，前者可以说是后者的青年版、神学思想转化版，后者是前者的中年版、世俗生活版。这类激进主义神父与吉布林之类的保守派神父反映了教会组织内部左、右两个极端阵营的存在。在这两类极端之间则是大多数中庸神父,他们大多不对教义审慎思考,对天主教现代化或复兴运动没有多少兴趣,只专注于教会日常事务及各种教区实践活动。这些神父共同诠释了教会看似整体合一的内部系统随社会发展逐渐分崩离析的现实情境。

二、平信徒

除了以神父这一人物系列展现教会内部的冲突与变化,戴维·洛奇天主教小说中更丰富、复杂的人物系列则是平信徒。身为平信徒一员,洛奇对平信徒在教义教规中的生存困境以及意识发展流程有着更为切肤的理解,因此他笔下的平信徒系列更为真实、立体。戴维·洛奇天主教小说中的平信徒大致分为五类:

(一)宗教信仰与理性选择兼备者

这类人一般出生于天主教家庭,自幼浸淫于宗教氛围,接受宗教教育,可以说是具有先天性家学渊源的天主教教徒。他们青春期时由于教义所限无法得到充分有效的性知识教育而倍感苦恼,未婚时保持童贞,婚后恪守安全节育法,在教义教规压抑之下的现实生活中逐渐觉醒、质疑,最后作出理性选择,自我协调精神与肉体、宗教与理性的对立。

《治疗》中的莫琳,是一位在小说叙事中从青春时代走到老年的坚韧女性。年轻时代莫琳谨守天主教教义教规:每月一次告解,每周去领圣体,在恋人与上帝之间艰难挣扎、备受折磨,最终因为对教会代表的信仰的忠诚而失去了初恋男友。后来经历生活的一系列变故,直觉地对教义教规作出现实性取舍,直到年轻儿子参加天主教救援组织意外身亡后,开始彻底反思。她为儿子生前有过女友并可能有过性关系而感到安慰,遗憾儿子没能尝试生命的全部,如结婚、养育儿女等。为了摆脱失去儿子的悲痛与空虚,莫琳踏上了漫长的朝圣之路。但这绝非是一种简单的宗教动机,莫琳在朝圣路上填写旅行表格时,面对旅行动机五项选择:宗教、精神、娱乐、文化、体育,她没有选择宗教,而只确定了精神。这表明,莫琳对宗教信仰已经不再是盲目地恪守,而是加入了自我精神抉择,宗教只是精神需求之一。

《你能走多远》中的大部分年轻人如丹尼斯、迈克尔、爱德华等,也是如莫琳一样的信仰与理性选择兼备者。他们在青年时期都是周四弥撒、"新约研究小组"的参与者,后来在家庭生活中都备受安全节育法的折磨,最后毅然选择采取各种背离教会要求的措施，同时又参与各种宗教聚会，继续按部就班地履行各种宗教义务。

《走出庇护所》虽然没有详细再现主人公提摩太走出庇护所后的学习、工作、婚姻生活，但在对其庇护所内外尤其是乍离庇护所后生活与思想历程的集中表现，也将他塑造为一位兼具宗教信仰与理性选择的天主教教徒。

（二）"虔诚派"

所谓的"虔诚派"信徒有着表里不一的共同特性。这类平信徒对于宗教表面上是不加选择的迷恋、忠诚，对任何违犯教义教规的行为都视如毒蛇猛兽、水火不容，但内心深处却自有定见甚至各怀鬼胎，细究起来相当龌龊。莫里哀的答尔丢夫、雨果的副主教可说是此类伪善宗教人士在文学中的始作俑者。《电影迷》中的达米恩与《你能走多远》中的艾德瑞恩是此类人物的典型代表。

达米恩口袋里总带着念珠，路上行走时也不忘经常念诵玫瑰经；看到印有半裸女演员图片的海报，就义愤填膺地要报告天主教团体；一见马克和克莱尔在一起，就认为马克正竭力引诱克莱尔堕落，而克莱尔则正自甘堕落；想方设法规避爱情、婚姻、家庭需求的自然人性特征，总要牵强地为各种本能需要寻找宗教理由，将约瑟、玛利亚与耶稣这一神圣家庭作为自己渴望女人的挡箭牌……虔诚的外表包裹着诸种丑恶不堪的行径：偷听别人谈话、屡次跟踪克莱尔与马克、内心阴暗、行为鬼祟荒谬，显示出一种近乎疯狂的变态人格。

艾德瑞恩似乎并不像达米恩那样浅薄、低俗，大学时代他与丹尼斯、迈克尔等人一样，是周四弥撒、新约研究小组的固定成员，应该说有一定的知识储备与理性思考。但文本一开始就把艾德瑞恩刻画为一个自负、老练、颇有心计、渴望自我表现的人物，他参加很多天主教团体，一周大多数时间消磨在这些宗教团体中，希望以宗教的虔诚给予自己道德支持，抵消深埋于心的无神论、弥补学业上的不够努力。大学时代，他喜欢安吉拉，喜欢出人头地，但两者全部落空。他的枯燥、呆板让他无法得到心仪女孩的爱意，新婚之夜尚在心底回顾一生的落魄与失意……宗教虔诚仅仅只是艾德瑞恩的一种手段，他内心渴望的是完全不同的东西。这也难怪艾德瑞恩后来会突然来个一百八十度大转弯，从宗教右倾转到左倾激进：1969年，艾德瑞恩作为"天主教开放教会"的主席，搜寻昔日周四弥撒的伙伴，邀请他们参加该组织，为敢于直言与教会不同意见而遭教会悬置的教士如布瑞厄雷神父向教会签名请愿。艾德瑞恩此时除了外貌稍有变化，与昔日毫无二致："严厉、不耐烦、教条化，只是现在跨越理念的光谱，从右派变成了左派。"①

（三）激进派

与第一类教徒一样，这类人一般也降生于天主教家庭，宗教不是他们出于自我意志的选择，而是被选择。面对被选择的信仰，他们既不虔诚，也不假装虔诚，一旦宗教各种清规戒律对自我自然欲望造成了压抑，就毫无顾忌地反其道而行之。这方面的典型代表是《你能走多远》中的菠莉、《走出庇护所》中的凯特和《天堂消息》中的厄休拉。

菠莉性情活泼、长相漂亮、思想活跃，与性情如天使、从不曾有任何不洁思想的安吉拉相比，菠莉内心有很多不为宗教所容的不洁想法，但她又不像迈克尔一样为此惴惴不安，而是坦然参加弥撒、坦然领取圣体。对她来说，似乎从不劳烦将自己的言行用天主教教义教规衡量。因此，大学毕业后她很快过上了完全自由的生活，交了很多男朋友，后来还与一位离过婚的男人结了婚，彻底断绝了与教会的联系（天主教不允许离婚）。尽管"梵二会议"后教会对离婚不再像传统那样严苛，但似乎菠莉也没有重回教会的迫切需求。

《走出庇护所》中的凯特与菠莉一样，离开父母视线之后就放弃了宗教。二战之后她应征为美军随军秘书，随美国驻军常驻国外。在享受丰裕物质的同时，几乎全盘接受了美国的消费主义文化。

《天堂消息》中的厄休拉在故事开始时已经是一位身患绝症的穷困老妇了，但她年轻时的历程几乎集凯特的经历与菠莉的性格于一身。二战爆发时，她与父母住在一起，做着一份打字员的工作，本想去参加一个妇女组织（那样的话，她与凯特战时经历几乎类同），被父母所阻。因此战争期间只能待在家里，没能像凯特那样提前投身于美国所主宰的消费主义世界。1944 年，厄休拉遇到一位美国空军士兵，立刻与之飞往美国。即便后来遭遇丈夫抛弃，仍然一个人待在美国。她的性格与菠莉如出一辙，活泼开朗、向往自由。在家人眼里，她有些轻佻，缺乏责任感，喜欢舞会、聚会之类，交友广泛，男友众多，但从来没有固定的男朋友，一见男孩子认

---

① David Lodge, *How Far Can You Go?*, Penguin Books, 1981, p. 123.

了真,就立刻甩掉他。与菠莉一样,她也是嫁了一位离婚男子,因此彻底斩断了与教会的联系。只是,相对于 20 世纪 50 年代正当青春的菠莉,厄休拉的青春时代在二战之时受到诸多限制,也便没有如菠莉一样有更多的选择。出生年代的错位似乎也预示了厄休拉潦倒的暮年。

(四)宗教牺牲品

《你能走多远》中的紫罗兰与《电影迷》中的克莱尔,都生于天主教家庭,也是在不知道要选择什么、放弃什么的年龄已然被父母代替作了宗教的选择。她们二人不像提摩太、迈克尔那样成年之后用理性选择代替了之前盲目的宗教信仰,而是已被宗教完全夺去了自我理性,无法走出宗教伤害的阴霾。

紫罗兰在大学时代由于沉浸在宗教的罪感之中无法自拔,在一次次告解无法得到安慰后罹患了神经症。此后终生受这种疾病折磨,一直在家庭与医院两地间循环、反复。正如其丈夫罗宾所言,她神经症的根源很大程度上是其天主教背景,如地狱之火、罪感、贞洁之类的天主教布道与宣传。紫罗兰憎恨自己,憎恨自己的身体,憎恨自己的思想,她坚信自己一无是处,于是做些极糟糕的事情证明自己的一无是处,之后又感觉有罪。如果没有罪感,又明显违犯天主教教义教规,她就会感觉难过、不幸福,而这种不幸福又让她感觉有罪。思想完全被天主教罪感俘获的紫罗兰四处寻找答案、寻求安慰,之前求助一次次告解,之后又求助一次次心理治疗。除了天主教信仰,她还相继成为耶和华见证人教友会成员以及伊斯兰教泛神论神秘主义者。她的想象已然被儿时浸淫的天主教教育改造成了启示录式的,总觉得灾难临近、自身罪恶深重,需要从各种宗教中获得神秘力量。

同样也出身于爱尔兰裔天主教家庭的克莱尔,幼时就形成的宗教虔诚却最终终结于修女院的修女生涯。她之所以竭尽全力帮助马克重新皈依天主教,表面上是出于一个虔诚天主教徒的责任感或者说义务,实则既喜欢与马克接触,也借此重新为自己寻找宗教热情。从小生长在恪守天主教教义教规的家庭氛围中:每日例行集体祷告、个人祈祷、周五守斋不吃肉、周日望弥撒等,少年进修道院、成年后又当修女,克莱尔自然把一切都与宗教联系在一起,所有疑问都渴望从宗教那里寻求解答,宗教已经剥夺了她从其他方面获得知识、经验的机会。失去了宗教信仰,爱上马克又遭遇后者拒绝,她不知如何面对眼前无边无际的空虚无聊岁月。痛定思痛之后,她意识到是宗教毁了她、毁了马克,毁了他们本会有的幸福。

天主教信仰形成了紫罗兰无法自控的病态人格,这种病态使她无法在家庭中担负起主妇、母亲之责,社交时一次次出丑的经历显示其无法行使社会责任,显然已经是一个废人。而克莱尔对爱、对家庭的渴望很大程度上也夭亡于宗教信仰的魔力。两者作为宗教牺牲品的存在,无声控诉了天主教与天主教教会刻板律条对个体幸福的扼杀、对人类理性的戕害。

(五)出于各种不得已原因皈依宗教者

《你能走多远》中的鲁丝从一个平信徒成为职业修女,把信仰当成毕生的职业,并非出于虔诚。宗教对她来说与其说是一种信仰,毋宁说是友情、爱情、家庭等群体生活的替代品。由于相貌平庸,鲁丝无法在正常的人际交往、日常生活中获得认同、欣赏,更无缘于异性的爱慕。大学时代同龄人短暂的宗教集会向她展示了一个较为温暖的氛围,逃离了异性冷淡的目光。宗教给了她日常生活难以体味的温暖与慰藉,这使她最终选择将一生奉献给教会。后来历经 20 世纪 60 年代教会改革的风起云涌及开放思潮的影响,成为所在修女学校的雅各宾派人物,虽经历短暂的信仰失落的困惑,却最终在五旬节派运动中重新把自己安顿下来。鲁丝的最终安顿实际提出了一个问题:那就是如果她意识到这一运动最后证实仍是一场闹剧,她如何安顿自己?作者没有对此作出回答,或许,本来就没有答案。

而米莉亚姆、特莎之所以由英国国教改宗天主教,是因为二人分别要嫁的迈克尔和爱德华都是天主教教徒。

迈尔斯则是因为先天的同性恋倾向而改宗天主教。教堂内部暗淡的、邋遢的装饰,喃喃低语的会众、还愿蜡烛摇曳的烛光、凝固的烛泪、闪烁摇曳的祭坛灯,见证着上帝的显现,天主教似乎迥异于新教拘谨趣味的这一切都神秘地暗合他内心的隐秘。迈尔斯由新教改宗天主教,潜在心理是借天主教的神秘美感摆脱性取向的困惑。

对于鲁丝、米莉亚姆、特莎以及迈尔斯来说,宗教不再是虔诚信仰的化身,而成了某种替代品:或感情慰藉,或婚姻伴侣,或神秘想象……

(六)将宗教视为习惯者

戴维·洛奇天主教小说中还有一类较为广泛的平信徒,即把宗教信仰当成习惯遵守的大多数会众,这类信徒将各种教义、教规、习俗等都习以为常地视为天然存在,不会也不愿从理性角度加以审视、质疑。他们一般都循规蹈矩地望弥撒，遵守各种大小斋期、按时祈祷、诵经等，但不会以是否虔诚、是否坚信、是否严格遵守每条教义教规为难自己。宗教对他们来说不是束缚，但也从未抵达灵魂深处，只是一种无法摆脱也不需要摆脱的习惯。《电影迷》中的麦勒瑞夫妇、《走出庇护所》中提摩太父母、《你能走多远》中的安吉拉、《天堂消息》中的老沃尔什等大群信徒都属于这一阵营。

较为典型的如安吉拉与麦勒瑞夫妇。正像她的名字（Angela，意为天使）一样，安吉拉在家人、朋友心目中都是一位天使，在家里她是个勤劳的孩子，在学校是个优秀的学生。她寻找一切机会做好事，为老太太代购商品、看护婴儿、参加各种宗教仪式，内心没有任何不洁的念头。安吉拉婚前是个好女孩，婚后是位好妻子。遭遇厄运频频打击——生下先天智障的儿子、小女儿被车撞死——之后，安吉拉不声不响扛起家庭重担，操持家务、耐心教导智障的孩子，寻求各种治疗、教育方式，参加各种慈善团体，继续一如既往地保持宗教习惯。安吉拉可说是文本中最合格的天主教教徒。她不像丹尼斯遭受厄运之后即开始质疑深信不疑的宗教，反而将厄运与宗教一同视为生命中无法回避的现实坦然接受，继续恪守信仰、继续努力生活。

麦勒瑞一家吵吵嚷嚷、亲热随便，尽管家庭贫穷，却让每个孩子都尽可能生活得幸福、愉快。他们一家恪守天主教信仰，每日例行集体祷告、个人祈祷、周五守斋不吃肉、周日望弥撒。麦勒瑞夫妇去教堂，也去看电影，对他们来说，电影与宗教"可能只是一个让其他人暂时接过生活重担的机会而已"。[①] 他们没有对教义的认真思考，也不曾遭受性与信仰不能两全的折磨，只是出于习惯谨守着对他们来说天经地义的行动准则，宗教对他们来说与其说是一种信仰，莫如说已经成为生活中某种与娱乐等同的合理补充。

从戴维·洛奇天主教小说塑造的这些宗教人物来看，表面上最为热衷于各种宗教礼仪、圣事，参加各种宗教集会、履行各种宗教义务的人，似乎是最不具备仁慈、宽容、博爱、圣洁等基督徒品质的人。反而是那些要么质疑教义教规，要么视之如日常生活一部分的人，倒可能是最符合教义要求的合格教徒。其宗教人物对教义教规的态度成为评判其人格高下、

---

① David Lodge, *The Picturegoers*, Penguin Books, 1993, p. 59.

智慧优劣的标尺。可见，戴维·洛奇小说对宗教的处理是把教会、教义教规与天主教教徒作为信仰的不同方面、不同层次分别对待。

第三节 宗教性语境

文学文本是语言构造的艺术作品，而语言是一种最重要的交际工具，正如现实中的一切语言交际活动总是在一定的交际语境中进行的，由语言构造的文学文本自然也必须在特定的交际语境中进行。语境既包括语言因素，如上下文环境等，也包括非语言因素，如该语言交际事件发生的时间、地点、场合、时代、交际对象以及社会、文化背景、自然环境等。我们可以称前者为"内语境"，称后者为"外语境"。新历史主义实践中经常将文学文本之外的文化、历史乃至各种文献资料作为阐释文本必须的外语境，相对于这种处于文本构成之外的阐释语境，我们这里所说的语境更接近于传统小说理论中小说三要素中的"环境"内涵，只是在吸收"环境"的具体直观性同时，更侧重于诸多宗教色彩的语言概念与抽象语境。严格说来，戴维·洛奇天主教小说中无论是宗教性事实中的宗教情节还是宗教人物，甚至推而广之宗教原型、宗教观，共同缔造了其小说的宗教语境。但这里所说的语境，特指叙事文学中为人物行为和矛盾冲突提供的场合、处境以及氛围。从这一概念出发，洛奇天主教小说中的宗教语境包括自然环境、社会环境以及宗教系统中特殊的玄学氛围即玄学语境。自然环境一般比较直接具体，如人物活动的时间、地点、现场环境等；社会环境相对来说较为宽泛，如心理背景、社会背景等；与自然环境、社会环境的具体、实在性相比，宗教玄学语境则较为抽象、神秘。对叙事语境的考察主要涉及这些语境对情节发展、人物塑造等方面的叙事功能。

一、自然环境

《电影迷》是赋予自然环境宗教隐喻的最典型作品。克莱尔与马克宗教与情欲互相转化的两大地点是教堂与影院，教堂是克莱尔争取马克皈依天主教的场所，影院则营造了引导克莱尔注意肉体情欲、接受世俗愉悦的氛围。两者之间则是麦勒瑞家所在的院子。租住在麦勒瑞家之后，麦勒瑞家中浓厚的天主教氛围首先就让离家上学之后就离弃天主教的马克勾起了某种与缺少关爱的童年联系起来的不安与窘困,文本详细描述了一次由马克旁观的茶后例行祷告:"他们都跪在地上,拿出自己的念珠。麦勒瑞先生背诵每段祷文的上半段,其他人则齐声重复。场景既神秘又让人不安。他感到自己很孤单,在这些跪着的形体中,他的坐姿又笨拙、又不自然。"①他感到一种类似入侵者的尴尬,也勾起了对《玫瑰经》悠远的童年回忆。确实,《玫瑰经》总是很单调,在他的记忆里,这段祷文除了圣母在前、圣父在后的排列方式之外几乎已被完全遗忘。

与此同时,麦勒瑞一家拥挤不堪、忙忙碌碌又安全、和谐、轻松愉悦的家庭生活也让马克找到了从未在自己家中品味过的亲情。"麦勒瑞太太总带着温和的母亲般的微笑倒茶,麦勒瑞先生总把自己舒舒服服地安置在自己的椅子里,帕翠西娅总是带着某种女性的顺从要阿司匹林,克莱尔总是羞涩地屈服于那一个晚安时的拥抱……"②麦勒瑞家宛如叠合世俗生活与宗教生活的双重载体,让既缺乏亲情又丧失了宗教信仰的马克遭受了双重挤压。对亲情的向往使得马克开始逐渐认同麦勒瑞一家的生活方式,这种认同自然无法绕开其天主教信仰。逐渐地,马克开始反思自己对克莱尔的不轨想法,反思自己的宗教态度。这种反思的最终转化发生在一次教堂弥撒中。

马克本来是为了讨好克莱尔才来到教堂望弥撒的,一开始他感觉自己这么一位高智商的人跪在教堂里很奇怪,但为了获得克莱尔的信任,他必须如此:"就像鳟鱼一样,只能靠非常技巧的、巧妙的轻轻触摸她对宗教的怀疑才能捕获她,触摸她的子宫必须慢慢来。"③就在马克怀着满脑子亵渎的思想时,奇迹发生了:"神父伸开手臂,把圣饼高高举起。马克注视着它,一时竟相信那就像一个子宫里的婴孩。"④这种超常感受似乎真的应验了天主教所说的化体学说,基督真实临在了。情节发展到此,马克的内心天平开始向宗教转化。他开始与克莱尔探讨上帝、永生之类的问题,参加学生十字架朝圣活动,接受吉布林神父的教导,理解宗教生活的意义,直至决定从事神职。

就克莱尔这方面来说,与马克一次次共同看电影的经历,让她逐渐领

---

① David Lodge, *The Picturegoers*, Penguin Books, 1993, p. 50.
② Ibid. , p. 170.
③ Ibid. , p. 103.
④ Ibid. , p. 111.

悟到自己的感情:"乘车时那种奇特的数小时的担忧、那种偶然迸发的幸福的神秘、那种渴望与他一直待在一起的需要以及伪装这种需要的需要,以及时刻尴尬于不知道自己太热切还是太冷漠、自己是欢迎罪恶还是如马克不止一次暗示的那样把修道院那种压抑纯洁快乐的行事谨慎带进了日常生活。"①在不断的接触中,克莱尔似乎感到马克逐渐对自己宗教信仰的认可,又困惑于自己日趋暧昧的情感,祈祷上帝显灵让马克尽早皈依。然而,奇迹的发生却使两位年轻人背道而驰。

就在马克逐渐淡化对克莱尔的兴趣、转向宗教的同时,克莱尔清醒意识到自己对马克的情感,加深了对马克的爱。面对马克要当神父的声明及对两者关系的回避,克莱尔勇敢地反击:"……你似乎真的意识不到你对我有某种义务,某种忠实。从你第一次带我看电影,你就开始改变我,按照你的形象塑造我,让我像你一样。现在我像你了,而你却像曾经的我。"②如克莱尔所说,双方的移动几乎同时背向而行,越离越远。两者的关系可说是本来处于对面而立,双方都竭力接近对方、让对方按自己的方向前行,然而互朝对方走去的结果却是擦肩而过,最终背道而驰。两者距离最近之时就是克莱尔祈祷上帝显灵、奇迹发生之时,其连接点就是教堂以及弥撒。

《走出庇护所》没有具体的宗教场所,主人公对宗教信仰的理性取舍大多发生于各种世俗享乐场合,如饭店大嚼、超市购物、狂欢聚会等,值得注意的是提摩太性欲的首次萌动所引发的惶惑与自我宗教谴责。借住女宿舍的当天听到隔壁一对成年男女的性话语后,感官刺激伴随着对离开家、离开庇护所的惊慌与恐惧:"他熄灭了床头灯,拉起床单盖住了脑袋。他真希望还在家里。"③之后在一次生日聚会时与一位美国女孩的交往,让提摩太进一步从个体理性上意识到天主教某些教义的教条化以及其与人性的悖逆。提摩太性心理及自省意识的觉醒与他对自己宗教信仰的审视同步进行,可以说,没有前者就不会有后者,后者正建基于前者之上。以此为基础,提摩太的成长历程被赋予浓重的宗教色彩。

在叙述宗教与情欲转化时,《电影迷》以教堂、玫瑰经、弥撒等宗教事物充当了情节发展、人物转化的心理背景、宗教背景,《走出庇护所》则以

---

①　David Lodge, *The Picturegoers*, Penguin Books, 1993, p. 60.
②　Ibid. , p. 198.
③　David Lodge, *Out of the Shelter*, Martin Secker & Warburg 1985, p. 117.

各种世俗享乐、世俗场所、欲望刺激构筑了与宗教相对立的氛围,主人公对宗教的理性抉择有更多世俗色彩。

《天堂消息》主人公伯纳德离弃神职是由于一个叫达芙妮的女人在闺房中的诱惑,回归信仰则是由于尤兰德·米勒对他在精神与肉体的双重拯救,这一回归的触媒则是美丽的夏威夷旅游胜地。在夏威夷这一旅行者的天堂中,他对病危的姑姑安慰性地进行了临终仪式,为其带去了天堂的安慰。弥漫夏威夷的天堂式广告,到处充斥天堂字样的饭店、旅馆等所在,将这一自然环境与宗教意蕴紧密联系起来,而伯纳德经由这次通往夏威夷的天堂之旅收获了幸福,俨然又应验了其天堂隐喻。

《治疗》中主人公的腿疾源于天主教禁忌下与初恋女友恋情的受挫,最终在追寻女友的朝圣路上不治而愈。值得注意的是,《治疗》与《天堂消息》都同样借用了基督教传统中的朝圣习俗作为情节展开、人物摆脱困境的背景,突出了宗教既压抑人性又最终在理性选择下与人性和谐共处的宗教理念。

二、社会环境

《电影迷》、《走出庇护所》、《天堂消息》等的叙事大都着力于情节发展的具体环境,对宗教大环境乃至社会氛围的触及还不太明显。《你能走多远》则除了宗教构筑的具体自然环境之外,营造了一种教会改革、宗教观念变革的社会氛围。

《大英博物馆在倒塌》对导致主人公家庭生活困境的安全节育法的描述多侧重于其对婚姻中正常性行为的困扰方面,《你能走多远》则全面系统地把安全节育法嵌入整个天主教教义体系,把对世俗生活的渴望与教义探讨直接联系起来,对两者之间的碰撞试图进行全方位系统化再现。文本由信徒不敢违背安全节育法联系到对地狱的恐惧,联系到婚姻的宗教观念,教会对性的看法,性的罪恶在整个天主教教义体系内的位置,最终归之于以天堂地狱为核心的天主教教义体系。于是,安全节育法就成了验证信徒、教会对整个天主教体系态度的风向标。

围绕天主教教徒对安全节育法态度的变迁,文本展示了一幅"梵二会议"前后波及整个宗教界及平信徒的社会宗教背景。时间从 20 世纪 50 年代中叶到 70 年代末,为期大致 25 年。"梵二会议"之前,自然环境中的小场所坐落于伦敦大学内一个叫作圣母与圣犹大的教堂。这个教堂见证了十位年轻的天主教教徒成年伊始遭遇的各种源于宗教与本性的困境。文本以 1958 年秋天丹尼斯与安吉拉的婚礼弥撒为场景,展示了这群年轻人刚刚步入或准备步入的新生活:伦敦一所大学教堂,怀疑主义神父奥斯丁主持婚礼弥撒,除了成为修女的鲁丝和妻子正怀孕的艾德瑞恩,婚礼聚集了大学时代的周四弥撒参加者。迈尔斯在事业上正踌躇满志,特莎带着新生的孩子,米莉亚姆带着四个月的身孕,26 岁的波莉在各色男友中穿梭,迟到的紫罗兰神经质地带着一堆婴儿衣物给安吉拉作新婚礼物……奥斯丁诵念着使徒书信"你们作妻子的,当顺服自己的丈夫,如同顺服主;因为丈夫是妻子的头,如同基督是教会的头;他又是教会全体的救主。教会怎样顺服基督,妻子也要怎样凡事顺服丈夫。你们作丈夫的,要爱自己的妻子;正如基督爱教会,为教会舍己……"①这次婚礼弥撒在整个情节发展中处于枢纽位置,既展示了这群年轻人大学后独立的个人生活的开始,又为此后他们的精神转变埋下了伏笔,此后情节就进入了第三部分"一切是怎么开始变化的"。

在历经婚后无法控制生育造成的家庭混乱乃至灾难之后,这群年轻人大都渴望着教会会对安全节育法说"不",尊重他们的自由选择,但等来的却是失望。此后他们各自按照现实所需,自觉进行了宗教取舍。这之后他们要么参加各种新型小团体宗教聚会,要么仅把参加旧式弥撒作为一种生活的习惯或宗教补充。最后,文本借助一个叫作"天主教开放教会"的新型宗教团体举行的复活节聚会,全面展现了文本主人公们宗教信仰以及社会宗教氛围的改变:"很多事改变了——对权威、性、崇拜,对其他基督教派别乃至对其他宗教的态度都有改善。但是可能最根本的变化,大多数天主教教徒本身还没有意识到。那就是传统天主教玄学观念的削弱——那种复杂巧妙的神学、宇宙学和诡辩术的混合物,把每个人安置在一种精神的蛇与梯边沿,用希望和恐惧驱使他们,如果他们在游戏中保持向上就赐给他们一个叫作永生的奖赏。"②这一体系充斥了天堂、地狱、炼狱、大罪、轻罪、原罪、天使、魔鬼、圣人、圣母、荣耀、补赎、圣物等一系列玄奥的概念与形象。虽然还有很多天主教教徒相信这些,但信仰已渐渐微弱。有些国家已经不再在学校和神学院教授这些玄学概

---

① David Lodge, *How Far Can You Go?*, Penguin Books, 1981, p. 67. 注:小说中本段文字来自《新约·以弗所书》第五章第 22—25 节。

② Ibid., p. 238.

念,天主教儿童们在对此几乎一无所知的情形下长大。文本近乎调侃地认为"基督教的大一统自16世纪基督教改革运动以来第一次成为可行的目标"。①

《大英博物馆在倒塌》与《你能走多远》情节发展的推动力以及人物困境有同一个根源——安全节育法。但除此之外,洛奇天主教小说中还有些宗教因素虽然并没有成为情节的中心环节,但场景展示同样营造了宗教困境,如《你能走多远》中的紫罗兰与鲁丝的困境,《走出庇护所》中提摩太处于庇护所之内以及走出庇护所的困惑,《天堂消息》中伯纳德朝圣之前由于宗教信仰崩溃的落魄,《治疗》中主人公的腿疾等。

天主教信仰既是紫罗兰病态之源,却也是其赖以生存、理解世界的支柱与思想体系。鲁丝则是自愿将宗教作为自己寻求友谊、寻求自我价值的载体。当发现随着梵二会议之后基督教界人心惶惶、身边修女们也各自开始寻求婚姻、家庭的温暖时,鲁丝不知所措。在五旬节派聚会中她又找到了友谊与同情,于是立刻接受了诸如共同祈祷、灵洗、驱魔、治病、舌语等五旬节派礼仪。

《天堂消息》中的伯纳德处境可谓悲惨:年届中年,寄居学生宿舍,连私人电话都装不起。物质层面已然相当凄惨,精神层面同样不容乐观。出生于天主教家庭,从小受到宗教教育,成年后接受神职,成为一名受人敬仰的神父。然而,某一天他却发现自己无法再相信少年时代笃信的天主和圣父,于是构筑其思想的整个天主教体系一瞬间轰然崩塌。伯纳德无法再欺骗自己,欺骗大众,毅然放弃了圣职,从此走上了怀疑主义神学之路。这样的选择几乎等于丢掉了饭碗,只能在一所叫作圣约翰学院的神学院勉强弄到了一个非正式教职。私人生活方面更是糟糕,40岁时交了个女朋友,但长期的宗教禁欲生活却使他性无能。这样,伯纳德就一直携带着"装满负罪感和失败感的精神包袱"②,堕入了精神和物质生活的双重深渊。

《治疗》中非天主教教徒的墩子认为罗马天主教的告解礼仪是让他最终选择离开的决定性因素,他无法容忍向神父告解包括犯罪的任何过错,以及随之而来的诸如宽恕、仁慈、补赎、炼狱、临时惩罚等故弄玄虚。墩子

---

① David Lodge, *How Far Can You Go?*, Penguin Books, 1981, p.238.
② David Lodge, *Paradise News*, London: Secker & Warburg, 1991, p.1.

认为那种只是为了满足神父猎奇心理而进行的告解,莫琳却视之为宗教生活的必需。对墩子来说,他对天主教的反感几乎是开始于近距离接触天主教堂的第一印象,触目所及就是教堂外那一座大于自然形体的圣母玛利亚雕像,基座上写着:"我就是纯洁无瑕的化身",低沉的赞美诗、单调的祈祷、浓烈的香味、圣坛、又高又细的蜡烛,神父穿着厚重、绣着金色图案的白袍,捧着罩在玻璃盒子里的圣体,节奏缓慢、像挽歌一样的拉丁文圣歌……与此对立,"会众蜂拥出教堂时倒像是从电影院甚至小酒馆里似的,互相打招呼、开玩笑、聊天、递烟"①,庄严肃穆与笑闹世俗对立却又混杂,这一切与包括圣母玛利亚、祝福式、赞美诗、圣体、玫瑰经、神父等各色名词代表的宗教气味搅和在一起,让他倍感压抑。

与墩子相反,从新教改宗的迈尔斯(《你能走多远》中人物)对天主教最为怀念的就是那种阴沉、郑重、肃穆的摆设与气氛:"教堂内部暗淡的、邈邈的装饰,喃喃低语的会众……还愿蜡烛摇曳的烛光、凝固的烛泪,祭坛灯闪烁着如燃烧的眼睛,见证着上帝显现的这一切都迥异于公立学校小教堂那种拘禁的趣味。"②"梵二会议"改革后,天主教有了很多改变,如弥撒时可用本国语;取消阻隔神父与会众之间高高的祭坛,代之以在神父与会众之间放置一张桌子形状的祭坛,更容易让人联想起弥撒的来源——最后的晚餐;允许俗人观看仪式内容;取消神父一个人喃喃低语,改成起应弥撒,所有会众都参与回应;取消领圣体前严格禁食的规定,把领圣体时间压缩为一个小时,之前之后都可以食用任何东西和饮料;不再把圣体严格限于那些保持个人圣洁及经常履行告解的人;减少类似祝福式、玫瑰经、十字架之类的典型仪式;礼拜仪式中把类似"背信弃义的犹太人"之类的攻击性言辞从祈祷词中取消;与其他宗教派别、其他教会开始对话。随着教会的这一系列开明举措,兴起了各种诸如解放神学、天主教马克思主义之类的新型神学。无论是教士还是修女都出现了离开神职结婚者。面对天主教会前所未有的变化,人们反应不一,如迈克尔之类备受教义教谕压抑的,还嫌教会改革步伐太小,期盼着更深入的变化。而迈尔斯则反对变化,认为"被教皇约翰煽动起来的天主教会的现代化或复兴越来越新教化"③,对迈尔斯来说,他最不愿意变动的就是天主教教会那种

---

① David Lodge, *Therapy*, London: Secker & Warburg, 1996, p. 233.
② David Lodge, *How Far Can You Go?*, Penguin Books, 1981, p. 67.
③ Ibid. , p. 82.

神秘、幽暗的美学格调,回忆起当年在圣母和圣约瑟教堂周四弥撒时那种幽暗的烛光、高高的祭坛、各色雕像、十字架前的油画等,他倍加留恋。

无独有偶,《你能走多远》中原为新教徒的米莉亚姆改宗天主教的主要困难也有两个:一是天主教对圣母玛利亚的推崇;二是天主教对告解的推崇。这涉及天主教教义中的圣母说以及天主教七大圣事等教规,小说对这些教义教规的叙说与情节展示,流露出作者戴维·洛奇对某些宗教玄学观念的复杂情感。

三、玄学语境

营造小说玄学语境的既有隶属天主教教义的教会说、圣母说、三位一体说等教义,也有诸如圣餐、洗礼等隶属教规的圣事礼仪。就教义来说,小说对教会说、三位一体说基本持讽刺、批判态度。

基督教传统上认为耶稣是教会的头,教会是耶稣的身体。在新约圣经中,教会是指神从世界中呼召出来专属他的人,按照这一解释,教会就是指一群蒙神选召的人在一起固定聚会、敬拜上帝。也就是说,教会至少含有三大意蕴:是蒙神选召之人的集合,是基督的身体,圣灵的相交相通。

自使徒教会以来,基督教逐渐形成了稳定的团体与教阶制度。最早期的主教如提摩太等人,由教会或使徒选定为教会的属灵领袖。到了2世纪,主教的职权慢慢演变为行政体系,衍生为在一定辖区内居高临下地监督所有会众的属灵与行政需要。到了3世纪,主教职责更加强化与明确。在这一点上,迦太基主教西普里安的作用可说是功不可没。西普里安力倡救恩与教会合一的主教职权,大力促成了基督教变成高度机构化的属灵阶层组织。西普里安把教会等同于主教团,认为任何使徒都不能在合法主教许可之外以基督徒的身份去生活、敬拜或教导,否则就是制造分裂、离弃耶稣基督的教会。宣称:"人若没有以教会为母,就不能以神为父。""教会之外没有拯救。"[①]经由历代教父、教皇的神学体系以及行政手段的强化,基督教由早期的使徒教会逐渐变成了集教权与俗权、属灵团体与行政机构为一体的庞大教会组织,集教导、管理、慈惠三大权柄于一身。

相较于宗教改革运动之后基督教各个新教派别对圣经的推崇,罗马

---

① 转引自奥尔森:《基督教神学思想史》,北京大学出版社,2003年版,第108页。

天主教在 20 世纪 60 年代"梵二会议"之前一直更强调教会的中介作用。自公元 70 年进入大公基督教时代到"梵二会议",罗马天主教历经基督教罗马帝国时代(312—590 年)、基督教统御千年的中世纪(590—1517 年)、宗教改革时代(1517—1648 年)、理性与复兴时代(1648—1789 年)、进步时代(1789—1914 年),共 1 900 年。在基督徒与教会的关系中,天主教会一直以宗教正统自居,强调以梵蒂冈教皇为首的教会的作用,认为"教会之外无拯救",信徒要通过教会,才能最终得到拯救。信徒要认罪悔改,接受洗礼,过基督徒的团契生活,即主日要举行读经、讲道、唱诗、全体会餐和圣礼晚餐,恪守教会规定的一切礼仪制度。教会对信徒从出生到死亡行使从洗礼(有时俗人也能施洗礼)、婚礼、告解到终傅等一系列属灵事务,一旦被教会开除教籍,信徒就被摒弃于整个人类社会之外。教会权倾一时,简直是集生杀大权于一身。

在升天堂还是下地狱这一游戏中,教会扮演了决定性角色,它们能够决定一个人在天堂享永生还是下地狱受永罚。一旦信徒在受破门即开除教籍处分时不幸死亡,那么他将下地狱;假如他经过教会奉行的一切正当仪式,自己又适当认了罪并悔改,那么他在经受一段炼狱煎熬后还将进入天堂,只是在炼狱中时间的长短也取决于教会。

一旦信徒犯罪,必须在告解时袒露其罪,由教会通过要求信徒用祈祷、诵经、奉献等各种苦行或补赎方式来赦免其罪,信徒下落地狱的趋向就会减免。"有两类罪:小罪与大罪。小罪可用祈祷等赎罪,大罪则不可。小罪只是让你朝向天堂的旅程稍稍退后的小罪恶,大罪就会让你一落到底,一旦你正处于大罪状态时死去,那么你就得下地狱。但如果你告解了罪行,并通过补赎圣礼得到了赦免,那你就会迅速回到原来的位置,只是得带着惩罚——也就是说在另一个世界会有一定的惩罚等待你。"①《你能走多远》在嘲弄天主教世界末日说的同时,事实上也在直斥教会的荒唐无稽。这一番陌生化细致描绘,把历来庄重严肃的教会学说当真戏拟成了游戏,其滑稽可笑之论尽在此中。

突显教会说的无稽之余,洛奇在小说中对天主教三位一体学说也大致采取不信任态度。在基督教神学中,最具特色之处就是认为天主/上帝(随着罗马公教汉译为天主教,其信仰的主神在天主教中译为天主;而新

---

① David Lodge, *How Far Can You Go?*, Penguin Books, 1981, p. 8.

教信仰的主神一般被译为上帝。在本文涉及具体天主教事实时多用天主呼之,其他章节大多不作特殊区别,行文多以上帝称之)具有三个位格。正统基督教以公元 325 年尼西亚会议上形成的《尼西亚信经》为教会公认的标准,基本精神就是圣父、圣子、圣灵三位一体。圣子出于圣父,又与圣父一体;为拯救世人,因着圣灵从童女玛利亚道成肉身,生而为人;被钉十字架受难,三日后复活升天,坐在圣父的身边;圣灵从圣父和圣子而出,与圣父、圣子同受尊荣。这一三位一体教义从诞生之初就遭到反对,如尼西亚会议上遭到驱逐的阿里乌派,后来的再洗礼派,还有产生于 16 世纪宗教改革时期的一位论派、20 世纪兴盛一时的耶和华见证会等,这些教派一直坚决否认这一为人类理性无法说明的教义。

对于如何理解神的三个位格——圣父、圣子、圣灵,教会历史上曾经有过多种探讨,较为著名的是奥古斯丁的心理类比解释,奥古斯丁认为,天主类似于人的心智之中的记忆、知性和意志。与此类似,古代也曾以戏剧舞台上演员为扮演不同人物所戴的面具作比,面具之后永远是同一个物体①。这一神学概念充满了神秘意味,可谓只可意会而无法言传。洛奇在天主教小说中对这位天主的位格存在并未表示出探讨的兴趣,在他看来,对每一位具体的天主教教徒而言,这位天主是具有具体的人形还是一种虚无缥缈的存在,似乎并无本质不同。差异只在于是否能够真正为个人提供理解世界、应对现实的精神力量,如果答案是肯定的,那么一切都可;如果答案否定,那么一切都毫无助益。在《天堂消息》中,文本借助前神父伯纳德一番怀疑主义神学式思考表达了这一点:"对于天主教教徒来说,一位无法证实的天主和一位可以证实的天主几乎没什么两样,而且显然比没有天主要好,因为如果没有天主,邪恶、不幸和死亡这些永恒的疑问也就没有了积极的答案……一切都取决于信仰。"②

与对教会说、三位一体说较为明确地反对相比较,洛奇天主教小说对圣母说则呈现出较为复杂的感情。玛利亚圣母说是在 431 年以弗所会议中出于维护耶稣基督神性的需要而产生的。后来,天主教在吸收异教的过程中,融入了异教母亲崇拜的思想,故此将玛利亚神格化,尊其为圣母。天主教对玛利亚的尊崇,衍生了后来的纯洁受孕说和圣母复活升天说等

---

① [美]布鲁斯·雪莱:《基督教会史》,刘平译,北京大学出版社,2004 年版,第 106—116 页。

② David Lodge, *How Far Can You Go?*, Penguin Books, 1981, pp. 149 - 150.

神学观念。

《你能走多远》借一名新教徒改宗的心理历程揭示了天主教圣母说的主要内容以及新教派别对其的怀疑与否定。由于要与天主教教徒迈克尔结婚，原为新教教派英国低教会派信徒的米莉亚姆要改宗天主教。本来她很反感之前自己教派那种种严苛的清教徒式的严谨与刻板，如让人沮丧的严守安息日主义、毫无吸引力的礼拜仪式等。迈克尔介绍给她的天主教似乎正是她一直盼望的：精妙、文雅，具有悠久的历史、文化和艺术（尤其是音乐）。应该说米莉亚姆的改宗建立在对天主教的美感想象之上，照理说应该是水到渠成的。但她却迟迟无法跨越这道门槛，而对她构成最大障碍的就是天主教的圣母说。她无法接受天主教教义关于圣母玛利亚的部分，如颇具特色地认为玛利亚没有遭受原罪玷污而受孕的"纯洁受孕说"，她也不能理解天主教教徒为何总是要请求玛利亚替他们向上帝代为请求。对此，她向迈克尔如此诘问："如果 A 经由玛利亚向耶稣祈祷，而 B 直接向耶稣祈祷，A 比 B 更可能被聆听，这公平吗？如果不是这样，那么干嘛还要费劲通过玛利亚？"[1]

尽管文本借米莉亚姆之口抨击了天主教圣母说的牵强，但圣母崇拜在整个天主教信仰中非常重要，对大多数教徒来说已经成为根深蒂固的一种习惯。弥撒结束时最后一项总是向圣母做祷辞。尽管对于大多数天主教教徒来说，这些祷辞可能毫无意义，只是某种熟悉的虔诚的喃喃低语，但随着诸如"万福玛利亚"、"慈悲之母"之类让人激情澎湃的巴洛克修辞，每个人脑海里都会显现出圣母形象——一位穿着蓝白袍子、面孔甜蜜的女性，向前伸展着双臂和双手——这样的圣母形象在各个圣母教堂中比比皆是，早已烙印在每个天主教教徒脑海之中。对于很多天主教教徒来说，向圣母祈祷、寻求帮助是一种最自然的宗教行为，根本不会有任何神学、教义方面的质疑。圣母崇拜的影子在洛奇文本中得到了普遍的表现，如《你能走多远》中众多故事人物参与周四弥撒的教堂叫圣母与圣犹大教堂，《治疗》中主人公墩子对天主教堂的第一印象是教堂外面一尊真人大小的圣母雕像，教堂内部几乎到处是圣母画像、圣母雕塑、圣母壁画等。

斯宾格勒认为，圣母"同她的儿子一样，是一位具有巨大吸引力的单

---

[1]　David Lodge, *How Far Can You Go?*, Penguin Books, 1981, p. 59.

纯的人类命运的支配者,因此她高出混溶教派的全部一百零一个圣处女与圣母——埃西、塔尼(古代迦太基人信奉的女神)、西比里(流行于东方和希腊、罗马地区的大母神)、狄米特——之上,高出有关出生与痛苦的所有秘密之上,最终,就将它们都汇集到她本人身上了"。① 这种混溶了多个民族神话、传说的女神或大母崇拜,正渊源于人类既往的社会文化心理根源,回荡着人类母系氏族社会的远古绝响。经过多个世纪的发展与阐释,形成天主教富于宗教特色的圣母崇拜。在罗马天主教的仪式及祷辞中,特别是在其信徒的思想之中,耶稣的地位都不及玛利亚。她的形象成了多种艺术、诗歌和崇拜的目标。

在叙事层面上,身为天主教教徒的洛奇下笔就显示出圣母崇拜的影响,几乎每一部天主教小说中都有一位圣母式女性:《电影迷》中表层是年轻的克莱尔,深层是全家精神支柱的母亲麦勒瑞太太;《你能走多远》中是厄运来临之际沉着镇静、表现出卓绝坚忍能力的安吉拉;《天堂消息》则有拯救伯纳德·沃尔什脱离精神、肉体双重危难的尤兰德·米勒;还有《治疗》中使墩子最终腿疾得愈的莫琳。

对于天主教圣事礼仪,洛奇小说中的表现尤为复杂,既有对烦冗与累赘形式的不堪其扰,又传达出仪式简化后神圣不再的伤感与遗憾。天主教保持大公基督教的传统,其主要礼仪到 8 世纪才基本定型而为西欧教会普遍采用。1215 年,罗马教廷为统一信徒的宗教行为、播撒基督精神,召开第四次拉特兰宗教会议,确定天主教七大圣礼,即洗礼、坚振、告解、圣餐、终傅、神品及婚姻,要求全体信徒每年至少要向神父忏悔一次、望弥撒一次。16 世纪经特兰托会议修订后,成为天主教的规范性礼仪。这七大圣礼中,洗礼、坚振、圣餐、告解、终傅是所有天主教教徒都必须接受的,而神品与婚姻这两种圣礼是互相抵触的,婚姻限于俗界,而神品(即按立礼)是为神父授予治理教会神圣事物的权利与恩典的仪式。这七大圣礼都有神学理论作依据,每一步骤、程序都以《圣经》或经院哲学的理论作支撑,在基督教礼仪的发展中占有显赫而重要的地位(当然,宗教改革之后,新教各教派对圣事的取舍不一,大都除洗礼、圣餐之外删除其他)。

在七大圣事中,其礼仪核心是弥撒,即在教堂内按规定的仪式,依据

---

① 奥斯瓦尔德·斯宾格勒:《西方的没落》,张兰平译,陕西师范大学出版社,2008 年版,第 151 页。

圣经所记载的基督的命令和行动,象征性地"重演"基督在十字架上受难以已身奉献天主的行为。因此,弥撒礼仪含有献祭与牺牲的意义。弥撒的核心是祝圣和领受圣体。根据天主教神学的观点,经祝圣的酒和饼其形式与质料已经神秘地变化为基督的血和肉,这叫化体,即基督真实临在于圣餐中。天主教教规要求信徒在礼拜日和其他节日必须望弥撒,在非规定日期望弥撒则是种余功,也就是一种超出得救条件的功德。

戴维·洛奇天主教小说涉及的圣事礼仪主要是洗礼、圣餐和告解。对这些圣事礼仪的文学化叙事中,传达出某种更倾向于不置可否甚至认同的复杂情感。

洗礼的仪式起源于犹太教,犹太人盛放约柜的会幕里就设有洗濯盆,供祭司等在主持祭祀仪式时净身,各种诸如麻风病病愈者、行经完毕的女人等不洁之人在参与各种仪式前也要净身。基督教吸收沿用了犹太教的这一洁净仪式,更为之赋予了神圣性。基督教洗礼圣事一般由教会神职人员施行,但危急状况下也可由俗人代行。洗礼方式有洒水(或注水)、浇灌和受浸(或浸礼)。13世纪迄今,洒水礼最为普遍,即主礼人蘸水或洒水在受洗人额头,并画十字,口诵奉圣父、圣子、圣灵之名为你受洗等语。

新约《马太福音》第3章1—7节,记载约翰约旦河为很多人施洗,耶稣也为其中之一。耶稣受洗后,天忽然为他开,神的灵像鸽子一般降下落在他肩上,从天上有声音传来:"这是我的爱子,我所喜悦的。"(太3:16—17)。约翰教导说:受洗是一种最基本的信仰行为,约翰所行的是悔改的洗,告诉百姓,当信那在他以后要来的,就是耶稣(徒19:4)。基督教从一开始就把洗礼作为庄严的圣礼,《马太福音》第28章记述了耶稣订立洗礼仪式:"你们要去使万民作我的门徒,奉父、子、圣灵的名给他们施洗。"(太28:19)基督教认为这是耶稣基督复活后留下的重大使命。此后,门徒们传扬耶稣的教导,给许多人施洗。《圣经》中关于耶稣门徒给人施洗的事例,说明洗礼圣事在门徒时代已经盛行,并且是门徒们实践的一件最基本的圣事。

洗礼是基督教的重要礼仪,标志着受洗人跨入了基督教的大门。洗礼是圣事第一位,不能越过这一项圣事去领受其他圣事,否则教会将不予承认。在新约中,洗礼包含对基督的死与复活的认同。奉基督的名受洗,就是表明在仪式中与基督相连,洗礼是信徒与基督的死与复活合一的公开宣告。彼得认为洗礼是获准加入教会,并领受圣灵的一种仪式(徒2:

38)。保罗认为,洗礼不仅是洗去罪恶的象征(林前 6：11),而且意味着人与基督建立了新的联系(加 3：26—27),和他同归于死,又一同复活。德尔图良认为洗礼带来的是永生,到赫马和查斯丁的时代,人们普遍认为洗礼能洗净过去所有的罪。这样,吸取犹太教的常规,经由耶稣命令,门徒实践,后世教父神学的系列阐释,洗礼在基督教中不仅是正式入教的仪式,也是悔改与信心的表示,是将自己奉献、交托给耶稣基督的决定性一步,是前罪获赦的证明。

出现在《你能走多远》中的激进派人物菠莉,大学时代虽然还勉强履行天主教教徒基本义务——望弥撒,但其对感官快乐、现世幸福的追求乃至自我放纵,使她很快远离了教会。

从表面上看来,自由、放纵的菠莉似乎完全放弃了信仰,但事实上她仍然是个天主教教徒。这集中体现在她为孩子施洗一事上。本来,她与丈夫达成共识,不决定孩子们的信仰,让他们长大到能作决定时自己决定。可是当其子杰森有一天发高烧,菠莉立刻被孩子没有施洗就不能进天堂、就得进炼狱这样的天主教修辞深深折磨:"尽管理性上她告诫自己这全都是胡说八道,任何值得信仰的上帝都不会惩罚天真的孩子,但没有用,她无法入睡,一直忧心如焚。"①最终她还是半夜爬起来按天主教方式给睡梦中的孩子施了洗。显然,菠莉内心深处一直都残存着对上帝的敬畏,儿子病重的危急时刻这种烙印于心的信仰瞬间取得了支配地位。一次危急关头的洗礼,彰显了宗教信仰的强大威力。很多年后菠莉之子杰森在牛津上学时改宗天主教的事实,进一步强化了洗礼的神学意义及造成的奇迹般的影响。

对圣餐的描述主要体现在《电影迷》和《你能走多远》中。前者通过克莱尔劝导马克到教堂望弥撒、领圣餐,见证了圣餐化体的奇迹;后者则主要描写了大学时代一次望弥撒经历和小说结尾复活节仪式上的弥撒。

圣餐或圣体礼,即弥撒中的领圣体部分。天主教认为,领圣体时会出现化体奇迹,即基督会从天堂降临到饼与酒之中,神父的祝圣蕴含着将基督献给神之意,随着这种祝圣,圣餐用的饼与酒之实质已经变为基督身体,即成为基督的身体和血,这种化体奇迹必须借助教会神职人员才能出现。化体说久已为一般人信仰,但变为信条之一则始于 1079 年。新教大

---

① David Lodge, *How Far Can You Go?*, Penguin Books, 1981, p. 98.

多反对天主教会的化体说的具体实指性，要么认为是基督在圣餐中神秘临在，要么认为其只是一种对耶稣的纪念。

《你能走多远》小说开头对故事中的一群年轻人参加的周四弥撒尤其是领圣体的过程作了比较详尽的介绍，首先是祝圣：神父左手举着圣体，右拳轻抚胸腔，背诵着拉丁文祷辞，注视着上帝的羔羊，注视着从世界驱走罪恶的他……然后是分圣体：会众依次走向祭坛前的神父，张开嘴巴，神父将一片小小的无酵薄饼放在每个人的舌头上。之后会众各自返回原位，默默感恩。但中规中矩的行动并不等同于思想的虔诚，文本以一种无所不知的上帝视角细致展现了这群年轻人的内心世界："几乎对他们所有人来说这都是件难事。发生了什么，他们向谁致谢？他们领受了基督的身体和血……一片小小的、圆形的、纸片一般的、几乎毫无滋味的无酵饼被置放在舌头上，他们把它吞下（没有咀嚼，这种动作会被那些准备第一次领圣餐的人视为亵渎），这就把基督接纳进自我。"[①]

单从这样一些对宗教近乎亵渎性的思想来看，似乎显示出文本对天主教全然排斥的态度。但问题并不这么简单，马克就在这一次领受弥撒时经历了化体奇迹，之后对宗教的态度发生了 180 度逆转，不但拒绝了唾手可得的爱情，还准备从事神职。这样的情节处理，就像波莉给孩子的洗礼一样，又是对天主教圣餐教义的赞同，对其神秘主义玄学的强化。这样看来，《电影迷》对圣餐的态度处于一种较为矛盾的状态。《你能走多远》除了表面虔诚与内心不一的表述，还有对这群年轻人程度不一的宗教敬畏感的描述，显现了洛奇更为复杂化的个人体验。

小说最后一幕展现了复活节仪式上一种变化的圣餐场景，神父祝圣，分发圣体，大部分会众都伸出手去领受。通过小说人物之口，道出了圣餐礼的巨大变化、对受众的触动以及思考。曾经激进反抗宗教禁忌的波莉若干年后再次望弥撒深感震惊，认为弥撒已经变得面目全非，变得普通化了，比之前更容易为人理解、接受。但她又认为这种普通化改变事实上失去了宗教的魅力，因为宗教必须拥有诸如奇迹和魔力之类人类理性难以捕捉的地方。而迈克尔则认为褪去很多神秘性的弥撒更加像原始部落中杀死衰老的国王然后食其肉、喝其血以传递国王身上的神性的原始仪式，这实际上又触及了人类学研究中的原型符号问题。与此同时，也有爱德

---

① David Lodge, *How Far Can You Go?*, Penguin Books, 1981, p. 119.

华这类仍然相信耶稣在圣餐中真实临在的传统教徒。

《天堂消息》也谈到圣餐礼在"梵二会议"后的改变，之前是会众合上眼睛，伸出舌头接圣饼，不能咀嚼，只能用舌头卷起圣饼一口咽下去；祭坛上不再是庄重的乐队演唱古老而优美的圣歌，而是一群孩子弹吉他、打手鼓、唱着类似野营时的活泼的歌曲；经文用英语而不是拉丁语；不再局限于只有神父才能在祭坛上诵读使徒书信；神父讲经时与会众面面相对，而不再是高高在上……对这些变化，传统天主教教徒视为大不敬，选择仍然恪守传统礼仪。大多数人则在接受新式改良礼仪的同时心怀遗憾。

通过详细叙写弥撒仪式的时代变化，洛奇既表现出对其形式变化的理解，也一定程度上流露出对其失却神圣意味的遗憾。把马克发生根本转变归结为圣餐礼的奇迹显现，微妙显现出作者本人对天主教对圣餐礼传统玄学理念的某种认可。

告解也即忏悔，其目的是要除去洗礼之后所犯的致死之罪。平信徒欢迎忏悔认罪，因为他们盼望脱离那由刑罚、炼狱、地狱而来的惧怕。他们认为认罪即为赦罪。并认为认罪是一种满足神意的方式，若忽略告解，就应遭受炼狱之苦。神父念诵："我赦你的罪。"而赦罪不是依靠个人忏悔的态度，乃是因神父所施给的恩泽，因神父有教会的钥匙。1215 年教皇英诺森三世强调，信徒每年至少在复活节认罪一次。

厄休拉病重之际与兄长沃尔什先生的和解谈话，在整个仪式中事实上充当了告解作用。厄休拉通过向他倾诉幼年时遭另一兄长肖恩猥亵给自己造成终生心理伤害这一事实，去除了萦绕心头一生的沉重负担，消除了有罪的恐惧。而对于沃尔什先生来说，他此时才知道自己当时没有制止肖恩的后果如此严重，这让他始料未及。小说没有直接表述沃尔什先生对厄休拉的愧疚，而是以他向神父请求告解来表现他沉重的负罪感。

如果说厄休拉的告解尚只是一种象征意义上的，那么，文本中真实的告解在洛奇笔下似乎并不那么庄重肃穆。戴维·洛奇先后通过一个儿童和一位改宗者的视角，观察、描绘了天主教教徒们习以为常的告解仪式。《走出庇护所》中的提摩太 7 岁时进行第一次告解，在他眼里，告解就是"进入一个教堂旁边的小黑屋，就像一个壁橱，那里有一个铁丝网，一个神父坐在后面，你告诉他你的罪过，他宽恕你，就像真实的耶稣一样。然后你的灵魂就涤除了罪的污点，变得光明、闪亮。罪就是诸如撒谎或对父母无礼或错过了周日弥撒之类的事情。还有不洁之罪"。①《你能走多远》中的改宗者米莉亚姆对天主教的告解仪式也由衷不自在，对她来说，把内心的秘密当着人说出来，显然是不可思议的事。走进那么一个黑暗的像壁橱一样的小阁子，对一个待在金属网眼另一端的男人低语你最感到耻辱的秘密，这种情形对那些从小即被如此养育的人来说尚可忍受，但对于她来说却几乎就是一种羞辱、一种侵犯、一种可怕的折磨。这番陌生化叙述突显出天主教告解圣礼的奇特及无稽。与此同时，洛奇也描绘了一些对告解功效痴迷的天主教教徒，如渴望借助通过一次次告解摆脱罪疚感的紫罗兰与渴望消解性取向痛苦的迈尔斯。对他们两人来说，天主教告解实质上就是一种倾诉的渠道，一旦倾诉无法达到有效舒缓精神压力的功能，告解圣礼就完全失去了意义。

　　对洗礼、圣餐的奇迹化叙写，对告解的陌生化描绘以及日常化效用显示，洛奇在叙事语境层面上表现了小说人物各自不同的宗教体验，营造了浓郁、神秘的宗教氛围，传达出作者复杂的宗教体验、宗教意识。

---

① David Lodge, *Out of the Shelter*, Martin Secker & Warburg 1985，p. 21.

第二章

戴维·洛奇天主教小说中的
宗教原型

在西方文学长廊中,总有某些人物形象、场景细节、结构特征或者特定的概念、意蕴似曾相识,撩动人的思绪,穿越千百年岁月传奇,回溯至某种遥远的亘古记忆。瑞士心理学家荣格认为,这正是原型的强大力量。

从词源上说,原型(archetype)源自希腊语 architypos,archi 意为"始初,首例",typos 意为"痕迹,压痕"。原型的概念虽说近代由荣格提出,但其精神实质则早在古希腊时期即已萌芽,如柏拉图的理念论。在柏拉图看来,理念是真实的、永恒的、超感觉的;现实世界中的个别事物则仅仅是短暂易逝的现象。因此,作为感官所接触的现实事物,只是理念的影子①。

荣格认为人的无意识包含两类:一类处于无意识浅层,来源于个人的经历、经验,此为个人无意识;另一类无意识则是集体无意识,是从人类祖先遗传下来的生活和行为的模式等,集体无意识的内容就是原型。也就是说,人类祖先的经验经过不断重复后,会在各种族的心灵上积淀成原始意象,它们被保存在种族成员的集体无意识里,世代沿袭,成为原型的形式。神话研究中的"母题",原始人类心理学领域中的"集体表现",比较宗教学领域的"想象范畴",在意义上都与原型相当。当原型的情境发生之时,人们会感到被一种不可抗拒的强力所操纵,在这一瞬间,个人不再是个人,而是整个族类,全人类的声音一齐在我们心中回响②。荣格关于原型是通过生理遗传传递之言自然有待商榷,但其对原型的提出以及对

---

① 转引自罗素:《西方哲学史》,何兆武、李约瑟译,商务印书馆,2006 年版,第 161—164 页。

② 详见荣格:《心理学与文学》,冯川译,三联书店,1987 年版。

艺术作品感染力源于人类集体无意识的阐发,却不无道理。

　　加拿大文学理论家弗莱(Northrop Frye)吸收和发展了荣格等人人类学和心理学的成果,也从神话、仪式等这些被视为人类祖先的原始经验和原始意象的形式出发,认为原型就是"在文学中极为经常的复现的一种象征,通常是一种意象,足以被看作是人们的整体文学经验的一个因素"①,是"那种在文学中反复出现,并因此而具有了约定性的文学象征或象征群"②。也就是说,作为文学中可以独立交际单位的原型,可以是人物、意象、主题、象征,也可以是结构单位。弗莱在构建和阐述他的原型理论时曾广泛借助于《圣经》,称其是西方传统中未经置换变形之神话的主要来源,是全面了解西方文学的基础。弗莱认为神话是"文学的结构因素",文学"不过是神话的赓续,只是神话'移位'为文学,神也就相应变成文学中的各类人物"③。

　　戴维·洛奇作为西方传统文学中的一分子,其自觉的理论意识、文化意识加上自身的天主教信仰背景,《圣经》—基督教文化传统既体现在小说的宗教性事实联系方面,也体现于其对基督教文化传统的象征性借用。以文学内在因素结合原型具体表现形式的范畴划分,戴维·洛奇天主教小说中大致包含了三大原型系统:意象原型、概念原型、结构原型。

第一节　意象原型

　　戴维·洛奇天主教小说中的各种《圣经》—基督教原型意象,既有原型人物也有原型环境。这两者共同打造了小说深厚的宗教底蕴,沟通了世俗人生与宗教世界、现实人物与基督教原型的联系。

一、人物原型

　　戴维·洛奇在其天主教小说中塑造了一大批基督教原型人物,包括亚当、夏娃、救世主这三个最主要的原型形象以及多个基督教圣徒等。

---

① ［加］诺斯罗普·弗莱:《批评的剖析》,陈慧等译,百花文艺出版社,1998年版,第469页。
② Northrop Frye, *Literature as Context: Milton's Lycidas*, in D. Lodge ed, *20th Century Literature Criticism*, Longman, 1972, p. 434.
③ 张隆溪:《二十世纪西方文论述评》,三联书店,1986年版,第62、63页。

《天堂消息》中的伯纳德·沃尔什是较为典型的亚当型人物,此外,《大英博物馆在倒塌》中的亚当·艾普比、《走出庇护所》中的提摩太在某些角度也有亚当这一原型人物的轮廓。

作为文本中的主要人物,伯纳德·沃尔什本质上相类亚当。《旧约·创世记》记载,上帝在创造世上万物之后,把人类始祖亚当及其伴侣夏娃安置在伊甸园里,那里有各色树木、果实,还有四条生命河环绕。上帝告诫他们可以随意取用园中各样果子,但唯独不可食智慧树之果。后亚当、夏娃在撒旦化身之蛇的引诱下违背禁令,于是被逐出伊甸,开始人类在茫茫世间的无限期流浪。

人类文明历史本就是勇于打破各种禁忌,变未知为有知的进程。从这个意义上讲,上帝对亚当颁布的这一禁令实质上剥夺了人类知善恶、明廉耻的思想权利和求知欲望,伊甸园象征着隔绝人类获得知识的思想禁区。

伯纳德·沃尔什出生于一个天主教教徒家庭,从小就被选中要从事神职。笃信天主教的家人不但给予他一切生活上的优待,而且对一切会招惹他分心、激发其情欲的行为乃至言语都谨小慎微,姐妹们不能当着他的面洗熨内衣,胸罩、内裤之类的词语都成了脏话,竭尽全力在他周围"竖起了一道道严密的屏风"①,隔绝了他与现实生活的接触。为从事神职,他自幼即开始就读天主教学校,先后进入初级神学院和高级神学院。神学院类似于寄宿学校,为了让学生领受神职之前免受世俗尤其是女人的影响与诱惑,神学院几乎杜绝了这些青年与社会的一切接触。在牛津大学获得神学博士学位之后,伯纳德又回到神学院母校任教,一待就是12年。求学与任教构成的半生之中,他每天每时的生活几乎雷同:相似的环境——哥特式建筑、由瓷砖地板与油漆墙壁构成的内部装饰、以英国殉教者命名的教室,烤肉与炖白菜构成的周日大餐,同样的作息规律——早上早起,默祷半个小时,之后是小教堂集体弥撒、早餐、上课、午餐、晚餐、睡前祷告,这种与世隔绝、平静到死寂的生活让他逐渐意识到了残缺。多年以后伯纳德意识到自己的生活"大部分光阴都是在与现代世俗社会相隔膜的环境里度过的"。② 这种为了保持其专注于神职而竭力杜绝对现

---

① David Lodge, *Paradise News*, London: Secker & Warburg, 1991, p. 244.
② Ibid., p. 146.

实生活的了解与体悟，与上帝对亚当的禁令何其相似。靠人性对生命、对真实生活、对知识的蒙昧保持对神的敬畏，保持信仰的坚定，这似乎就是中世纪坚持"教会之外无拯救"之蒙昧主义的渊源与流弊。

在几乎与世隔绝、缺乏理性审视的前提下，伯纳德把信仰视为理所当然。不曾严肃地对它提出过质疑，或是清醒地审视过它。这种被视为理所当然的教义，一旦被放置于逻辑、科学、理性的眼光中，自然就显现出其奇特与荒谬，而这种对教义的质疑又引发了信仰的消失。伯纳德在神学院讲授教义神学、《圣经》经文注释、基督教教会史的过程，事实上是一种逐渐理性化认知的过程。他在引证圣经经文、运用各种修辞辩论手段，反驳其他教派、宗教和哲学，维护正统宗教观念的同时，也在系统审视自己的神学观念、宗教信仰。伯纳德无法确证自己的信仰何时消失，但很确切地明白自己已经丧失了曾经的信仰。

基督教文化传统一向把《圣经》中亚当违背上帝禁令——偷吃禁果的行为视为人类之原罪来源，包含人类从此犯下原罪、失去纯洁处子之身之意。在基督教漫长历史中，这意味着人类肉身的罪性之强大，以及其对灵性飞升的阻遏。因此，后世衍生了很多压抑、折磨、蹂躏肉体以期达到宗教救赎的传说、轶事乃至思想大家的哲理著述。

正像亚当没能抗拒诱惑、最终偷吃了禁果一样，伯纳德也在保持了多年圣洁生活之后接受了诱惑。在这一层面上，女友达芙妮与尤兰德成为先后引诱其违背上帝禁令的夏娃，只是这里的上帝禁令具体外化为天主教教义教规而已。

伯纳德在去医院探视病人、行使神父职责时，与医院护士长达芙妮相识。30多岁的老姑娘达芙妮把身为神父的伯纳德视为潜在的伴侣，对其敞开了炽热的怀抱。虽然这个热情的女人让伯纳德退避三舍，两人的关系也不了了之，但她的存在在象征意义上充当了促使伯纳德自动解除教籍的"催化剂"，可谓是这一现代"原罪"故事的夏娃版人物。

除了达芙妮，成全伯纳德为亚当原型并彻底世俗化之的是尤兰德·米勒。昔日夏娃引诱亚当犯下原罪，而尤兰德对伯纳德进行了一番成功的性爱教育，彻底使伯纳德失去了纯洁之身。两人重新演绎了人类"罪性"的亘古长存，恰似这一古老原罪的现代再现。

在被诱惑这一层面上印证亚当原型影响的还有《你能走多远》中的奥斯丁·布瑞厄雷神父。从宗教性事实人物这一现实层面来说，他与伯纳德一样隶属于怀疑主义神父之列。伯纳德的神学怀疑历程也是奥斯丁走过的路,只是文本在叙述这一形象思想转化时,没有表现他失去信仰的痛苦,而侧重于展示其激进的思想在教区实践中遭遇会众与神职阵营的双重抵抗,着重于其凄凉的现实处境。

与同学一起参加周四弥撒的菠莉充当了诱惑奥斯丁的夏娃,她俏丽的形象、活泼的举止让年轻的奥斯丁布道时时不时心猿意马,而她在情人节晚会上的恶作剧则成了萦绕在奥斯丁脑海里终生的影像。后来与奥斯丁结婚的莉莲则成为他彻底脱离神职的直接原因,就此来说,莉莲身上也打上了夏娃的印记。

《大英博物馆在倒塌》中的亚当·艾普比(Adam Appleby),人物名字由亚当与苹果组合而成。《圣经》中虽没有明确指出亚当所食禁果是苹果,但鉴于苹果在日常生活中的普遍性及文化传承的久远,英语国家中一般用苹果(apple)指代禁果。Adam's apple 意为男性第二性征"喉结",据传就是因为亚当偷食禁果时不慎(或上帝惩罚)把禁果卡在喉中所致。Appleby 是作者自造词,按照 Apple 加 by 的构词法,即意为"禁果旁边",亚当·艾普比意为"禁果旁的亚当"。小说主人公与《圣经》的渊源已非常明确。序言中提到第一版时关于书名的各种设想,其中两个名字《驯服的亚当如是说》、《亚当从突降的寒冷中恢复过来》源于《失乐园》,而《失乐园》与《圣经》的关系毋庸置疑。这些都点明了小说主人公与《圣经》的渊源。事实上,希伯来文"亚当"是泥土或普通人之意,"夏娃"则是生命之意。从词源上说,普通人、一般生命本身就有亚当、夏娃之意。

这一人物与《圣经》亚当的原型相关性主要体现于他对世俗生活、性爱生活超乎寻常的关注。他对教会安全节育法扰乱其家庭生活的控诉,在大英博物馆里如坐针毡、一天之内给妻子打无数电话询问妻子生理期的焦头烂额,无不显示着这一人物对形而下生活的热衷。众所周知,亚当在基督教文化中历来被认为是冲破纯洁壁垒、走向堕落、遗传后代原罪质素的始祖。他听从夏娃的调唆、违背上帝禁令吃下禁果的行为在人性本质上属于以肉体沉溺玷污灵性纯洁,基督教教会实践中那种以各种禁绝、苦行方式虐待肉体从而达致灵性飞升的修行,其根源正是对亚当沉溺肉欲的原罪之矫枉过正。

《走出庇护所》中的主人公提摩太·扬本质上也是一位亚当型人物,他是伯纳德年轻时代的翻版。与伯纳德一样,出生于天主教家庭,很早就显示出对宗教的热情,7岁即第一次领圣体。只是,比伯纳德幸运的是,提摩太受到诱惑或者说打破家庭、学校、天主教教会庇护所的时间来得要早,应该说这一过程开始得越早越有利于人物的自然转化,越有利于人物的幸福。在提摩太16岁应姐姐之邀走出家门、国门之时,这一走出庇护所的历程已然开始,而不必遭遇如伯纳德那样年届半百失去信仰时才开始寻求新生活的无所适从。

出国之行在某种意义上拔除了提摩太生长之根,使之以一种几乎完全裸露的状态面对现实人生。没有了家庭的庇护、教会威力的无所不在,使他必须去适应不同的人群,学着用自己的经验与个体理性应对不再以罪与非罪划分的复杂世界,处置自己的身体与灵魂。借住女宿舍时对成年男女性行为的恐惧、激起的青春期骚动、对女友的性好奇以及对摆脱天主教严厉的教条式性禁忌的理性思考,详细演示了这一人物干犯亚当堕落行为的心理轨迹。

理性审视宗教教条、走出宗教庇护所的提摩太也像亚当那样擦亮了双眼,开始了人性智慧的复苏与成长。与一位自觉反战者的结识,与德国伤残士兵及其家人的接触,使年轻的提摩太对战争、对政治、对国家、对个人幸福有了较为全面、深层的了解,打开了精神追求的另一扇窗户。此前提摩太仅仅是听从长辈安排、恪守天主教教义教规,把自己的一切交由他人去处理、选择,个人丝毫没有选择的欲望与权利。经此一番交往乃至经历,他对自己、对世界有了清醒的认识,也就有了自觉选择人生方向的可能。

在以自小习得的天主教为庇护所、一旦庇护所轰然倒塌就无所适从这一层面上,《你能走多远》中的丹尼斯身上也打上了亚当原型的烙印。如果单从思想层面来说,丹尼斯对教义并没有如伯纳德那样的思考,但他一直以来恪守天主教教义教规,应该说是一位合格的宗教信徒。丹尼斯总觉得自己是上帝的宠儿,娶到了心仪的妻子,找到了理想的工作,之后家庭美满、事业发达。他把自己的好运气归之于上帝,是上帝对他努力工作和服从教会的奖励。然而,先天性智障女儿的出生给了他重重一击:"这是为什么? 为什么是我? 我做什么了要遭受这样的惩罚?"[1]一段极其痛苦的煎熬之后,丹尼斯逐渐接受了这个事实,开始配合安吉拉对孩子

---

① David Lodge, *How Far Can You Go?*, Penguin Books, 1981, p. 146.

的各种治疗，也接触到很多有着比尼古拉更为残障的孩子的家庭，看到了人类生命的脆弱，慢慢修复了内心的创伤。而且他觉得自己比没有遭受厄运的人多了一层抗击命运的坚硬外壳，感觉自己已经支付了代价，厄运不会再次光顾。然而，厄运再次来临：小女儿安车祸身亡。丹尼斯彻底放弃了。内心的精神支柱垮了，他已经无法平静面对家庭、面对亲情，只能拼命工作，把工作当成逃避现实的屏障。跟随妻子参加各种聚会的丹尼斯再也不是那个怀着满腔热情的爱慕者了，外貌上完全是一副自暴自弃者的形象，成了圈子中公认的愤世嫉俗者、好挖苦人的人。就像亚当违反上帝禁令，丹尼斯也放弃了对以往不加质疑的天主教的虔诚信仰，违背了天主教教会中的上帝。

在戴维·洛奇天主教小说中有一个意味深长的现象，有些以夏娃原型出现的女性形象在对亚当型男性诱惑的同时，又构成对这些男性的拯救，也就是说兼容了耶稣的救世主功能。比较典型的是《天堂消息》中的尤兰德。在成功治疗伯纳德性无能，从而引诱伯纳德品味肉体之欢这一层面上，尤兰德是夏娃的翻版。故事的另一个视域则是男主人公人生的成全及生命的救赎，这样，尤兰德身上又打上了基督耶稣的微妙印记。

基督即救世主，即诞生于犹大伯利恒、在加利利的拿撒勒长大、圣经中所指的拿撒勒人耶稣。基督教认为，上帝不忍看到人类继续陷于罪恶与堕落，于是派遣其爱子耶稣诞生人间，用自己的鲜血救赎了人类，重新接续了上帝与人类的约定。"做了新约的中保，既然受死赎了人在前约之时所犯的罪过，便叫蒙召之人得着所应许永远的产业。"（来9：11—15）在基督教文化传统中，救主耶稣一向是以被钉在十字架上以己身救赎人类的形象定格的，那种为了救赎人类的罪恶，用自己的鲜血使人类重新与上帝订立新约的精神已然成为基督教文化系统中最动人的章节。尤兰德以一己之身治愈伯纳德顽疾的行为，似乎是这种精神的跨时空传承。

另一方面，尤兰德的拯救手段——性爱疗法——则又明显是对基督教扬灵性抑肉体传统的违背乃至挑衅。来源于犹太教的基督教在融合古希腊、古罗马文化的同时，确立了物质与精神、此世与来生之间的对立。它认为精神存在于肉体之中，却往往受到肉体的威胁和破坏，因而肉体是形而下的东西，是被忽略、贬低的对象。基督教对人性本质的看法大致是灵肉二元论的，人在属灵的一面具有神性，而肉体则是欲望与罪恶的根源。因为肉体软弱，律法养成只能依靠随从圣灵的人："随从肉体的人，体贴肉体的事;随从圣灵的人,体贴圣灵的事。体贴肉体的,就是死;体贴圣灵的,乃是生命,平安。"(罗 8:3—6)在这样的言说中,明确宣示了肉体与灵魂的对立。

圣经中,耶稣基督用自己的肉体生命救赎世人肉体的罪恶,强调的是灵性的飞升。尤兰德对伯纳德的治疗则正好相反,其使命是要把肉体从桎梏半生的宗教枷锁中解救出来,恢复原初生命的灵肉合一。这里,无疑显示了文本的现代性内涵,宗教的神圣乃至玄奥发生了世俗性置换。

此外,戴维·洛奇天主教小说中还有很多人物在名字上构成与某些宗教原型的模仿、对位以及讽喻等。对于名字,戴维·洛奇本人是相当看重的。在其享誉国内外的小说批评文集《小说的艺术》中,戴维·洛奇唯有在"名字"这一节拿自己的作品举例,显示出其对小说赋名的极其重视。在洛奇笔下,人物的名字显然都不是随意为之,它们不仅仅只是一个代号:"小说中的人物名字从来都不是毫无意义的,总带有某种象征意味,即便是普通名字也有其普通意味。"①

《天堂消息》中的伯纳德·沃尔什(Bernard Walsh)之名联系于中世纪一位著名的天主教圣徒圣伯纳德(1091—1153 年),这位圣徒是一位法国教士,罗马教皇顾问。他曾经当过著名的西多修道院的修道僧,并于公元 1115 年时任一新建的修道院院长。他反对经院哲学,主张宗教真理无法用推理的方法获取,而只能通过主观经验和沉思默想,是一位神秘主义哲学家。他反对教皇醉心任何世俗事物,极力推崇教皇的灵性权威。他是一位极端的卫道者,攻击任何非正统教义,出于宗教热情,他甚至鼓动了第二次十字军东征。

对于圣伯纳德来说,生命就是基督,基督就是教会,他一生都在宣扬自己的信仰与对基督的敬礼。这位圣徒以神学家的权威、力量和严密的学说体系奠定了天主教圣母崇拜教义的基础,把圣母称为"祝宠中保"、"罪人之托"。总之,圣伯纳德被称为史上最伟大的隐修士之一,且门徒众多、追随者甚众。戴维·洛奇以这样一位一生守贞、坚守贫穷、坚持服从的伟大圣徒之名赋予一位怀疑主义神学家,讽刺之中似乎也彰显作者对基督教历史中诸位圣徒的调侃。

《走出庇护所》中的提摩太·扬(Timothy Young)与《新约》中一位使

---

① 戴维·洛奇:《小说的艺术》,王峻岩等译,作家出版社,1998 年版,第 40 页。

徒相关。据传,提摩太是使徒保罗的年轻门徒和传教助手。保罗巡视东方教会时,将提摩太留在以弗所管理当地教会。《新约》的《提摩太书》(*Epistles to Timothy*),传为保罗晚年之作,是专门提点年轻弟子提摩太的,指导他如何祈祷、宣讲福音、坚守信仰,教导他在管理教会事务中如何攻击异端、选立圣职人员、如何对待教会内各级人士、认清假学士的危害等①。洛奇本意把《走出庇护所》打造为集德国式成长小说与亨利·詹姆士国际题材小说于一体的国际型成长小说,对主人公提摩太命名的宗教原型化色彩无疑强化了这一成长小说侧重于人物宗教思想发展、成熟的具体内涵。

作为教父神学代表人物的圣奥古斯丁(Augustinus,354—430),是基督教神学史、教会史上最著名、贡献最大的神学家之一,他以论著《上帝之城》奠定了教会权威以及后来新教预定论的理论基础,以《忏悔录》论证了人有原罪、人性本恶的圣经教导。《你能走多远》中一位怀疑教义、后来脱离神职娶妻生子的怀疑主义神父奥斯丁·布瑞厄雷,名字取奥古斯丁的简称,显然是一种讽喻。

在《你能走多远》中,还有一系列人物有着宗教内涵:激烈反抗天主教教义教规的菠莉(Polly)在希伯来语言中意为"反抗的苦涩",名字与意义构成对比。鲁丝(Ruth)希伯来语意为"友谊、同情",联系鲁丝为寻求友谊、同伴而成为修女的经历,名字对应于意义。安吉拉(Angela)是法语词,意为天使、报信者,而我们知道,《圣经》中诸多重大事件都有天使的在场。基督教文化主导的西方文学中,经常以天使比喻容貌姣好、性情和善、贤妻良母型的女性,小说中的安吉拉拥有这一名字名副其实。而初时沉溺于罪感、虔诚得不敢去领圣体的迈克尔(Michael)则在基督教中是与被称为"神的眼睛"的七灵之一的加百列(Gabrel)并列的大天使,基督教认为他们是两个负有重大使命的天使②。加百列在《旧约·但以理书》里为但以理解释预言和意象,在《新约·路加福音》中为耶稣的受胎向圣母报喜,是人们常说的启示天使和报喜天使。迈克尔的地位比加百列高,是原为六翼天使的天使长的名字,有"似天主者"或"像上帝的人"之称。在撒旦率一部分叛乱的天使对抗上帝时,他带领天军最终击败叛乱者。在

---

① 卓新平:《基督教小辞典》,上海辞书出版社,2008年版,第427页。
② 胡家峦:《历史的星空——文艺复兴时期英国诗歌与西方传统宇宙论》,北京大学出版社,2001年版,第272页。

西方教堂的壁画中,迈克尔的标准形象是一手拿着对账本,一手拿着天平,是人们心目中的审判天使。联系小说中迈克尔对宗教的审慎思考与重新改造,似乎暗示作者对这一人物的极大认同。一心寻欢的杰洛米(Jeremy)之名则在希伯来语中指"上帝之崇高",可谓是对上帝的莫大讥讽。迈克尔的妻子米莉亚姆(Miriam)之名希伯来语意为"忧伤"、"苦难之洋",源于《圣经》中的米莉亚姆(Miriam)。《圣经》记载,米莉亚姆为希伯来人摩西的姐姐,为逃避埃及法老杀死所有新出生希伯来男婴的命令,将刚出生的摩西放在芦苇丛中,让摩西由法老女儿收养长大。后在摩西引导希伯来人出埃及时誓死追随,被视为女先知,因嫉妒摩西娶妇、自己女性领袖地位受损而毁谤摩西,被上帝惩罚长了大麻风,后被赦免。小说中的米莉亚姆因丈夫迈克尔而从英国国教改宗天主教,性格平实、理性,对天主教尊重而不敬畏、神化,一家人过着平凡现实的幸福生活。初时属宗教保守右翼后又转归左翼的艾德瑞恩之妻多萝西(Dorothy)之名则为希腊语,意为"上帝的赠礼",以此调侃艾德瑞恩对宗教的假虔诚。而丹尼斯与安吉拉的智障女儿得名尼克拉(Nicole),在希腊语中意为"胜利者"。

《大英博物馆在倒塌》中男主人公亚当之名对应人类始祖亚当,其妻芭芭拉(Barbara)之名在希腊语中意为"外乡人"、"异族人",似乎告诉读者,故事中她并不是诱惑亚当的夏娃。小说中充当"解救天神"的美国商人伯尼(Bernie)之名则是伯纳德(Bernard)的昵称,也与中世纪著名圣徒伯纳德相连。小说中的伯尼给予深陷生活困境的亚当以好运,圣徒伯纳德则在基督教历史中予众多信徒以解救福音。《走出庇护所》中提摩太的姐姐凯特(Kate)之名是希腊名字 Katherine 之简称,意为"纯洁的",名字的纯洁对应于小说中其享乐主义的悲惨结局。《天堂消息》中首先诱惑伯纳德的达芙妮(Daphne)在希腊神话中意为"月桂树"、"桂冠",是阿波罗的最爱。病重的厄休拉(Ursula)则是拉丁名字,意为"无畏之人",颇能对应于厄休拉的特立独行。这一名字又与中世纪一位圣女相关,圣女厄休拉是大不列颠王国的一位公主,是一位虔诚的基督教徒。她与布列塔尼王国的王子订下了婚约,但她想嫁的不是人,是基督。于是在无法推辞婚约的情形下,她坚持要先去罗马朝圣。随后就在几名同样信仰基督教的贵族少女陪同下出发了。朝圣结束回程时,厄休拉在法国科隆一带不幸遇到了匈奴王阿提拉的军队,于是厄休拉殉道而死,成为世人传颂的烈女,由此也达到了她人生的最高目的:封圣。《治疗》中墩子的大名劳伦斯(Laurence),由莫琳的玩笑与圣·劳伦斯(Saint Laurence)联系起来,后者是罗马时代一位著名的殉道圣徒,相传被放在烤肉架上慢慢烤死,据说在被炙烤之时有名句:"把我翻过来吧,这面已经烤好了。"莫琳虔诚地提到的那个烤肉架与耶稣圣心(衣领上学校标志的心形图案),既暗示了莫琳罗马天主教教徒的宗教信仰,也潜在地点出即劳伦斯后来苦难的原型。

需要注意的是,在戴维·洛奇天主教小说文本中,有的人物是直接借用名字的宗教含义,如《大英博物馆在倒塌》中的男主人公亚当·艾普比,《走出庇护所》中的提摩太,《你能走多远》的迈克尔、安吉拉,《治疗》中的墩子等;有的反其意而用之,颇有反讽意味,如《天堂消息》中的伯纳德之与圣伯纳德,《你能走多远》中的奥斯丁之与圣奥古斯丁等。人物借用这些宗教原型,在反映现实的基础上拓深、拓宽了文化内涵,意蕴更悠长、丰厚。

二、环境原型

事件以其在时空坐标上的位置而具有唯一性。时间以时间点和时间段为标志,而空间相对来说就复杂一些,各种物理性的处所都可能成为故事发生的地点。圣经叙事由于其丰富而深邃的宗教、神学意义,使得某些经常出现的物理性环境兼具标志事件唯一性的直接功能与象征、隐喻功能。水、封闭的空间以及路就成为这样的原型意象。

(一) 水

在《圣经》叙事中,水是一个非常重要的意象。大致说来,水在《圣经》中具有两种价值意义:一种是积极的、正面的,是生命的象征,是涤荡污垢的洁净之源;另一种意义则是否定的、负面的,是黑暗的渊薮、毁灭生命之伟力的象征。

《旧约》讲述从伊甸园流出、滋润万物的有四条大河:第一条叫"比逊",意为"涌出";第二条叫"基训",意为"飞溅";另两条河即现在的底格里斯河和幼发拉底河。这四条大河发端于人类始祖乐园伊甸,既滋润、养育园中万物,又各自环绕哈腓拉全地、古实全地以及亚述东部等,盛产黄金、珍珠和红玛瑙,这里的水是生命之源,又是财富之源。除此之外,在《圣经》中还有一条重要的河流即约旦河,是圣经中的圣河,多有奇迹发生。雅各携家眷返回故乡迦南途中过约旦河,与天使较力得名"以色列";

以色列人在旷野漂流 80 年之后渡过约旦河进入应许之地,河水在上游止住,使万民得以顺利过河;先知以利亚用外衣击打河水使水分向两边,他和以利沙从干地上顺利过河。这显示水与奇迹的密切联系。此外,水也是洁净之源。亚兰王的元帅罹患麻风病,用约旦河水沐浴七次之后即痊愈;施洗者约翰传道时用约旦河水为众人施洗,也为耶稣施洗。后来,在河水中受洗成为初期基督徒的入门仪式。在这一仪式中,通过接受象征洁净之水的洗礼,意味着灵魂已接受基督恩典的沐浴,象征着脱去旧的躯壳,获得了新生。

水作为毁灭性力量,是上帝借以彰显其大能的手段。上帝创世之前没有时间与空间,整个宇宙只有大水深渊:"渊面黑暗,上帝的灵运行在水面上"(创 1:2),在混沌之中上帝用话语创造了世间万物和人类。后来人类罪恶滔天,上帝又用大洪水除灭人类,水俨然是令人惊惧的毁灭性力量。以色列人出埃及后行至红海,后有法老的追兵,前有波涛汹涌的大海,这里的大海完全是阻碍以色列民众前行的巨大阻碍。约拿违背上帝要他向尼尼微传话的命令,乘船前往他施时,海上狂风大作,几乎把船掀翻,船员们只好把约拿抛进海中,风浪才得平息,这里的大海成为施行上帝惩戒的具体手段。在《马克福音》中,水还成为两千头猪的葬身之处,已然是惩罚罪人的刑场。与此同时,水也成为试探和考验门徒信心的地方。《马太福音》记载,有一次耶稣在风浪中在海面上行走,彼得欲效仿之,却一下水就沉了下去①。

戴维·洛奇天主教小说多次提到水,但随语境不同而作用相异。《走出庇护所》多次提到河、游泳池、大海等。童年提摩太感到与母亲为躲避空袭躲在乡下时最幸福的事是妈妈在火炉前用一个铁盆给他洗澡,火炉前的温暖、洁净印象尚存,接下来就是母亲因为回去工作而把提摩太留在乡下当住读生的厄运,文本叙述了提摩太难以应对的是大清早用冰冷的水洗漱;与父母年复一年在英国海滨度假区沃辛过暑假,随着年龄增长,提摩太觉得日趋单调与无聊,在海边找到一个能俯视大海的角落,这个角落俨然成了少年提摩太隐藏自己的庇护所,得以长时间坐在那里面对大海,开始了对成长、对外部世界的思考与渴望;姐姐凯特把德国海德堡

---

① 西蒙·巴埃弗拉特:《圣经的叙事艺术》,李峰译,华东师范大学出版社,2007 年版,第 96—97 页。

(Heidelberg)描绘成一座坐落于群山之中、小河之上、有大量古堡的小城，这种描述颇相类于《圣经》中的伊甸园，只是增添了很多现代化的物质享受；少年提摩太离开家乡到海德堡的快乐之旅中重要一环就是到美国人专用的游泳池游泳，这是一种特权，德国人没有权利享用；也是在游泳池边，为提摩太提供精神食粮的唐与为提摩太提供感官享受的凯特朋友相遇，似乎隐喻了精神与肉体的交锋、纯洁与堕落的对立；文本为故事添加的尾声中，提摩太在游泳池游泳，姐姐凯特在墙角饮泣，似乎暗示勇于涤荡灵魂的人会获得幸福，而放纵自己的肉欲、随波逐流的人，终将抱憾终生。

　　水在提摩太的人生中标志着一种转折性、驱动性力量，海德堡之行前的沃辛之旅，文本多次描绘提摩太一个人躲在海边沉思的情景，且最后以一个象征性镜头定格了提摩太走出庇护所之前的精神动向："提摩太背向着英格兰，脸上露出一种戒备的、挑战的神情，朝向欧洲大陆。"[①]这一镜头证实，后来的海德堡之旅与其说是某种机缘巧合、是少年提摩太的冲动，倒莫如说是少年向往未知世界的必然结果。文本尾声中提摩太与姐姐凯特坐在旅馆泳池前对往事的回顾，则回荡着两个人物的一生取向及伴随的复杂人生。

　　水在《走出庇护所》中除了联系于亲情、洁净、人生思考等之外，也同时与某种令人生畏的伟力相关。文本在尾声中描述了一个场景，当提摩太看到妻子希拉要高台跳水时，他心中顿生恐惧："他从来没有能够彻底根除的熟悉的恐惧——他的幸福或许只是将遭重创的命运之的；或许在他无忧无虑之时，灾难正在某个角落等着。"[②]这种隐秘的恐惧根源于自幼浸身其中的宗教，虽然此时他很大程度上已经脱离了旧日的天主教信仰，但内心仍然保留着对某种未知力量的敬畏，只是敬畏的对象由上帝换成了命运。这种内心深处的敬畏、恐惧隐含着提摩太的宗教态度，在文本中具体化为对水的恐惧。

　　《天堂消息》则借一位研究旅游学的人类学家之口，对泳池作了一番宗教式阐释："设计这游泳池的真实目的就不是为了让人在里面游泳。池子面积很小，且形状不规则，根本无法进行通常的长距离游泳。……但是

---

① David Lodge, *Out of the Shelter*, Martin Secker & Warburg 1985, p. 53.
② David Lodge, *Paradise News*, London: Secker & Warburg, 1991, p. 271.

这游泳池,不管它多么小,却是必不可少的,它是整个仪式的中心。大多来晒日光浴的人至少都要进去蘸蘸水。根本谈不上是游泳。而是一种洗礼。"①游泳等同于洗礼,一种专注于身体锻炼的体育运动或游戏沟通了基督教教徒的入门仪式。《你能走多远》中青年时期反抗天主教清规戒律的菠莉在儿子病重危难之际为其洗礼,成年后的儿子选择了皈依基督教,显示了水的洁净力量及联系于洗礼仪式的奇迹作用。与兄弟尽释前嫌的厄休拉临终时决定把自己的骨灰撒入大海,忠实的尤兰德履行了自己的承诺,大海在这里成了亡灵安息之所。对于伯纳德一行经由大海之旅摆脱烦恼、收获幸福的旅人来说,大海与夏威夷群岛是他们的新生天堂。而对于厄休拉尤其是尤兰德之类的本地居民,大海造就的旅游胜地却阻隔了亲情、隔绝了沸腾的现实生活和幸福的家庭。

《天堂消息》以主人公伯纳德为意识中心,把太平洋中的夏威夷群岛与以往围绕地中海的生活构成两个世界的对比,恰如此岸与彼岸。旅行社各种关于地中海沿岸的旅游宣传册,让前半生囿系于基督教的主人公感到:"这些宣传册以一种早期基督教徒无法预见的方式使地中海仿佛真的成了世界的中心。"②至于大海对人类的危害,文本则在据实考证旅游对环境的毁坏时,也谈到人群拥挤到地中海沿岸的后果,人类玷污、毁坏了彰显大能与奇迹的水之源——大海,直接后果就是对人类健康乃至生命的危害。这可以说是对基督教奉大海为施行上帝惩戒手段的世俗性、现实性置换。

(二) 封闭的空间

在《圣经》—基督教文学中,对封闭空间的描绘屡见不鲜。具体两大意象则是封闭的园与四面高墙、防守严密的城市。《创世记》记载的人类始祖亚当、夏娃曾经生活的伊甸园是"园"之意象源头。伊甸园中有各样悦人眼目的树木、各样做人食物的果子,有生命树和分别善恶的树,有各样牲畜和空中飞鸟,自然还有男亚当、女夏娃。后世的弥尔顿在《失乐园》中描述了他们在园中吃野果、游美景、无忧无虑、其乐融融的场景。上帝把人逐出了伊甸园后,在伊甸园的东边安置了有翅的天使和一把转动时火光闪闪的宝剑,守住通往生命之树的路。因此,源出《圣经》的"园"既意

---

① David Lodge, *Paradise News*, London: Secker & Warburg, 1991, p. 90.
② Ibid. , p. 27.

味着动植物繁茂、两性完整、人类和谐相处的美好世界,也意味着警戒、防护、归属的确定性。与封闭的园意象相似,被认为是《圣经》末篇的《启示录》宣称圣城耶路撒冷是一座建造在高山上四周围着高墙的城市,不吝笔墨大肆铺陈圣城的城墙,如墙由碧玉所造、墙的根基用各样宝石修饰、墙的十二个城门分别由十二位天使看护,等等,在刻画其富丽堂皇的同时突显城的防护、安全以及与外界的隔绝作用(启21:12—20)。

《圣经》文本中涌现出的诸多封闭的"园"的意象,大致都包含以上两种象征意义。圣经唯一涉及男女情爱的诗——《雅歌》集中体现了"园"的意象及意义。《雅歌》中涉及的"园"有葡萄园、果园和花园,园中有佳美的果子和充满香气的植物。《雅歌》的园,一派生机勃勃,涌动着生命的力量。园的世界是一个完美的世界,花果繁茂、昼夜分明、有男有女,俨然是伊甸园的再现。在《雅歌》中,"园"一方面实指一片花草秀美、果实累累的乐园,另一方面具有象征意义,它既象征少女的身体,园中花、果、植物之清爽宜人隐喻少女的胴体没有任何污秽和瑕疵;它也象征德行的完美。希伯来律法中的洁净观念表现在女子身上,就是贞洁要求;这一童贞观念也被基督教所继承。同时,"园"意味着藩篱和范围,围在其中的是一片具有特定归属性的领地,"封闭的园"则意味着与世俗、丑陋、罪恶等负面世界的隔绝,藩篱的树立是为了土地的安全、完整与归属,使之免遭侵犯和践踏。传统《圣经》解释学一般对《雅歌》作宗教性阐释,或是把它作为描述耶和华和以色列关系的寓意歌,或是把《雅歌》中的良人与女子视为基督与教会关系的隐喻。

《天堂消息》把火奴鲁鲁比喻为"古希腊神话中的金苹果园,或是幸运之岛",这里提到一种把伊甸园视为岛的基督教观念,这种观念认为:"那里没有寒冬,是幸福的亡灵之家。据说它们就在已知世界的最西边。"① 文本叙述伯纳德脑海里浮现出下飞机到达的那天夜里,火奴鲁鲁的万家灯火突然显现于漆黑一片的太平洋中的场景,突出其与世隔绝的地理位置,并借主人公之口直接评价火奴鲁鲁"是世界上最与世隔绝的地方之一",认为"虽然它人口众多,商业化程度很高,仍然有一种神话般的气氛"②。

---

① David Lodge, *Paradise News*, London: Secker & Warburg, 1991, p. 132.
② Ibid. , p. 132.

而旅行团登机的伦敦机场、候机室乃至检察厅等封闭空间则分别喻指喧嚣的现实世界、此岸与彼岸之间的过渡等。前者借助于旅行社职员调侃自己为渡送游客的天使之语；后者既是候机室、检察厅在家乡与旅游目的地之间的实际空间性存在，也寄予两个世界的象征。伯纳德在洛杉矶转机时，直觉旅客们排队在一间屋子里等着检查护照的情景颇像电影中有关来世的镜头，那屋子是如今"大众化的候判所"①，这里的候判所用的是 pareschaton，来自希腊语，意为人死之后去向未定之前灵魂所在的地方。

这种与世隔绝的封闭空间在《电影迷》中体现为影院与教堂两个具体意象，影院是人们追求世俗享乐的地方，教堂则是皈依信仰、履行宗教义务的具体场所。两者之间的共同之处是对现世人生的逃避。文本借助主人公马克的观察，再现了痴迷于电影虚幻世界中的人们："迟钝，却又带着一丝模糊的、无以名之的渴望，就像玻璃缸中的鱼。他们愚蠢的、目瞪口呆的脸紧压在一扇窗户上，这扇窗户通往一个他们永远无望涉足的美妙世界。……只有在由这扇窗户反馈的理想世界的白日梦庇护下，日常生活才可以忍受。正是在对宗教的替代中——神话般装饰的单檐房子，形体夸张的女人们的芬芳，提供了一个比基督教虚无缥缈的许诺更让人满意的天堂……"②影院管理人把吉布林神父引为难兄难弟的感慨验证了教堂与影院、宗教与娱乐的相似性："毕竟，他们都属于某种娱乐行业，都想统辖一种趋于没落的娱乐形式，都竭尽全力地想要揽客。他们应该是同盟而非对手。"③

《大英博物馆在倒塌》把大英博物馆阅览室比喻为"巨型子宫"，"阅览室周围的书架把学者们包围在中间，书架上面是宽敞开阔的穹顶。白日的阳光几乎无法穿透房顶上灰暗的玻璃，阻隔着汽车与其他人世的喧嚣"。而专心伏案的学者们则"蜷缩着身子，伏在书本上，就像一个个胎儿"④，形象描绘出知识分子与大众、学术生活与世俗生活的隔绝。

《走出庇护所》中的封闭空间既指二战期间提摩太躲避空袭的防空洞，在沃辛海滨度假时提摩太远离父母、游人、专注思考的"据点"，也指与

① David Lodge, *Paradise News*, London: Secker & Warburg, 1991, p. 54.
② Ibid., p. 58.
③ Ibid., p. 128.
④ Ibid., p. 27.

陌生的、带着敌意的、脱离安全防护的未知世界之德国、消费主义世界对应的有父母照顾与关爱的家庭、提供精神庇护的天主教教义教规以及生于斯长于斯的整个熟悉的环境。

《治疗》中较为显在的封闭空间一是体现在墩子逃离家庭生活的伦敦公寓,二为寻求艳遇的旅馆房间。后者相继有三次具体形象化描写,与情人阿米的幽会、与雇员的幽会、与莫琳的旧梦重温。对这些空间场景的描述,有的着力于其简陋、恶劣的环境与人生挫折的相互对应;有的着力于其代表的低劣情欲与克尔恺郭尔式精神追求的高下对立;有的则展示了纯情少年时代与暮年温情的合理交融。文本描述墩子对莫琳的追寻以及最终在途中的灵肉交融,笔端弥漫着浓浓的温情与怜恤,表达出作者的情感倾向。值得注意的是,《治疗》中的墩子在腿疾痊愈、重获新生之后,选择的寓所不是宽大的别墅,而是自己在伦敦的公寓,文本中对公寓地理位置、四周建筑、自然环境、嘈杂市景乃至室内陈设的描述,似乎无法等同于一个仙居乐园。这与英国文学中一向的反都市主义传统颇为相异。

一直以来,在英国文学中有一种反都市主义传统。自文艺复兴以降,城市在政治、经济和文化领域的快速发展,奠定了城市作为政治、经济、文化中心的地位。城市新的社会景观和社会结构的变化,促成了各种都市化团体、观念的产生。都市体验的发展随之带来符号、象征体系的发展。对应于城市的两面,文学艺术在描绘城市时也出现两大极端,一个极端是推崇城市辉煌的建筑、繁华的市容、兴旺的商业及巨大的财富,无视或忽略其城市痼疾;另一个极端则把城市看作国家的威胁,把描述聚焦于各种社会问题:环境的恶化、失业率的增加、通货膨胀、犯罪、道德堕落,等等。

很多作家对城市既爱又恨,把城市比喻为沙漠、荒野,以罪犯和妓女作为伦敦道德堕落的象征和隐喻。奥斯丁、勃朗特姐妹、乔治·艾略特都在作品中表现了对城市这一流动世界的恐惧与厌恶。奥斯丁终生待在一个远离伦敦的外省乡村,作品中表现的是一个远离工业化、都市化的乡村世界,城市只是其叙事的一个背景。这个背景对立于优雅、宁静、没有烦扰的乡村世界,是流动不拘、混乱复杂、道德堕落的;夏洛蒂·勃朗特在《简·爱》中对伦敦、巴黎等大城市的想象表现了她对这些地方的深刻怀疑和焦虑:来自伦敦的英格拉姆小姐傲慢又势利,阿黛尔则是一个巴黎放荡女人的私生女;爱米莉·勃朗特则在《呼啸山庄》中把两个庄园的没落归罪于一个来自都市大街上的弃儿,在她的笔下,城市作为一个小小的叙事元素,最终酿成了整个乡村世界的毁灭;至于在 19 世纪一批浪漫主义诗人笔下,城市更是处于被批判、遭放逐的边缘,华兹华斯大部分诗都表达了对城市生活及其价值观的批判,如人与人的疏离、陌生等;亨利·詹姆斯把城市看作文化的荒原,城市居民宛如漂流在荒漠中的游魂;狄更斯在小说中把城市描述为破败不堪的废墟、垃圾堆以及坟场,游走其间的人群大多心理阴暗、脾气暴躁、冷酷无情,贫民区、难民所、罪犯出没的地下世界、肮脏不堪的生活环境、腐败的管理机构共同构成了可怕、黑暗、道德堕落的城市;20 世纪文学中,城市以可憎面貌出现的文本更是不可计数,康拉德把伦敦视为埋葬人类的黑暗所在,T. S. 艾略特则在《荒原》中把它看作西方现代文明的象征,是城市堕落的集大成者①。与这些作家厌恶城市,向往充满宁静、安逸、出世情怀的乡村世界、牧歌理想不同,洛奇对城市的感情颇为复杂,相对来说更趋向于认同,他对诸多小说情节的处理都表现出对现实生活、城市生活的认同与赞赏。《电影迷》中女主角的失落在作品中喜剧性地处理为她对一对新婚夫妇的祝福、帮助与此后的心境平和。《大英博物馆在倒塌》借助一笔飞来横财巩固了主人公在城市的家庭生活与学术生活。《走出庇护所》中的提摩太的成长经历显示了一个少年对大城市生活的向往、作者寄寓其中的茁壮生趣。《你能走多远》把一位不适合现实城市生活的女性处理成一个心理疾病患者。《天堂消息》中男女主人公更把新生的希望、幸福的寄居地着落于一个弥漫工业喧嚣的北方城市。种种描述看似偶然,实则恰恰流露出作者对现世生活的热爱、对宗教虚拟彼岸世界的怀疑,与作者着重于现世、反对宗教禁锢人性的一贯立场吻合。基督教文化传统把现实世界视为罪恶、堕落的所在,而城市则是集大成者。《圣经》中描述了很多被上帝无情毁灭的城市,如索多玛、俄摩拉,在硫黄之火中焚烧的巴比伦等城,都是不信上帝、邪恶、淫荡、堕落之城,是现实世界的形象譬喻。与这些现实世界中的毁灭之城相对的则是重生之城,集中体现为《启示录》中那个虔信上帝耶和华、听从上帝指引、贯彻上帝法令的名为新耶路撒冷的新天新地。不知悔改的人类居住的充满黑暗、罪恶、糜烂、混乱喧嚣的世俗之城与节制、和谐、

---

① 陈晓兰:《城市意象——英国文学中的城市》,广西师范大学出版社,2006 年版,第 10—50 页。

整齐、肃穆的神之城,此岸与彼岸世界,构成鲜明的对比。洛奇天主教小说中大都以质疑、调侃的口气提到教会有关来世的学说,把来世比喻为悬挂在人们眼前看得到却吃不到的胡萝卜,完全摒弃了彼岸的幻想。现实世界自然有诸多不完满、不完美,但洛奇小说中看不到完全的邪恶、完全的黑暗,作者虽有喜剧性处理的局限,但更多是出于对现实世界的理性认知、对宗教幻想的祛除、对人类世界的乐观想象。

（三）路

《电影迷》男女主人公在教堂—家—电影院三个主要场地上演了诸多戏剧化场景,联系这些场地的路既是物理空间的有形道路,也是男女主人公情欲与宗教逐渐自我转化和互相转化的心理之路。

《大英博物馆在倒塌》主人公亚当·艾普比在公寓、大英博物馆、搜集作家遗稿的冒险之旅、学院晚会的谋求饭碗之旅中,交织着困于精神—物质、家庭—学术之中疲于奔命的苦恼人生。

《走出庇护所》的提摩太从家庭到国外,由英国到德国,走出由家庭、学校、天主教信仰体系以及英国国内政治、经济、社会、文化现实构筑成的庇护所,挣脱缠绕十六载的血缘牵绊,步入对生活、信仰、人生道路的理性选择之途,由蒙昧走向解放,由稚嫩走向成熟。

《你能走多远》的标题就暗喻了"路"的存在,而且这"路"不是单一的,在你能走多远的问题上,这样的"路"有多条:其一,与一个女孩在个人交往中能走多远,即在不违反天主教教义教规前提下能发展到什么程度?其二,则有关宗教改革的前进程度,即教义、教规能够改革到什么程度而不丢掉其最有生命力的东西?符合人类需要的宗教在神与人之间还能妥协多少?第三个疑问则出现在抛弃安全节育法之后几对年轻人纵情享受夫妻情爱时的疑问,即享乐主义还能到什么程度?

《天堂消息》多方面体现了路的存在。伯纳德父子二人由英国到美国的现实之路,老沃尔什与厄休拉兄妹二人开释40多年心中隔阂的路,伯纳德由物质、精神双重贫瘠到双丰收之路,等等,这些路既具体指代物理空间,更暗喻人类精神之旅。

这些"路"的原型意象,在《圣经》文学中有着源远流长的传承。犹太人第一任族长亚伯拉罕带领族人从迦勒底的吾珥到了迦南地,走遍迦南,又从迦南到埃及,再返回迦南。亚伯拉罕的仆人以及后来的雅各,从迦南地到美索不达米亚,再回到迦南;雅各及其儿子下到埃及;摩西逃离埃及去米甸，又回到埃及；以色列人离开埃及，穿越西奈旷野，经过以东地和摩押，最终到达以色列地，等等。以色列人在自己的土地上定居以后，仍然不乏这样的移动，要么去外邦，要么在本国内移动：大卫逃到了犹大旷野，又到了南地，再后来又到了约旦河东岸。以利亚在以色列境内，从一地漫游到另一地，甚至上了神的何烈山；而另一位伟大的漫游者以利沙，则远离家乡，一直走到了大马士革。从一地到另一地的移动过程在《圣经》叙事中占有支配性地位，这些或长或短，或直接或曲折的道路构成圣经人物、事件景观中重要一维。可以说，迁移、旅行、漫游构筑了圣经叙事空间移动的故事之轴、逻辑之轴，喻示了一个个匆忙的人生。

《圣经》中的"路"一般都在具体所指的基础上引申出某种神学意义。圣经中的"路"有时隐喻"上帝之道"，门徒们、信徒们"在路上"不仅意味着一种具体的物理迁移，也喻指上帝指引下的人生之路。《使徒行传》中直接把基督徒称为"信奉这道"的人（徒9：2），这里的"道"指的就是基督教信仰。门徒们所行的就是一次感受理解、弘扬耶稣信念的精神之旅，推广至一众基督教信徒则是其经由人世百般磨难最终到达幸福彼岸，与耶稣基督及众天使、众虔诚信徒共享永生的信仰之路。

从基督教信仰角度而言，人类自从始祖亚当违反上帝禁令被逐出乐园，就开始了漫长苦难的赎罪之旅，如何能在这漫漫人生中信仰上帝、恪守教义教规，最终完成从污浊尘世到洁净天堂，永享平安福乐，在基督教文化传统中，自然也是一个最永恒的话题。

朝圣可以说是经受各种考验最终得以遇到天堂的短暂搬演，于是乎，在朝圣概念以及与朝圣密切相关的旅行文学中，路已然衍生为故事人物、事件的物质载体。人物走在不同的道路上，事件发生在路途的各个阶段，路的形象、路的延续、路的功能在这一特定体裁中得以最广泛的表达。

第二节　概　念　原　型

戴维·洛奇天主教小说在《圣经》—基督教原型借用方面，具体可感的人物、环境自然是借用重点，除此之外也有较为抽象的概念原型。主要的概念原型有二：一为朝圣；二为天堂。

一、朝圣

《圣经》说人"在世上是客旅,是寄居的。……他们若想念所离开的家乡,还有可以回来的机会"。那个"更美的家乡,就是在天上的"。(来11:13—16)人的一生就是在上帝的指引下,历经罪恶和磨难、寻找家园和上帝的旅程。从根源上说,亚当、夏娃犯罪、伊甸园被逐、下降人世,人类就开始了苦难的救赎之路。如何才能从苦难尘世重回伊甸乐园,这是一个漫长的历程。基督教文化中的朝圣传统即以此为理论基础。朝圣即朝拜圣地,具体化为朝拜某些具有宗教意义或价值的地点或场所,是一种摆脱红尘牵绊、超越罪恶、获得心灵宁静的方式。在基督教看来,人类历史就是寻找失去乐园的历史,朝圣象征了寻找家园的精神之旅。对于信徒来说,虔诚的旅途也可以使他们摆脱庸常尘世,得到心灵的安慰与宁静。基于此,朝圣旅行成了基督教历史中的一种神圣传统,在西方文化系统中也占有特殊的地位。

朝圣直接实指的宗教行为以及其象征意义都与"路"的意象密切相关。在西方文学发展中,这两者的紧密结合逐渐形成为一种源远流长的文学体裁——旅行文学。在朝圣最为风行的中世纪,各种宗教题材的文学创作都与朝圣有割不断的联系。后世多种幻游文学、旅行文学,本质上都具有朝圣意蕴。如传奇文学中的骑士传奇,武艺高强、家世高贵的骑士们怀着对基督的信仰,恪守着对心中贵妇的忠诚,忠君爱国、扶危济困、行侠仗义,可谓是一腔豪气游走于各种艰难险境。有总结中世纪、开文艺复兴先声之谓的但丁《神曲》,具有旅行文学的特征,借助主人公幻游地狱、炼狱和天堂的经过,描绘出中世纪对宇宙、对基督教的瑰丽想象。约翰·班扬的诗体寓意小说《天路历程》也属于旅行文学范畴,描述一位名为"基督徒"的主人公从将亡城出发,先后历经失望沼泽、死荫幽谷、名利场、疑惑城堡等诸种阻碍,跨越艰难险阻,最终抵达愉悦山,进入安静国。由传奇而来的流浪汉小说,主人公由传奇性的英雄降格为普通的流浪汉,以其一路游历贯穿起整部故事,可以说是小说的雏形。18世纪是英国小说发展及早期兴盛时期,这一时期小说家的杰出代表笛福、菲尔丁等,其创作基本都沿袭了流浪汉小说的模式,前者的小说如《鲁滨孙漂流记》、《摩尔·弗兰德斯》、《罗克珊纳》等,以海盗、妓女、囚犯等普通人为主角勾连起一系列事件,反映当时社会政治、经济、文化环境;后者把小说定义为

"散文体喜剧史诗",并具体化为《汤姆·琼斯》的成功实践,在自觉创作的前提下也恪守了通过流浪汉式主角一路流浪的旅程来反映生活的小说形式。20世纪现代小说中的鼻祖、经典《尤利西斯》则是在吸收希腊神话的基础上,自觉遵行了流浪汉小说的创作模式。洛奇《大英博物馆在倒塌》通过主人公一天的经历来反映天主教教徒生活的酸甜苦辣,显然有着詹姆斯·乔伊斯创作的影子。可见,路的原型意象与朝圣传统在西方文学中生长、蔓延,小说雏形之于它,在后世小说体裁、题材林林总总的情况下,这种由路而来的小说俨然成为一种特征鲜明的小说类型——旅行文学。旅行文学的"叙事框架是作品人物的游历行程,主人公处在接连不断的旅行或迁徙过程中,该过程既是情节发展内在的线索,也展示出事件依存的外部空间"①。旅行文学的最初源头既来源于圣经,也是基督教传统中的基本文学形式之一,至今仍在叙事文学中长盛不衰、影响深远。

戴维·洛奇天主教小说在主题与结构上对基督教朝圣旅程的模拟体现为:对朝圣模式的直接再现,如《电影迷》中马克参加的学生十字架运动,《治疗》中莫琳的朝圣;讽喻象征意义上的朝圣,如《天堂消息》中伯纳德们的"天堂"之旅,《治疗》中墩子追寻精神拯救的过程——各种治疗方式的尝试,与多名女性的情爱游戏,以及通过阅读克尔凯郭尔著作、实践克氏生活历程、寻找爱情支撑,最后终于治愈顽疾、获得心灵宁静的过程。

《天堂消息》集中体现了对朝圣传统的模拟。从整个情节结构来说,游客前往夏威夷的旅程隐喻从死荫幽谷般的人生低谷出发,历经磨难险阻,最终到达至圣福乐的朝圣历程。小说开篇即道出现代社会的罪恶现实——三个不同的恐怖组织宣称要对不久前发生的坠机事件负责,也就是说,至少有两个组织打算平白落一个滥杀无辜的名声。阴谋策动坠机事件已经够残忍,可怕的是还有组织想把这"功劳"视为自己的荣耀。这就是旅客们踏上朝圣之旅的出发点。而这批准备前往心目中的天堂——夏威夷的旅客们又都有着形形色色的现实烦恼:姓哈维的新婚夫妇正闹着别扭,为布鲁克斯夫妇提供免费度假的儿子有个同性恋人,苏和迪伊这两个女伴每年的例行旅游则是一场漫长的寻找如意郎君之旅,贝斯特一家按部就班地履行着枯燥无味的家庭式度假……夏威夷可以说是他们渴望摆脱现实羁绊、追寻幸福的共同向往之地。

---

① 梁工:《圣经叙事艺术研究》,商务印书馆,2006年版,第247页。

主人公伯纳德也正经历着人生的低谷,放弃了家人早已为其选择且自己也早已默认的信仰与职业,堕入了精神和物质的双重逆境。回归世俗生活的努力也在与女友的交往中不幸归于失败。是通往夏威夷群岛的一次旅行,一次探望病危亲人的义举成全了他人生的转折,所有的失败、所有的不幸在历经一番努力后终于都归为喜乐至福的新生。

小说其他人物的精神历程自然不像伯纳德那样曲折、深奥,但也大致体现了同样的结构原型,都寻获了幸福,得到了内心的安宁。大半生飘零异乡,无法拥有家人温暖的厄休拉临危之际不但打开了心结,与哥哥尽释前嫌,还得到了心灵相通的亲人、友人的终生怀念,在这种真诚的怀念中获得了她渴望的永恒。旅行团队中一对闹别扭的小夫妻经由一场磨难而重归于好,且倍加珍惜来之不易的幸福。迪伊终于找到了意中人(当然,两者的相遇也使谢尔德雷克找到了仰慕自己的忠实听众),苏终于从既要陪男友又要陪女伴的漫长刑期中解脱出来。贝斯特夫妇尽管牢骚满腹,但孩子们显然乐在其中……

一次朝圣旅程,一条救赎之路,小说中人人都得到了救赎,获得了幸福与安宁。这就是《天堂消息》的朝圣之旅。从某种意义上来说,读者在经由如此一番涤荡心灵的阅读体验之后,滞留于心的那种如释重负又何尝不是一种朝圣体验。

《治疗》继续了《天堂消息》的朝圣之路,且在文本内具体化为男主人公追随昔日恋人莫琳由英国到西班牙的朝圣之旅。此外,主人公治疗腿疾的求医之路等有形之路,更是经由一番精神分析疗法的自由联想、最终追寻出腿疾的心理根源的精神历程。

二、天堂

从人类求知本性来说,人类存在伊始就由于被囚禁在历史与必死的命运中而迫切地想要知道所处时空之外的世界。古希腊哲人对世界本源的探求、现代哲学的认识论转向、科学主义、人本主义等,都来自这种超越现实时空、超越人类本性局限的渴望,这种渴望也催生了基督教天堂学说不断充实、博大的终极内涵。

在《圣经》—基督教文化中,天堂这一概念最早可上溯到人类始祖居住的伊甸园。后来经由漫长的历史发展,天堂意象逐渐发生了一系列的演变。先是犹太帝国的耶路撒冷城,继而是犹太诸多先知文学中畅想的新天新地、启示录中的新耶路撒冷。

《圣经》记载，人类始祖亚当、夏娃被逐出伊甸园后，先后历经该隐、亚伯兄弟相残，第三子塞特后裔诺亚以一艘方舟拯救世界等一系列与人类立约的过程。到了诺亚后裔亚伯拉罕时候，上帝应许把"流着奶与蜜"的迦南赐给亚伯拉罕及其后裔。一般认为，亚伯拉罕就是希伯来人即犹太人的先祖，其后裔雅各则是犹太人第一任族长。这一章节也成为犹太人认为其民族是上帝唯一选民的佐证，上帝耶和华在旧约中成了犹太人"祖宗的神，就是亚伯拉罕的神，以撒的神，雅各的神"。从此，犹太民族历经族长时期、士师时期、王国时期，接下来就是先后处于亚述人、巴比伦人、波斯人、希腊人、罗马人的统治之下，在多次反抗之后，于公元 1 世纪遭彻底驱遣，从此进入 1 800 多年的民族大流散时期。

长期处于异族统治下的历代犹太人，殷切怀念曾经辉煌一时的王国，一直揣着那由征服周边各族、万众敬仰的大卫之城及所罗门王国构成的怀乡梦，而标志其繁荣兴盛的耶路撒冷城及其城中圣殿则成为具体的象征。因此，《旧约》中多次把犹太人复兴之后的新天新地与圣城耶路撒冷相连："看哪！我造新天新地。……你们当因我所造的永远欢喜快乐，因我造耶路撒冷为人所喜，造其中的居民为人所乐。……其中必不再听见哭泣的声音和哀嚎的声音。其中必没有数日夭亡的婴孩，也没有寿数不满的老者；……他们要建造房屋，自己居住；栽种葡萄园，吃其中的果子。他们建造的，别人不得住；他们栽种的，别人不得吃；因为我民的日子必像树木的日子；我选民亲手劳碌得来的，必长久享用。他们必不徒然劳碌，所生产的，也不遭灾害，因为都是蒙耶和华赐福的后裔，他们的子孙也是如此。他们尚未求告，我就应允；正说话的时候，我就垂听。豺狼必与羔羊同食，狮子必吃草与牛一样；尘土必做蛇的食物。在我圣山的遍处，这一切都不伤人不害物。"（《以赛亚书》65：17—25）。

这里的新天新地包含了《旧约》犹太教的核心思想：到了世界的末日，上帝耶和华会兴起新的耶路撒冷，这是犹太民族复兴之城，那里不再有哭泣与哀号，刀剑不兴、丰衣足食、安居乐业，连食肉动物也开始食草、与天敌和平共处。犹太人作为上帝唯一选民，在因忤逆罪恶遭受各种惩罚之后依然是上帝恩惠的唯一对象："我要使平安延及她（即耶路撒冷），好像江河；使列国的荣耀延及她，如同涨溢的河。你们要从中享受，你们必蒙抱在肋旁，摇弄在膝上。母亲怎样安慰儿子，我就照样安慰你们，你们也必因耶路撒冷得安慰。""我所要造的新天新地,怎样在我面前长存,你们的后裔和你们的名字,也必照样长存。"(《以赛亚书》66:12、13、22)这显然反映了一种直线型的历史观,认为世界历史就是朝着万国衰亡、犹太民族独一昌盛这一既定方向发展的。《旧约》中的许多篇章都回荡着对这一以新耶路撒冷为象征的新天新地的赞美。如果说修复圣殿、复兴耶路撒冷原初不过就是一具体实践目标,那么,后来这一目标已经淡化了其实践意义,变成了犹太民族的精神象征。

《新约》对天堂的理解在继承《旧约》天堂观的基础上有所发展变化。比较重要的部分出现在使徒约翰《启示录》中,《启示录》记载基督徒所有盼望的实现都以新耶路撒冷为中心,而新耶路撒冷就是"上帝之城"。在基督教神学中,有关天堂概念的阐释构成一个专门的神学观念即"末世论"。保罗倾向于认为天堂既是一个未来实体,也是一个超越于时空之外的精神领域。因此,相对于信徒这"天上的国民"暂时栖身的"地上的帐篷",天堂是指其永久的"天上的居所"(《腓立比书》3:20;《哥林多后书》5:1—2)。使徒时代末期与大公教会初期,在基督教发展两个重要时代承前启后的神学家爱任纽确立了一个共同的神学基础,将人类在伊甸园的堕落与在基督那里得到救赎并最终进入天堂联系在一起。他认为,始祖亚当在伊甸园里堕落,铸就了人类原罪,这一罪性穿越历史的漫漫长河,最后经由客西马尼园里就捕的基督得以赦免。

天堂在圣奥古斯丁那里发展成了与"世界之城"即俗世之城对应的上帝之城。依据《创世记》里有关乐园的描述,奥古斯丁认为在罪进入世界并引起欲望和诱惑之前,乐园中人类的裸体是很美的一件事情。因此,以无罪为主要特征的天堂里,人类可以赤身裸体,彼此只欣赏美的躯体,而不会受到任何欲望的诱惑,不会感到羞耻或恐惧。在此基础上,逐渐牢固了此岸世界与彼岸世界的对立。于是,犹太教的这一饱含复仇观念和民族意识的新天新地天堂观,逐渐变成了具有浓重玄学色彩的彼岸世界。

这样,经由后世逐渐丰富与发展,伊甸园或天堂已不再被看作历史的一部分,而是被视为人类处境的象征,表达人类对现实的不满及对一个未知的美满世界的渴望。天堂成为一个没有忧伤、痛苦、病痛、死亡等远离各种人间苦难的地方、与逝去亲人团聚的地方、与爱人重温旧梦的地方、重新延续现世幸福生活的地方……

戴维·洛奇在《走出庇护所》中多次直接或间接隐喻地提到天堂。对于提摩太来说,他在走出国门、来到美国人控制的海德堡的经历,可以说就是一次由此岸到彼岸的遥远征程。与姐姐凯特及其朋友们的享乐主义之旅,让他体验到平生所未曾领略过的感官享受,新奇而丰富的食物、眼花缭乱的商品、豪华的宾馆、可以边吃边看的奇特电影院、舒适的火车卧铺、现代化的奢侈日用品,以及游泳、观光、舞会、高尔夫球赛、乘车飞驰等令人目不暇接的快乐之源,俨然是一个迥异于物质匮乏、气候阴冷、环境恶劣之家乡的天堂所在。而他与不同人的接触,享乐主义者、德国平民、深受集中营戕害却又对自己看到的惨景深感内疚的自觉反战者,让他体悟到世界的广阔、人性的复杂、人生的多变,为以较为广阔的视野选择人生道路提供了地图、方向标。从这个意义上说,这一精神眼界的打开让他看到了另一个全新的世界,这无疑也是一种天堂隐喻。

天堂在戴维·洛奇天主教小说中出现频率最高者,首推《天堂消息》。在《天堂消息》中,天堂首先在扉页序言中出现,作者引用 19 世纪一本夏威夷旅游指南上的话,把夏威夷比作天堂:"人间天堂!怎不让人向往?当然!"正文中更是多次出现天堂的直接使用和隐喻性指代:负责机场接待的一旅行社职员认为自己的工作就是"就像守护天使,要把他们轻轻地渡送到彼岸去"[1],这已然把伦敦与此岸、夏威夷与彼岸天堂画上了等号;游客中一对叫埃弗索普的夫妇把自己拍摄的旅游见闻起名为《埃弗索普夫妇在天堂》;旅行社旅游册上的宣传标语是"你前往天堂的护照",附着诸多美轮美奂照片,上面有热带海滨、蔚蓝的海水、明净的天空、白得耀眼的沙滩、美丽的棕榈树,这些画面很大程度上代表了人们心目中的天堂美景。

夏威夷对于如尤兰德之类从美国大陆迁居这里的人来说,远不是天堂:从地理位置上来说,夏威夷是美国的终点,是西方社会的终点。无所事事待在夏威夷的尤兰德不喜欢夏威夷,从没有快乐过,"因为太无聊了。对,这就是坏消息,天堂太无聊,但是你还不能这么说"。关于无聊的原因,尤兰德概括说:一是因为没有真正的文化特性,夏威夷只有互不相干的文化碎片——夏威夷土著的、白人的、中国的、日本的、马来的,等等;别处的新闻要花很长时间才能来到这里,新闻变成了旧闻。"这里让你觉得落后于时代,好像你睡了一觉,醒来后发觉自己身处一个朦胧的安乐乡

---

① David Lodge, *Paradise News*, London: Secker & Warburg, 1991, p. 7.

里,其中日复一日,没有变化。也许这就是许多人退休后来此定居的原因吧,这里给了他们长生不老的幻念,因为只要来到这儿,就差不多等于已经死了。季节的单一也是如此。这里有多种天气、各种气候,但就是没有可以感知的四季……"住在这里的很多人都有对陷在这里的厌烦、恐惧与逃脱的渴望,眼睛中深藏着一种阴郁、神不守舍的神情。在尤兰德这里,夏威夷是"失窃的天堂,被强暴的天堂,受了感染的天堂,被占为己有、被开发、被打包出售的天堂"①。

为了给厄休拉寻找疗养院,伯纳德参观了两家开价较低的私人疗养院,气派大门内环境的恶劣让伯纳德非常阴郁:"厄休拉不可能忍受这样的条件,而我做梦也不想把她送到这种地方来。但很明显,天堂里的老人如果没有亲人照顾,既没有富裕到能享受更好的护理,也没有穷到可以享受政府福利待遇的程度,那就只能到这种地方结束余生。"②显然,这里的天堂指的是夏威夷群岛这旅游者的天堂,对只能待在私人疗养院的老人来说,这天堂之谓简直就是讽刺。

对于沃尔什父子来说,天堂之称的火奴鲁鲁之行却是由于亲人临死前的召唤,死亡阴影与天堂之旅的际遇构成凄凉的对位。厄休拉对伯纳德的邀请,文本用了 summon 一词,意为召唤。这种现实邀请对应基督教文化中上帝的召唤,召唤罪人、召唤使者。厄休拉在电话中声称自己是家庭中害群的黑羊,伯纳德在悖逆家人期望这点上与她自己殊途同归。这对应了基督教文化中召唤罪人之谓,与伯纳德的窘困、厄休拉贫病交加的现实处境也有契合。伯纳德在地图上寻找夏威夷的过程引发了对以往基督教教育、工作、生活以及人生观的回忆。早期基督教徒主要活动范围大致局限于地中海周围,把那里想象成地球的中心。现代世界太平洋中的夏威夷群岛生活与以往围绕地中海的生活烙印恰构成两个世界的对比,恰如此岸与彼岸。旅行社各种宣传册关于地中海沿岸的旅游宣传,则使伯纳德感到"这些宣传册以一种早期基督教徒无法预见的方式使地中海仿佛真的成了世界的中心"③。天堂之旅、彼岸召唤、基督教教育等,在分隔现实世界与宗教世界的同时,某种程度上也沟通了两者。

涉及天堂这一概念的形象体现,一般认为它有两个形象载体:一个

---

①　David Lodge, *Paradise News*, London: Secker & Warburg, 1991, pp. 141-143.
② Ibid., p. 129.
③ Ibid., p. 27.

是伊甸乐园，另一个则是以新耶路撒冷为代表的新天新地。英文paradise，意为伊甸园、乐园、天国、天堂等，该词本身借用自古代近东某些地方的语言（一般认为是波斯语），本意为"封闭的花园"或者是"皇家公园"。《旧约》记载在上帝创世之初就创造了一个人类与自然万物和谐共处的乐园即伊甸园，也就是建造在伊甸这个地方的一座乐园。后来到了富有传奇色彩的史诗、历史文学和针砭民族劣迹的先知文学以及充满启示性异象的启示文学中，对犹太民族强盛繁荣时代的怀念与流离失所的现实处境的痛恨，诞生了以新天新地为主导形象的天堂追求。到了《新约》时代，逐渐强调上帝之国的彼岸属性，天堂和地狱都成为存在于人类历史时空之外的永恒所在①。《旧约》—犹太文化提出了一种直线的、连续的历史时间观，处于这个时间之末的天堂与地狱就是犹太人对于作为上帝选民的本民族和他族、他国以及所有不遵守上帝法规（基本诫命是《旧约》中的摩西十戒，具体化为 613 条律法）之族类的最后归宿。但基督教把创世之初的伊甸园与最后的审判系统连接了起来，于是乎，两者就独立于整个人类历史之外。人类历史是短暂易逝的，处于人类历史之外的伊甸园与天堂、地狱之时间却是永恒持久的。换言之，现世生命不足留恋，彼岸的天堂、地狱之判才值得昼夜思之。

在《启示录》里，新耶路撒冷城与创世纪中的伊甸园开始获得了主题一致的表达，都是上帝与人同在，富饶、繁荣，充满和平与安息之地。天堂形象由最初的伊甸乐园到以新耶路撒冷为代表的新天新地，最终又回复到乐园。

作为基督教文化中一个最吸引人、最意蕴无穷的神学概念和意象宝库，表达人类得到救赎的天堂意象也为很多神学作品乃至大众文学不断充实、丰富。如但丁的《神曲》，运用中世纪 9 个球体的复杂结构，把天堂引向了不可见的至高天上，设定成等候圣徒们的乐园。约翰·班扬的《天路历程》完美表达了人类经由斗争、诱惑、折磨，最终被拯救的基督教命题。弥尔顿的《失乐园》，则将圣经中的记载与文艺复兴时期对乐园的丰富想象完美结合在一起，天堂俨然是重建的伊甸乐园，对应于圣经把天堂视为封闭乐园以及高墙林立的圣城传统。

① 详见阿里斯特·E. 麦格拉斯：《天堂简史》，高民贵、陈晓霞译，北京大学出版社，2006年版。

除朝圣、天堂之外,洛奇天主教小说对诸如天堂、地狱、审判、复活、现世、来世等基督教观念也有所涉及,但大都是实指,没有更多侧重于其原型象征意义。基于此,笔者把这些词大都汇置于宗教性事实联系一章,本章不赘。

第三节 结 构 原 型

遍布文中的意象原型、概念原型构成文本与圣经—基督教显在的原型联系,而其内部的深层结构则自觉援引了圣经—基督教文学的内在骨架。作为构筑文本的逻辑框架,小说叙事结构很大程度上决定了小说的情节、细节组织、语言使用乃至整部文本的成败。戴维·洛奇深谙叙事结构的重要性,他在其小说理论普及本《小说的艺术》中把叙事结构比作支撑现代化高层建筑的主梁,虽然无法直接掠入眼帘,但决定了作品的轮廓和特点。

一、U 形结构

从基督教的教义基础——《圣经》来说,《旧约》的一系列核心事件就是背叛、惩罚、悔改、拯救的循环过程,《旧约》、《新约》合而为一的整部文本也就是这一过程的扩大版——以完美世界伊甸园始,背叛之后就落入灾难和不幸,随之是悔悟,然后通过解救又上升到差不多相当于上一次下降时的高度,即完美喜乐的新天新地。这大体上是一种呈 U 形结构的喜剧模式,我们可以把整部《圣经》看成是一部"神圣喜剧"①。这种 U 形结构成为西方文学中一个潜在的叙事结构,有比较统一的文学表现:开始时一切都显得美好繁荣,接着发展成一个悲剧,然后情节又慢慢回升至快乐大结局。这个模式的第一阶段通常被忽略,从痛苦到快乐的情节部分是至关重要的。这种叙事结构同时也是圣经—基督教传统中的意义结构,展现从伊甸园到启示录这一象征历程中的人神关系:人神合—人神分—人神再合,也隐喻性表述了人类从天真失落到苦难流离再到悔改皈

---

① [加]诺斯洛普·弗莱:《伟大的代码——圣经与文学》,郝振益等译,北京大学出版社,1998 年版,第 220 页。

依的普遍命运。

洛奇天主教小说几乎都在故事层面重复了圣经的 U 形结构：《大英博物馆在倒塌》中，亚当在故事发生时集穷困潦倒、学术搁浅、家庭困境等于一身，其间经历了诸般曲折与磨难：追寻作家秘密资料渴望学术突破、在大学寻求助教职位以改善经济状况以及多次电话询问想求得妻子未孕的安慰，等等；正当亚当事业、家庭、职业生活看似穷途末路之时，美国商人伯尼却给了亚当一份薪水丰厚的工作，于是乎，一切皆大欢喜、柳暗花明。与《大英博物馆在倒塌》不同的是，《治疗》主人公墩子事业有成、家庭美满，完全是成功人士的翻版，但相比依靠一笔意外财富就可以解决的亚当的困境，他的痛苦更加深重也更加难以摆脱。莫名的腿疾让他无所适从，尝试了各种各样的医疗方法，受尽了煎熬，在此期间还遭遇了妻子的抛弃、工作的挫折、若干艳遇的受挫。经过痛苦的精神追索，他对初恋女友的长途追寻，他才得以摆脱腿疾、摆脱精神困境，重新得到了生活的平静。

如果说《大英博物馆在倒塌》与《治疗》分别通过一位天主教教徒和一位平信徒在叙事结构上援引了《圣经》—基督教的 U 形结构，那么，这两部文本在探求这一叙事结构的基督教神学意义方面则作了弱化或淡出式处理，也就是说主要侧重于对 U 形结构情节上的相似性模拟。我们无法从中看到一位信徒对信仰的认真探求与深层次追索，即 U 形结构的宗教精神实质没有得到充分表达，这一点，《走出庇护所》、《你能走多远》、《天堂消息》分别作了详尽的补充。

《天堂消息》开篇即道出现实世界的荒诞与丑恶，而主人公伯纳德也正经历着人生的低谷，既丧失了多年的宗教信仰，回归世俗生活的努力也在与女友的交往中不幸失败。是通往夏威夷的一个艰难决定、过程曲折的探望病危亲人的旅程成全了他人生的转折，所有的失败、所有的不幸在历经一番努力后终于都归为喜乐至福的新生。这番历程体现了伯纳德信仰的变化：信仰坚定时的人神合—放弃信仰时的人神分—找回精神支撑的人神合。起点和终点的"人神合"自然大为不同，前者是建立在蒙昧与迷信基础上，后者则是对信仰经由理性思考、审视之后的自觉选择。前者那种不问是非、不管身边现实的虔诚自然经不起试探，只能属于盲从；此后经历了信仰的怀疑、崩溃，经由现实生活的苦难历练又重新获得了精神依托，这才是一种成熟而理性的精神支撑。

与伯纳德人到中年才发现自己丧失信仰不同，少年提摩太有幸提前经受成长的阵痛。海德堡之行使他离开了家庭、天主教信仰、英国环境、天真的少年时代等熟悉的一切,跨入了一个由美国主导的物质充裕、思想解放、行为自由的全新世界。这一世界既有整日流连于流行音乐、汽车、酒店、舞会、游泳、闲逛、购物、旅行等享乐主义生活的消费动物,也有对战争、政治、文化、人生深入思考、认真生活的反战者唐以及战败德国的普通大众。这使得少年提摩太在不同文化、不同世界观的冲突中提早经受了少年走向社会时的迷茫与思考,心理人格逐渐成熟、健全。旧日的天主教信仰自然在宽阔的视野、丰富的人生阅历中得到审视与提炼,同样完成了理性介入的人神之合。

《你能走多远》中的一帮青年男女大都是经历亲身生活遭受宗教禁锢之后,逐渐开始了对宗教的反思。文本末尾记录的一场别开生面的复活节仪式大致彰显了他们全新的宗教理念,反叛也罢、认同也罢、保守也罢,最终都归于平和、宽容、理解与爱。

二、二元并置结构

戴维·洛奇在创作中酷爱二元并置结构,以六部天主教小说而论,每一文本均有不同种类的二元结构,这些结构存在于人物之间、地点之间、事件之间等,有时是平行关系,有时是因果关系,有时是对比关系。洛奇自己承认,从处女作《电影迷》开始,就不自觉地大量运用了二元结构:"电影院与教堂结构上的平衡,与男女主角看与被看的关系,都预示了后来作品相似的双重位置和关系:《傻生姜》中的反叛与机会主义,《换位》中的鲁米治与尤福利亚,《好工作》里的工业与学术界。《电影迷》中众多人物由巧遇或并置联系在一起,是《小世界》《天堂消息》通过巧合把大批次要人物聚在一起的先声。"①

表面看来,戴维·洛奇对二元结构的运用似乎是巴赫金复调理论以及结构主义在文学创作中的生动体现,毕竟,作为文艺批评学者的作者本人对结构主义作过深入研究。1981 年,戴维·洛奇出版了主要运用结构主义进行文学本体批评的专著《运用结构主义》(*Working with Structuralism Essays and Reviews on the Nineteenth and Twentieth-Century Literature*)。但戴维·洛奇接触巴赫金理论之前就已开始偏爱

---

① David Lodge: *The Picturegoers*, Penguin Books, 1993, Introduction, p. iii.

二元结构也是不争的事实。巴赫金在欧美学界得到第二次发现大致肇始于 20 世纪 70 年代,而《电影迷》、《大英博物馆在倒塌》等明显应用了二元结构的小说则都出版于 20 世纪 60 年代,创作时间早于巴赫金复调理论在西方的影响。因此,戴维·洛奇天主教小说对二元结构的普遍应用,自然不能以巴赫金复调理论或者结构主义的影响盖棺论定。戴维·洛奇曾说:"我似乎偏爱二元结构,这种偏爱早于作为一个文学批评家对结构主义的兴趣。"①这样看来,戴维·洛奇小说尤其是前期小说中普遍存在的二元并置结构渊源必须从结构主义之外寻求,洛奇与《圣经》——基督教文学、文化的渊源显然可供我们作一对比审视。

作为一种文学文化原型宝库,圣经是罪感文化浸润的西方人永远的文学源泉,戴维·洛奇同样是这一文学源泉的受惠者。他既是天主教教徒,从小谙熟圣经,且又具有文学批评家的理性自觉,《圣经》叙事中普遍存在的二元结构,自然早已了然于心,在从事写作时不自觉或者自觉借用也是顺理成章之事。在此,笔者不拟作影响发生学之类的考据,主要从文本出发考察戴维·洛奇的创作与基督教文化、《圣经》文本之间在二元结构上的契合。

基督教作为一种神学信仰,整体学说建基于灵与肉对立、彼岸世界与世俗生活对立、天堂与地狱对立。而整部《圣经》叙事可以说建基于多重二元结构:神人对立、男女对立、义人与罪人对立、两族对立,福音书中耶稣就有一系列诸如不可把"新布"补在"旧衣服"上、不可"旧皮袋"装"新酒"等二元对立式论断。在《圣经》叙事里,上帝造人即已开始神人对立,上帝禁止人吃智慧之果,人违反了,于是遭驱遣,罪与罚的人类历史从此开始。女人经不起诱惑贪食禁果,又让男人随之,从此开始女性服从男性、男人在外谋食、女人持家的两性历史。上帝该隐杀亚伯,该隐遭罚,罪人、义人对立源出于此。至于两族对立,更是《圣经》叙事的重点,凡违背耶和华对犹太人之选择的外乡、外族、外国人,均遭以耶和华之名行使威力的犹太人驱遣、屠戮,霸其地、据其财、富贵荣华尽皆收入囊中。当然,违背上帝耶和华命令的犹太本族也同样无法免遭厄运,在这个意义上,旧约中的上帝又是公正无偏的。

---

① 转引自桑迪欢、涂苏琴:《解读戴维·洛奇作品中的二元结构与文化冲突》,《江西教育学院学报》(社会科学版)2005 年第 4 期。

在具体情节、细节设置上,《圣经》文本中呈现出多种二元对立结构。《圣经》中有超过三分之一篇幅是由事件构成的。以色列著名圣经学者西蒙·巴埃弗拉特认为,《圣经》叙事中的情节由一个个叙事单元组成,若干这样的小单元组合在一起就构成了较大的单元、场景、幕。构成叙事体系的单元之间,有多种多样的连接关系,从而产生出情节结构。而在情节的中心,几乎总是存在两种力量的对抗与碰撞,有时是两个人之间,有时是一个人同自己的内心之间,有时是个人同制度、习俗或观念之间,有时是个人同超自然力量之间[①]。

伊甸园故事中,"蛇、女人、男人—男人、女人、蛇"构成一个同轴的交叉结构:第一部分,蛇引诱女人,女人又引诱男人,女人既是被诱惑者又是诱惑者,男人成为最终目标;第二部分顺序颠倒,正符合一报还一报之观念:偷吃禁果导致对吃的惩罚(男人受惩),女人引诱男人导致被男人管辖,结构与内容几乎完全对称,结构加强了内容的效果。

《圣经》叙事中的以撒故事也是以对称结构一以贯之的。这些结构关系不再如伊甸园故事那样基本是一种对立关系,而是呈现出较为丰富、复杂的对应关系,主要人物是:以撒—以扫、利百加—雅各、以扫—雅各。以扫善打猎,以撒喜爱经常给他捕猎野味的以扫;雅各则性情安静,常待在帐篷里,利百加喜爱雅各。两子相争的第一个回合:雅各用一碗红豆汤买到了以扫的长子名分。第二个回合:以撒年迈,叫大儿子以扫给自己做野味,吃完给他祝福;利百加听见,唤儿子雅各冒充以扫做出美味,欺骗老眼昏花的父亲以撒给自己祝福;以扫憎恨施诡计的雅各,准备杀他,雅各逃亡。两子相争由四大场景组成:第一个场景是以扫从外面回来要喝雅各的红豆汤,雅各用一碗红豆汤换取以扫的长子名分;第二个场景是以撒唤以扫为自己做美味食物,许诺之后为其祝福;第三个场景是利百加唤雅各冒充以扫为父亲做美食;第四个场景是雅各为以撒奉美味,以撒为雅各祝福。这四大场景按事件的发展过程总体呈一一递进关系,其中第一与第四个场景是分属敌对阵营的两人对垒,第二、第三个场景则都是同一阵营内人物的活动。在这些故事场景中,以撒和以扫属一个阵营,雅各和利百加则分属另一个阵营,这两个阵营在利益争夺上是敌对关系,也即

---

① 西蒙·巴埃弗拉特:《圣经的叙事艺术》,李锋译,华东师范大学出版社,2007年版,第96—97页。

结构上的对立关系。两子相争的两个回合之间是平行关系,每个回合都是雅各战胜以扫。叙事展现了复杂的结构关系:递进、平行、对立等。依靠这些关系不同的叙事结构,故事在不直接刻画人物性格的前提下把整个故事演绎得情境交融、出神入化。

戴维·洛奇小说《电影迷》的主要结构特征即二元对立模式。由男女主人公信仰、情感之间的对立及互相转化构成的主情节结构是二元对立结构,若干次要情节也属于二元对立结构,如主人公马克与一位叫达米恩·奥布瑞恩的"虔诚"教徒之间的对比,马克与一位神父的对比,女主人公克莱尔与自己学生的对比,马克内心情感与宗教的冲突,克莱尔的内心冲突,达米恩的虔诚与思想、行为的对立等。马克与达米恩的对比突显了后者的不学无术、内心龌龊及表里不一的虚伪嘴脸。马克与一位神父的对比,显示神父面对现实世界的畏缩与无能,以及宗教只是其饭碗的现实。克莱尔与学生之间的对比则显然强化了前者的热心助人的善良心地及后者在信仰与情爱挤压下的扭曲心灵。这一系列的并置结构在叙事层面上对宗教与感情、神性与人性和对立人格、对立情绪作了图示化对比,大大小小、形形色色的二元关系构成了文本情感与宗教之间巨大的张力,且形象诠释了亚当、夏娃伊甸园故事中包含的对上帝的信仰与两性情欲之间的冲突。伊甸园故事中的"蛇、女人、男人—男人、女人、蛇"这一引诱、受罚对立结构对应于"男人—女人;情欲—信仰;信仰—情欲;男人—女人"这一引诱、被引诱、皈依、被皈依的转化过程。先是男人怀着情欲引诱女人,女人带着信仰感化男人;然后女人内心深处发生变化,情欲战胜信仰;同时男人重新找到了信仰,对女人的情欲消失;最后则是男人拒绝了女人的引诱,女人既失去了信仰,也失去了伴侣。文本以亚当、夏娃结构模式构建男女主人公信仰、情感之间乃至彼此内心深处的对立、矛盾与冲突,把情欲与信仰的天然对立与斗争回溯到基督教文化中的人类历史之源,讲述故事、传达宗教意识的同时蕴含着对人性、两性关系的哲学考量。当然,文本并没有对《创世记》亦步亦趋,而是选择了与伊甸园故事相反的处理方式:开始时男人代表情欲,女人代表信仰;过程是男人、女人内心深处都发生了情欲与信仰的换位;结局则是男人找到了信仰,女人遭到了既没有得到伴侣又失去信仰的惩罚。

《大英博物馆在倒塌》在结构上明显模仿《尤利西斯》,而《尤利西斯》又是荷马史诗《奥德赛》的戏仿,荷马史诗并置结构也是较为突出的,这样来说,《大英博物馆在倒塌》的二元并置式的结构与荷马史诗的联系毋庸置疑。但笔者需要强调的是文本中显见的宗教因素与世俗生活的对立似乎更应该归结为基督教灵与肉、彼岸世界与此岸世界的二元对立。《大英博物馆在倒塌》有较为明显的二元并置式的地点、线索、场景:一为书籍汗牛充栋、学者伏案苦读的大英博物馆,一为到处是孩子、尿布、奶瓶的家庭公寓;一为主人公亚当待在大英博物馆内的学术生活,一为纠缠于逼仄公寓内入不敷出、一堆俗务的家庭生活;一为天主教信仰,一为婚姻生活内的合理性生活……纷扰的家庭对立于要求心无旁骛的博物馆,与之对应的两种生活方式在这里也以截然对立的面目出现,信仰对立于渴望性爱自由的婚姻。亚当一日之内在家庭、博物馆、学校、"古堡"之间的奔忙、寻觅以及发生在这每一个场景的故事,一环扣一环地构建出一个天主教教徒年轻学者的生活现状。

《走出庇护所》:庇护所内的生活—走出—庇护所之外的生活—选择性回归,再现了主人公提摩太由因到果、又返果为因的生活历程。先是感到庇护所内生活的压抑与不足,继而开始领略外部世界的精彩,体味出生活的千滋百味、没有信仰的空虚与无助,后来选择用理性过滤信仰,找到了精神支柱。总的叙事框架是呈递进关系的结构模式,主人公经历了若干场景逐渐长大、成熟。庇护所内的生活、庇护所外的生活以及两者之间的过渡阶段,分别来看则构成平行或对立的关系,每一阶段的生活在主人公整个人生过程中都是平行的片段,考虑到其对主人公的影响,则又可能呈现对立的关系。在细节设置上,文本也有多个二元并置结构,较为典型的是提摩太在海德堡之时分别接受凯特等人与唐等人的影响,一端是凯特朋友们的感官享乐之旅,尽情体会了吃、喝、玩、乐的身体愉悦;一端是与唐的精神追求之旅,不但得到了很多直接的历史、政治、社会知识,而且开启了思想的眼睛,逐步学会了思考。文本第三部分很大篇幅把提摩太跟随姐姐的吃喝玩乐与跟随唐走"哲学家之路"的信息获取、人性探讨等精神之旅并置,产生了巨大的张力。

《你能走多远》则是借助十个年轻人各自的生活历程构成一系列二元平行结构,表现各色天主教教徒的选择与生活。《天堂消息》中的伯纳德则似乎又重新演绎了少年提摩太的精神历程,只不过这种选择更多了理性与自觉。《治疗》中墩子表面富有、内心贫乏的对比昭显现代都市成功男人的心理危机;之后经历一番生活与精神的双重煎熬,最后找到了内心的归宿。

　　当然,我们在认可戴维·洛奇对二元结构的广泛借用有圣经—基督教烙印的同时,也不否认这种借用兼受英国小说传统、巴赫金复调理论以及结构主义的影响。英国小说史上典型的"英国状况"出现于19世纪资本主义发展、兴盛时期,多是探讨经济问题、政治问题或文化问题。这种小说传统上普遍采用二元结构形式,大多以两个民族、两个阶级、两种典型地域或是两种价值观构成互为对照的两个营垒,侧重表现英国工业资本主义的发展造成的两极分化、对立问题。洛奇对"英国状况"小说的研究以及创作上的自觉发展(其小说《好工作》(*Nice Work*)就是复兴英国状况小说之作,侧重表现校园与工业社会、知识分子与工业家、理论与实践、精神产品与物质生产之间的对立)都表明他对其中盛行的二元结构的敏感。他在接触、研究巴赫金复调理论以及结构主义之后创作的作品,对二元结构的借用自然无法排除巴氏之影响。但是,从根本上来说,无论是"英国状况"小说还是俄国的巴赫金理论,都产生于长期浸淫基督教的文化氛围,终究都无法排除《圣经》—基督教的影响。

　　叙事方面的特色除U形结构、二元并置结构之外,也很大程度上接受了《圣经》叙事虚幻与现实结合、叙事者闯入等若干叙事技巧。《圣经》在人类从天真无邪进入痛苦灾难再到明朗快乐这一不断重复的叙述模式中纳入了一系列神话传说:上帝造天地万物,伊甸园,亚当、夏娃偷吃禁果,上帝惩罚,大洪水,诺亚方舟,巴别塔,选民,应许之地,亚伯拉罕献子作祭,摩西率众出埃及,西奈山神授十诫,失去耶路撒冷,先知预言,耶稣降生,耶稣被魔鬼试探、登山训众、行神迹、被钉十字架、三日后复活,启示录中的幻景等。这些亦真亦幻的故事与犹太民族经由族长时期、士师时期、王国时期及流散时期的历史轨迹有机融汇,构成了一卷博大浩瀚又寓意深刻的文学传奇。洛奇的文本一般遵循对故事虚幻经营的传统策略,但在后现代背景下,也坦然承认小说的虚幻性,于是经常以作者直接闯入、二元并置、戏拟、拼贴的方式打破故事的现实幻象。这既可以说是受《圣经》影响,也可以说是一个具有清醒创作意识的作家自觉采用了元小说的写作方式。因此,本书把这些叙事特征置放于本书"第四章第三节戴维·洛奇天主教小说的平面化风格或独特性"一节,此处不再过多阐释。

　　总之,戴维·洛奇小说中诸多《圣经》—基督教原型的现代性置换,一方面是由于基督教在西方社会中两千年来无所不至的影响及他本人自幼浸淫其中造就的与天主教的密切关系，另一方面则是作家对基督教的自觉体认与理性认知。由于这一点，他把这些神话意象、原型观念、结构在文本中具体而式微地文学化再现，开启和拓深了文本的历史意蕴空间，借用古老原型保持对美好生活的向往。同时，他又绝不让这种主观构想越出清醒的理性认知界限，不把类似救世主原型化身的主人公改造成众生之上的存在，不作此类造神努力，不排斥、阉割"饮食男女"的日常人生。聚焦于质朴、真实、充满生命气息的日常世俗生活，远离各种抽象的宗教意识形态和玄学说教，让宗教贴近人生、让宗教更富人性，这是洛奇的努力。洛奇天主教小说正与当代各种小说一样，越来越注重与人的当下存在、与人的日常状态照面，在形式上则注重技巧、注重新奇。文化上的世俗取向与文学上的专业努力合二为一。

第三章

戴维·洛奇的宗教意识变化及其
文本内外语境

　　学界一般将戴维·洛奇的天主教小说创作分为三个阶段,前期是宗教批判,中期是系统审视,后期则是宗教回归①。笔者认为,对现世人生即对人性肉身幸福的推崇,与对彼岸世界的某种认可——即对人性灵性存在的肯定,如蛛网交缠般构筑为洛奇天主教小说复杂的宗教意蕴,每一部具体文本都呈现出在这两者之间的某种犹疑,摇摆的重心有时侧重于前者,有时侧重于后者。以此为观照,戴维·洛奇前后期天主教小说大体分别侧重两端:前期小说体现为对整个天主教教义、教规系统的整体审视,侧重于将宗教视为以神性取代人性、剥夺现世幸福的制度化异己存在;后期创作则把对宗教的怨恨、批判转化为对信仰层次上的宗教仪礼的合理认同。这一取向也显示了从被动信仰的儿时、从物资匮乏的青年时代到物质文化充斥、信仰迷失的当代,戴维·洛奇逐渐演化的宗教态度、个体体悟以及批评态度的变迁。

第一节　写作语境对戴维·洛奇
宗教意识的影响

　　语境是人们进行交际活动的场所和舞台背景,不同的语境规定了交际的不同类型和方式,所以语境对话语的语义和形式的组合及语体风格等,都有较大的影响和制约作用。因此,分析研究包括文学作品等任何语

---

① 　丁兆国:《戴维·洛奇的天主教小说》,《外国文学动态》2003 年第 5 期。

言现象,都必须和它所依赖的语境联系起来,若离开语境,把语言文本、片段孤立起来作静态的分析,往往很难确定这个语言片段真正的结构价值和意义,必须更多地从社会文化的多角度、多层面地考察研究。在分析文学文本时,必须重视其社会功能和文化差异,强调在动态中联系文学文本的创作主体及具体语境来研究。

即便是同一国家、同一地区,不同时代也存在着社会、文化、宗教和习俗等的差异,有时即便是同一时期也存在着不同文化影响的混融,很难将其条分缕析,更何况每一个体在生活的不同时期接触到的外部环境本身就在不断改变,尤其是在社会政治、经济、文化大动荡时期,同一个作家在不同文本乃至同一文本创作中自然会有意识的变化乃至矛盾。正是研究对象的这一多元化特征,决定了我们应该将其置放于具体的文化背景下加以考察,这样才能更为准确地把握或接近作家、作品本身。新历史主义的应运而生似乎正应和了文学研究的这一急切需求。

新历史主义提出的对历史文本加以政治解读的"文化诗学",主要强调将历史考察带入文学研究,指出文学与历史之间不存在所谓的"前景"和"背景"的区别,文学不仅仅反映历史,而且本身就是历史的有机构成,两者之间相互作用、相互影响。新历史主义认为,文学阐释尤其是在阐释文学作品可能包含或表现的历史意义时,必须将文学作品纳入某个特定历史时期的生活范式之中,而这种生活范式是一种超越作品却能赋予作品以完整意义的集体性的经验。因此,写作语境的考察是阐释文学文本的一个重要环节。写作语境包括作者意图、传记、社会文化、政治境遇以及其意识形态话语①。虽然不可能完全重建文本产生的写作语境,但通过综合分析社会存在与社会实践,当可以部分还原文学表现内容、方法乃至主要观点赖以产生并发展的社会根源。戴维·洛奇认为《电影迷》的"表层文本正是关于它所处时代的记录。打开书页,有种重游逝去世界之感,重新发现了那个我生长其中的英格兰,其中的社会活动和语言习惯现在看起来古怪而落伍"②。如 Negro 的用法与顽童站在电影院门口等待成人带领的做法等。这一时代即政治变革、社会变革、文化变革激烈更迭的 20 世纪四五十年代。谈到小说对当时时代环境的背景运用,洛奇直截

---

① 详情参阅张京媛主编:《新历史主义与文学批评》,北京大学出版社,1993 年版。
② David Lodge, *The Picturegoers*, Penguin Books, 1993, Introduction, p. iii.

了当地承认:"把电影院作为常规和媒介的处理实质上更侧重于其社会学和文化层面。"①《电影迷》开篇以影院管理人布雷克莱为意识中心,充满哀伤地回顾了影院由绅士名媛云集的剧场沦落为大众娱乐场所的今昔对比,剧场经理从国王一般备受崇敬沦落到影院管理人毫无尊严、被人忽视、无视的境遇。布雷克莱见证了试图以迎合工薪阶层趣味的色情表演挽留顾客的失败,道出了音乐厅等高雅娱乐场所被电视、休闲税、年轻人抱怨等诸种因素最终打败的现实文化环境。

二战之后,由于工党关于社会福利、社会保障的政策深入人心,工党领袖艾德礼挫败英国战争英雄——保守党候选人丘吉尔,当选为英国首相。之后,工党在经济上援用了凯恩斯主义政策,主张建设"福利国家"和主要经济部分国有化等,这些政策一度发挥了积极作用,使英国经济得到了复苏。与此同时,英国在教育方面于 1944 年颁布了教育法,实行考试分流政策,让学生分流到文法学校、现代学校、技术学校三类学校系统,这种教育政策推动了社会中间阶层的扩大,很大程度上有利于社会的稳定。但是到了 20 世纪 50 年代,这些政策的负面影响逐渐暴露。经济发展方面出现了增长缓慢、工人积极性不高、生产率低下、失业率高等现象;而英国长久以来的门第观念、等级意识又使得逐渐扩大的中间阶层难以分享到与经济、教育对等的政治、文化、社会权利,从而引发了新的社会不满。此外,50 年代也是电视逐渐普及的时代,据统计,从 1953 年到 1959 年,英国拥有电视机的家庭从 10% 到基本普及,英国人平均每天看电视 2.5 小时。这种强有力的大众传媒适应市场的商业化价值取向,大面积传播了消费主义、享乐主义的价值观念。加上当时原属英殖民地的相继脱离、各民族国家的兴起,使得大英帝国旧梦不再,民族自尊心受到沉重打击。经济困境、政治颓败、阶层分立、享乐主义蔓延,导致普遍的信仰危机,这种危机包括对诸如爱国主义、家庭生活、公众服务、宗教信仰等传统观念的普遍质疑。戴维·洛奇《电影迷》与《走出庇护所》主要涉及背景大致对应于这一时期。两部小说或聚焦于影院与教堂代表的小环境或俯瞰美国式消费文化的总体映像,营造出种种娱乐恣肆、道德低下、宗教价值观衰落的堕落景象。

戴维·洛奇在《走出庇护所》中塑造了一个与自己一样出身于中等靠

---

① David Lodge, *The Picturegoers*, Penguin Books, 1993, Introduction, p. x.

下家庭的少年提摩太,通过考试最终改变了只能从事手工匠人的命运,成为新兴的中间阶层,这正反映了英国政府教育政策的积极作用。与此同时,文本也直接涉及二战后英国大选中丘吉尔的落败给普通英国人造成的震撼,以及 20 世纪 50 年代人们对经济滞缓、生活水平得不到提高的抱怨。而提摩太提前涉足的消费主义、享乐主义之旅,其间经受的信仰与人性的矛盾、理性与欲望的冲突,也间接折射出新的社会条件下信仰危机的萌芽。

　　20 世纪六七十年代创作的《大英博物馆在倒塌》以及主要反映 50 年代到 70 年代一群天主教教徒生活、思想变化的《你能走多远》,则是动荡与萧条的六七十年代的回声。20 世纪 60 年代初,大众文化开始繁荣,大量已婚妇女参加工作,性解放运动在 60 年代中期也开始泛滥,接着同性恋合法化、公开化,英国政府在 60 年代末废除了历史悠久的舞台演出审查制度。这一切主导了一个传统失落、文化消亡、道德嬗变的时代。婚前性行为、非婚生子女、单亲家庭、同性恋配偶等都已被社会默认。知识精英们对此呈现两种极端反应,C. P. 斯诺在 1959 年作了《两种文化和科技革命》的讲演,尖锐地抨击传统主流文化价值观念是敌视现代科技文明的、怀旧的田园理想。而剑桥大学的 F. R. 里维斯教授则与斯诺对现代世界的欢迎、对传统文化的抨击截然对立。1972 年他发表了《我不剑拔弩张》,对商人、政客、文人同流合污,宣扬物质主义、鼓吹良莠不分的大众通俗文化表示愤慨,强调以传统精英文化作为优秀文化的核心。英国社会出现了保守派与进步派的两大对立阵营,保守派纷纷指责大众文化宣扬色情、暴力,破坏了基督教传统的社会结构、家庭伦理和两性关系。进步派则以与时俱进的激情,抨击保守派各种阻遏社会进步的姿态与行动。70 年代中期出现于伦敦街头的"朋克",似乎是与保守派公开叫板、力挺社会进一步开放的典型,他们用盲目的反叛行为逃避一切,包括家庭、学校、社会、工作等。面对这样的社会环境,戴维·洛奇并没有表露出非此即彼的极端态度,反而选择了观望或者模糊的姿态。对于经济的衰退、大众文化的普及、青年们的反抗浪潮,洛奇在《大英博物馆在倒塌》、《你能走多远》中都通过人物个体乃至群体的态度、行为作了具体的、取向多元的回应。小说中亚当与其他青年信徒对安全节育法的愤怒,对教廷改革的期盼,以及失望之后的反叛,回应了当时日趋开放、多元的社会现象、社会思潮。值得注意的是,尽管在《大英博物馆在倒塌》、《你能走多远》中,社会现实只是人物宗教信仰变化的背景,但其基本取向也都得到了实质反映。正像文化思潮没有绝对的进步或倒退之分一样,洛奇在小说中也没有对人们的宗教信仰作出明确的回答。"你能走多远"不仅仅意味着对宗教改革的盼望,也隐含着对宗教改革的怀疑,隐含着对享乐主义泛滥的担忧。

20世纪50年代到70年代可说是英国传统价值观念逐渐崩溃的阶段,撒切尔夫人执政的80年代则意味着对传统价值观的重新肯定。撒切尔夫人连任三届的政府格局,似乎让英国重新找回了昔日的帝国雄风,体验到传统文化、传统道德等传统价值的强大生命力。只是随着极端个人主义思潮的日益泛滥,社会不公日趋严重,撒切尔夫人治下的短暂复兴到80年代末基本走到了尽头。如何协调个人利益与社会群体利益,成为社会各意识团体关心的问题。90年代末期工党打出了"新工党"口号,要确立以社会团结、共同使命、公平共享、相互责任为共同理想的经久不衰的英国价值观,立志于建立一个为所有人谋福利而不是为少数人谋福利的"利益相关者社会"。坎特伯雷大主教辖区特别委员会于1985年公开发表名为《城市里的信仰》的报告,抨击了英国社会的阶层分化、社会不公。1991年,大主教又进一步阐述了个人利益必须与社区进步协调一致的观点①。对应于这样的社会舆论环境,戴维·洛奇的宗教态度经由批判、怀疑逐渐回归理性,其姿态也逐渐明朗化。《天堂消息》、《治疗》提出的那种无私却又务实,只着重于今世的助人方式的新宗教理想,在认同英国主流宗教以宗教涤荡污浊现实的宗教灵性引导的同时,很大程度上也接纳了"新工党"的施政纲领面对现实、改造现实的积极态度。从文学价值论角度而言,洛奇的小说再次印证了文学与社会生活的密切关系。

值得注意的是,在这六部天主教小说中,社会现实不仅仅只是人物宗教信仰变化的背景,人物的基本取向可说是作者对平信徒宗教意识变化的预示。在《大英博物馆在倒塌》触及一个大众普遍感兴趣和关心的话题——天主教的安全节育法对已婚平信徒生活的影响。罗马直到1968年才开始尝试解决这个问题,而洛奇这部小说出版时间是1965年,比教皇对这个问题的回答《人类通谕》早3年。亚当对教会的乐观期盼与故事结局的戏剧性转折都预示了教会的顽固立场以及平信徒可能的反应。小

---

① 详见瞿世镜、任一鸣:《当代英国小说史》,上海译文出版社,2008年版。

说发表之后受到社会各界的推崇,值得玩味的是小说受到保守派和进步派双方的认可,保守派认为天主教教徒亚当由于无法有效控制生育导致的生活混乱正可以为那些一味寻求世俗欢乐的人以现实警示,进步派则认为正是由于对天主教教会教义、教规的严格遵守才导致了亚当们的困顿与狼狈。这部小说发表之后,很快与教会内部乃至平信徒们早就开始的质疑汇流,也可以说是这种种社会不满、种种思潮形式共同导致了教会内部的大讨论,促成了旨在改革教会的"梵二会议"的召开。然而,教皇保罗六世《人类通谕》中对传统禁令的支持,进一步引发了更大规模的争论与质疑,这场争论旷日持久,社会反应矛盾重重。1980年出版的《你能走多远》针对这一话题显露出教会内部纷争和平信徒各自的选择。作者在教皇通谕引发的大讨论之前就切身体会到禁止人工控制生育的弊端,及其对天主教教徒婚姻生活中两性关系的扭曲。教皇发表《人类生活》表示对传统禁令的支持,这让作者既感到自己之前看法的明智,也对天主教教会制度有了更深刻的体悟,于是引发了对整个神学体系的思考,最终形诸文本《你能走多远》。再之后的《天堂消息》、《治疗》等则将视角从一个方向转为另一个方向,更侧重世俗欲望与享乐主义弥漫、信仰迷失的时代对精神信仰的寻求。

简而言之,作为上层建筑,社会文化思潮既是社会经济制度、生产力发展水平等经济指标的反映,又作为一种潜在乃至决定性力量左右了文学创作。戴维·洛奇的天主教小说在创作时代、涉及背景方面有着明显的阶段性特征,体现在其中的宗教意识自然也有着较为显在的变化。

第二节　拯救宗教重压下的世俗幸福

新历史主义文学批评主旨即所谓的文化诗学,"文化"是指社会历史现象,"诗学"则是指文化或文学研究方法要从语言学方面入手来研究文本中词语的选择和联结。将这种方法应用于文学解读,既需要全面考察文学文本的外部语境即文学创作与接受语境,又需要细致解读文学文本内部语境即上下文语境。"文化"和"诗学"这两个概念的结合,意味着要把社会——历史学方法同形式主义的语言学方法结合起来。从文本中呈现的宗教意识变迁既可看到创作语境的回声也可显示文本诗学的价值意义。

　　按照当代叙事学观点，小说文本中显示出的作者即隐含作者，跟现实中的作者并不完全一致。但按照文学创作的一般规律，客体文本总是与创作主体本人即作者的经历、思想有着不可否认的密切关系。现实中作者的生平经历、性格思想、审美观念等都会显示在文本构建中，最终投射于隐含作者。叙事学中的隐含作者与真实作者之分显示出学术批评语言的科学化取向，但其有效性主要适用于那种设置特定叙事人多角度、多频率、多层次等叙述故事事件，突显叙事人不同立场，强调叙述事件与真实事件差异的不可靠叙述文本。而戴维·洛奇的天主教小说创作一般采用的是传统的全知全能视角，即零聚焦，叙事人如上帝一般凌驾于小说故事情节之上，不受时空限制地任意出入各个人物之间、出入于人物的内心世界，这样的叙事风格造成的阅读效果就是可靠叙述。在这样的可靠叙述文本中，叙事人基本等同于隐含作者，等同于真实作者；叙事人的态度即隐含作者的态度，也即作者的态度。基于此，为行文方便，在具体文本解读中，不再区分隐含作者与真实作者，而以作者名之。

　　以戴维·洛奇两大创作领域而言，学院小说系列是作者学院经历的结晶，无论是情节发展、人物个性、叙事语境、人物语言乃至叙事语言都打上了象牙塔生活、思考的印记；而天主教小说系列则无疑来源于作者身为天主教教徒的生活背景、身份象征以及隶属于西方基督教文化的传统。

　　戴维·洛奇出生于伦敦南部达利奇(Dulwich)，在贫穷的布洛克雷(Brockley)郊区长大。父亲有英国与犹太人血统，14岁就因为家贫辍学，后来自学成为乐手，在夜总会和BBC乐团都演奏过，二战前还是无线电歌手。母亲的父母分别是爱尔兰人和比利时人，是虔诚的天主教教徒，这也是洛奇被养育为天主教教徒的原因。与虔信天主教的母亲相比，父亲的宗教信仰并不坚定，不属于任何宗教派别，勉强算是个基督教徒。二战时父亲在空军专职演奏，因此战时大部分岁月洛奇是与母亲待在乡间生活的，这段岁月从4岁多一直持续到欧战结束。《走出庇护所》主人公提摩太与母亲的战时乡间岁月是洛奇这段生活的反映。战后洛奇进了一所天主教文法学校，父亲此时在一家夜总会组建了一个小小的音乐团体，勉强维持着一种郊区中下等阶层的生活水平。洛奇有位姨妈在二战时被美国军队录用为非现役秘书，洛奇16岁时有幸去拜访这位姨妈，从节制萧条的英国突然步入物质充裕的世界的经历让年轻的洛奇大开眼界的同时开启了闯荡世界的壮志。洛奇自己承认自己是受惠于 1944 年教育法案的典型一代，是得到免费中等教育的第一代。一所国家资助的天主教文法学校让他得以上了大学，从原来的阶层迈进了中产阶级的门槛。

从创作心理学来说，戴维·洛奇中等靠下的家庭环境、自幼所受的严格的天主教式教育以及在一个天主教学校度过的整个小学与初中时代，使得洛奇整个童年和少年时代都在天主教教义的庇护下度过。成年后又与一位天主教教徒女孩子结了婚，洛奇与天主教的渊源乃至对天主教的认识自然有着切肤感受，用洛奇品评自己的话来说："……在青少年到成人早期一直是一名虔诚天主教教徒的一代人中，任何受过教育的有知识的天主教教徒似乎都签订了某种生存合同：天主教玄学系统为他们消除了疑虑、提供了稳定的心境，作为回报，他们便接受了相应的道德规范，即使这些规范在实际生活中极为残酷和难以达到。"①作为罗马天主教教徒的洛奇，虽然不像格雷厄姆·格林和伊夫林·沃那样常被人称作天主教作家，却也每周必去教堂，对天主教代代相传的刻板教条与世俗的道德伦理之间的矛盾有深刻体验。洛奇自称是边缘化的天主教教徒，在教义与现实生活之间更注重后者。《大英博物馆在倒塌》对天主教不安全的"安全节育法"大加嘲讽，《你能走多远》则直接宣称"在 60 年代，地狱消失了"；到了《天堂消息》，他更进一步否定了来世，伯纳德一家虔信天主教，但老沃尔什贴身佩戴几十年的圣像无论如何通不过机场的安检，世俗的现代化机器战胜了天主教圣像；伯纳德与弥留之际的姑姑有大段大段关于来世的讨论，得出的结论是：来世只是驴子面前悬挂的那根胡萝卜，无罪是骗人而已，人们应该关注现世的言行，关爱现世人生及人众，人间自有天堂。而在最后一部天主教小说《治疗》中，洛奇则将宗教、哲学、心理学并置探讨，将宗教还原为人类灵性追求之一。与此同时，无论是在前期还是后期小说中，文本中还呈现出对建立在个人体悟、理性思考基础上的信仰的不懈追求。

一、批判宗教对合理人性的压抑

创作处女作《电影迷》时，戴维·洛奇才刚刚 25 岁。那时他已经服过

---

① David Lodge, *The British Museum is Falling Down*, Martin Secker & Warburg Limited, 1981, p. Introduction.

兵役、获得了硕士学位、刚当上伯明翰大学的助教，且在硕士期间结了婚。洛奇的硕士学位论文是有关英国天主教作家的研究，从牛津运动看现代天主教小说的形成。文学史的梳理让他对英国天主教、天主教文学有了系统的研究与体悟。身为天主教教徒服从教会的虔诚与新婚宴尔的婚姻激情，再加上 20 世纪 60 年代英国动荡的社会环境、享乐主义的兴盛，让洛奇越发感觉天主教教徒受到的宗教压制，体味到宗教与人性的悖谬，宗教对婚姻、对性爱的压抑。种种对立、矛盾、冲突下的洛奇开始了小说《电影迷》的创作。小说聚焦于一个一度堕落而最终又复归宗教的天主教教徒、学习英国文学的学生马克与一位忠实的前修女克莱尔身上。马克一度想引诱克莱尔，反过来，克莱尔一度渴望引导马克重新发现天主教的真理。最终克莱尔爱上了马克，情愿委身于他，此时马克却尴尬拒绝了这桩之前一直盘算的艳遇，转而想当神父。这篇小说颇具讽刺色彩，它探讨了宗教和世俗社会之间的关系，也就是在情欲和宗教矛盾之时如何选择。主人公马克选择了宗教，但文本末尾通过克莱尔对自己的信仰经历、对马克的了解以及克莱尔在遭到爱情幻灭后帮助一对有情人完美度过新婚之夜的场景，似乎告诉我们何者才更真诚、善良、美好。

戴维·洛奇在《电影迷》中似乎更多侧重于如何平衡小说结构、如何布局完美之上，对宗教的批判大多通过人物思想间或流露。如马克通过观察影院观众与教堂会众得出的宗教与电影同是逃避现实生活的深刻感悟："尽管去教堂就如同去影院：都是成排而坐，通告像预告片，布道辞也是每周一变。人们之所以去只是因为习惯去。付费于那个盘子而不是票房，有时还演奏管风琴。只有一处较大不同：主要人物总是始终如一。"①教堂与影院表面的对立、斗争在接受过系统高等教育的青年意识里汇流为一体，马克英国文学史的专业背景、文学创作的尝试都有作者本人的影子，他的思考自然也一定程度上潜在地代表了作者的态度。克莱尔的意识流则显示她早已丧失了信仰的热忱，只是冷冰冰的观念认可。对于这位善良、孤独、渴望情感的前修女来说，信仰不但已无法取代亲情、爱情，无法支撑漫长的余生，而且成了扼杀她的幸福的刽子手。

1964 年戴维·洛奇已经有了两个孩子，当时教会允许使用的唯一控制生育的方法"安全节育法"并不安全，而教会又绝对禁止人工流产，这给

---

① David Lodge, *The Picturegoers*, Penguin Books, 1993, p. 108.

教徒带来很大的精神压力。正是在这样的社会和家庭背景下,洛奇写作了《大英博物馆在倒塌》。小说描写一对信奉天主教的夫妇由于担心避孕失败而经受的提心吊胆的折磨。将神圣的属灵的天主教教义与世俗的现实生育问题并置,委实有点渎圣。天主教信仰与生育控制直到今日仍然在西方社会饱受争议,小说主题的现实性自不待言。《大英博物馆在倒塌》形象生动地针对教会安全节育法表达了尖锐的讽刺,这种讽刺既针对教会本身的矛盾,也针对安全节育法重压下的教徒生活的尴尬,更针对其与人性的对立。亚当从天主教信仰出发,得出使用避孕工具必然是一种预谋犯罪的结论,然而,教会发展的历史又多次有过对已成条文的教规的更改,亚当自然以为只要教会允许,那么这一行为就不是犯罪,就不会与信仰悖逆。因此,他睡梦中都在急切渴望教皇能够通过已婚教徒允许节育的条例。这既暴露出天主教教徒在信仰与欲望之间寻找妥协的渴望,也暗示了教会内部对这个问题的分歧与迷惘。

在《大英博物馆在倒塌》1981 年重版时,作者在序言中坦诚这部小说触及一个大众普遍感兴趣和关心的话题,即天主教的安全节育法对已婚平信徒生活的影响。作者颇为自豪自己的先知先觉:"罗马直到 1968 年才开始尝试解决这个问题,教皇保罗六世在这年给教会的通谕《人类生活》中对人工控制生育的传统禁令表示支持,这引发了一场大规模的争论,这场争论一直持续到现在,涉及权威、心灵和性。虽然我在最近的一部小说《你能走多远》(1980 年出版,书中对过去 25 年中天主教的发展与演变作了全面而综合的审视)中已写过这一话题,但需要提醒读者的是,《大英博物馆在倒塌》第一版出版时间为 1965 年,比《人类生活》通谕早大约 3 年。"①作者在教皇通谕引发的大讨论之前就切身体会到禁止人工控制生育的弊端,及其对天主教教徒婚姻生活中两性关系的扭曲。教皇发表《人类生活》表示对传统禁令的支持,这让作者既感到自己之前看法的明智,也对天主教教会制度有了更深刻的体悟,于是引发了对整个神学体系的思考,最终形诸文本《你能走多远》。可以说,《你能走多远》中人物的尴尬和困境似乎都有作者本人的影子,其中主人公之一丹尼斯与安吉拉的结婚典礼就与作者婚期一样都是 1959 年。出版于学院派小说《换位》

---

① David Lodge, *The British Museum is Falling Down*, Martin Secker & Warburg Limited, 1981, p. Introduction.

(*Changing Places*, 1975)之后的《你能走多远》一反《换位》幽默诙谐的喜剧风格,几乎全盘采用现实主义手法,风格凝重甚至流于沉闷,这大概正是由于作者有着与主人公类似的痛切经历与感受、审美距离过近之故吧。

《大英博物馆在倒塌》通过刻画生活在"安全避孕法"(Safe Method)重压下的婚姻生活中的荒诞和反讽,喜剧性地再现了一位名为亚当的年轻天主教教徒深陷安全节育法不安全困扰的梦魇处境,突显了对宗教忽略人性、无视人的合理欲望的批判。作者用喜剧方式撰写这部小说,希望不止停留在天主教教徒对天主教的激烈讨伐,而是唤起非天主教教徒和非基督教徒读者的兴趣、同情以及对宗教、人性的普遍思考。宗教的产生本是为了避免人欲沦丧,以理性来抑制感性欲求,是为了人类更好的发展。但人造了神,神性逐渐凌驾于人性,剥夺了很多人性的合理需要、合理欲求。所谓压迫越重,反抗就越强烈。

与文本整体的喜剧性风格一致,作者为这一故事设计了一个喜剧性结尾。亚当无意中帮助了一位美国人,这位幸运之星为他提供了一个薪水优厚的、为美国图书馆购买图书的工作,于是,困扰不堪的妻子怀孕问题不再成为问题,一切万事大吉。但这一结尾对人物问题的解决事实上是相当牵强的,属于某种临时的方式。对于这本书来说,教会教义的某些改变才是对性困境最根本的解决方式,理性地决定忽视该教义还没有成为可能。和大多数传统喜剧一样,《大英博物馆在倒塌》在最后设置上本质是保守的,涉及的冲突和误解并没有根本触及真正困扰他们的那个体系。

二、对教义、教规的系统审视

《大英博物馆在倒塌》之后创作的《走出庇护所》,不再只是针对"安全节育法",也不是笼统反抗宗教对情欲的压制,更大程度上是对宗教教规的思考。小说是关于少年提摩太的成长过程,16岁之前他一直被庇护在父母、家庭以及传统天主教教育环境之中,笃信天主教教义,以宗教信仰体系解释身边的战争、朋友的死亡、人性的善与恶。诸如希特勒像撒旦,好人永远是最聪明的人,最后胜利永远属于好人,人死就是身体被埋到土里、灵魂去了天堂,这就是少年提摩太对复杂人生、世事的天真解读。

16岁去德国的一次游历让提摩太经历了一种美国式生活的巨大冲击,几乎彻底改变了他心底固守的天主教僵化教条。此前,他从姐姐凯特带回家的一本名为《生活》的美国杂志上看到很多物质生活的图片,大致认识到与自己周围不同的另一种生活。海德堡之行则让他对这种生活有了切身的体验。

混迹于一群崇尚感官愉悦的享乐主义团体,他们的目标似乎就是把生活变成一系列无止境的享受,提摩太把这种永不餍足的贪欲想象成那种长着三双胳膊的印度神:"一只手端着马丁尼,第二只手里拿着香烟,第三只手拿着刀叉,第四只手调着收音机,与此同时,第三对手臂则揽着舞伴的腰。"①这种享乐主义生活方式对提摩太造成了强烈冲击,他受到的教养原则是禁欲式的:小心翼翼的俭省,推迟快乐,勉强维持,活在期待或记忆中,从不凭冲动行事。但在这种物质充裕的环境中,这种谨小慎微式禁欲又有何价值? 这是提摩太在海德堡生活的一个方面,另一方面则是与唐等人的交往,从唐这里,提摩太得到的是各种知识,也是关于人生的另一种视野。即便从耽于享乐的姐姐那里,提摩太也并不是一无所获。经由姐姐对初恋遭到背叛的叙述,提摩太认识到姐姐最终耽于吃喝玩乐的深层原因,是抚平创伤也是逃避,逃避爱情、逃避亲情、逃避责任等。这两大方面构成了提摩太在海德堡的生活,吃喝玩乐的享乐主义生活以及对吸收知识、体味人性、探讨人生的严肃追求既相互对立又相互补充,共同构筑着提摩太对天主教教规的重新审视与抉择。

与唐关于战争的探讨、与一个女孩青春邂逅这两大场景形象传达了提摩太的理性抉择。在不断的深入讨论中,提摩太由之前把希特勒想象成撒旦进而发展到质疑上帝为什么要让这么一个恶人杀了很多人之后才死去而不是开始就施以惩罚,而唐则把批判矛头直接指向一般教徒。提摩太对战争的看法、对上帝的质询,与一个非基督教徒对基督教徒、基督教徒首脑的质询,突显出作者的倾向。一切罪恶与其说是上帝的错,莫如是人自己的错。唐对自己在战争中逃避集中营犹太人的命运、对自己苟且偷生的痛苦经历的反省,希望重回奥斯维辛的想法,是一种赎罪,也是种对解脱的渴望。这让提摩太从另一个角度审视生活、审视自己的信仰。与一位美国少女邂逅之后,他首先想到要去忏悔,忏悔自己的肉体过错。然而美国女孩对性问题完全不沾染任何宗教式罪感的开放答案,让提摩太反省自己为什么要把这一切视为罪恶,他开始怀疑并重新思考遵守教

---

① David Lodge, *Out of the Shelter*, Martin Secker & Warburg 1985, p. 151.

规的意义。对宗教不假思索的认同,似乎解决了一切困扰与难题、给人带来一种安稳平和的生活,但忽略了个人的精神与合理欲求,也终究是对神的匍匐、对人类智慧与理性的无视。文本名为《走出庇护所》意味着作者希望人们走出宗教庇护,走出曾经不假思索认同的一切体系,用自己的眼睛去发现,用自己的感官去感觉,用自己的思想去思考,努力用理性审视曾经熟悉的一切、曾经视为理所当然的一切。

　　对天主教教义体系更根本性的触及是《你能走多远》的主题。虽然20世纪60年代的"梵二会议"让罗马教廷作了一系列重大变革,如开始提倡以人为中心,在人类伦理道德方面开始强调人类的爱,把人类的爱说成是最重要的道德规范之一。弥撒时可用本国语,拆除高高的祭台让神父贴近普通会众,更贴近弥撒的来源——最后的晚餐,允许俗人观看仪式内容。弥撒都改成起应弥撒,不再是神父一个人的喃喃自语,所有会众都参与回应。圣餐被压缩到一个小时,在那之前可以食用任何东西和饮料;每次弥撒都可以领圣餐,不再严格限于那些保持个人圣洁及经常履行告解的人。祝福式和十字架等典型仪式都已减少,玫瑰经几乎被弃置不用。礼拜的礼拜仪式,由之前的冗长乏味转为简单化、方言化,从祈祷词中取消诸如"背信弃义的犹太人"之类的攻击性言辞。与其他教会、其他宗教派别开始对话。各种新型神学如解放神学、天主教马克思主义神学等如雨后春笋般脱颖而出。圣经学者们对圣经新约以前约定俗成的概念都进行了颠覆性研究,如纯洁受胎说、圣母升天说、耶稣复活说,以及耶稣在水上行走等奇迹故事,等等。但是在生育和性方面,教皇仍持保守态度。《你能走多远》即以此为切入点,以天堂、地狱为中心,探讨整个天主教信仰体系。

　　文本塑造了十位天主教教徒群像,他们都受过大学高等教育,虽然有时有些用心不专(如丹尼斯大学时代去教堂是因为要确保心上人在自己的视线之内,安吉拉去教堂是出于自幼的习惯,鲁丝是为了寻求在其他社交场合得不到青睐的友谊,迈克尔与紫罗兰是感觉自己有罪——前者是为青春期性欲,后者则是遭受幼时性侵害与宗教之地狱恐吓的双重挤压,艾德瑞恩则是出于自负与渴望表现),但大多都忠实履行着宗教义务、保持着宗教信仰。婚后他们按照教会允许的唯一节育方法安全节育法控制家庭规模,结果这帮50年代成婚的青年,10年之后的生活大多被婴儿所主导。四对夫妻,共有14个孩子,平均每个家庭近4个孩子,"在60年代早期,就整个生活在婴儿的氛围中。到处是尿布、奶瓶,生活在结肠炎、睡眠经常被打断、弥漫的屎尿气味以及衣服、家具统统沾染上涎水和疾病"①。文本叙述这帮年轻人的狼狈生活时,作者闯入叙事,提及自己在《大英博物馆在倒塌》中详细讲述过年轻主人公们使用安全节育法,与体温、温度计、表格打交道的过程,还提到这本小说出版之后,宗教界和世俗年轻人的不同反应,一些教士看到书中描写性生活并非那么美妙而甚感安慰……

　　既然如此痛苦,为何还要恪守这既不安全又折磨人的安全节育法?是对地狱的恐惧。天主教以地狱恐吓一切犯罪的人,而罪恶涉及方方面面,性也是其一。似乎所有基督教派别都没有明确宣称性等同于罪恶,但都共同确认独身更高贵。性只能存在于婚姻关系之中,且必须是出于种族繁衍的目的。否则,性就是罪恶的。基督教把性生活限制在婚姻之内,最初是出于规范两性关系,保障社会人伦关系的稳定和人口的正常繁衍。在人类发展中,两性关系被纳入婚姻家庭范围之后,人类的性爱和生命活动才真正摆脱了原始的生物本能,进入一个受到自身及社会约束的伦理阶段,这标志着社会文明程度的提高。但另一方面天主教对教徒的家庭婚姻生活强加了很多限制,如禁止婚前性行为、禁止堕胎、不允许离婚、不允许与离过婚的人结婚等,某些限制在社会日趋发达,文化、思想日渐解放的新时代越来越显得苛刻与不合时宜。天主教对人工节育法的拒绝实际上是一种逃避,因为一旦用人工节育法规范人类的性行为,那就直接导致对性行为脱离种族繁殖功能的承认,导致对之前教会认为性行为中纯粹的肉体愉悦是罪这一观点的否定,再引申开来,那就意味着教会关于罪的其他观点也有可能错误,地狱之恐吓也将成为无根可据,这一切直接导致对教会权威的质疑。但文本也提出了一个悖论,那就是安全节育法尽管不安全,但毕竟也是一种人为节育措施。

　　教皇《关于人类生活》对维持安全节育法的宣告,不但让一直渴盼改革的平信徒难以承受,很多神父、修女也毅然离开了神职。艾伯凡矿难的发生,更为这个时代的信仰危机加上了一个砝码。正像神父奥斯丁所说,对于如艾伯凡这样的灾难,基督教传统的反应是视之为某种对人类罪过的惩罚,或作为上帝意志而不加疑问地接受。两种反应都无

---

①　David Lodge, *How Far Can You Go?*, Penguin Books, 1981, p. 74.

法说服人类的理性,如果这是人类罪过遭受的惩罚,灾难降临在这些孩子和他们的家庭之上又何以公平?圣经中就有约伯为自己所受的磨难向上帝提出质询,理性时代的人们又怎能安于基督教对罪与罚的老生常谈?

文本最后以 1975 年复活节聚会的开放性结尾,描述改革之后的天主教全新仪式,参加者形形色色,除了 50 年代爱伦敦小教堂参加周四弥撒的一群年轻人(如今自然已年届中年),还有独身女教师、解放神学家、前神父、五旬节派修女等,有舞蹈、音乐、名为"性的新神学"的小组讨论、五旬节派祈祷、旧式告解、新型弥撒仪式等。混杂了旧派、新式、各种仪式类别的新型宗教大概就是天主教的现实面貌。小说与 15 年前《大英博物馆在倒塌》中涉及的都是由安全节育法切入的性的问题,但经历了六七十年代的天主教激进改革,特别是性解放大潮之后,两者表现的价值取向已有所不同。宗教仪式、教徒思想、青年教徒性行为、已婚教徒生育观念的变革还能走多远,解放神学和教徒对教义教规以及整个信仰体系方面的质疑还能走多远,答案仍不明晰。符合民众需要、伦理规范的宗教究竟在上帝与大众之间妥协到何种程度?作者对这些问题的关注显示出严肃深沉的道德焦虑。

第三节　拯救精神迷茫中的信仰

《电影迷》、《大英博物馆在倒塌》主要侧重于对宗教压抑人性的笼统批判,《你能走多远》以教会安全节育法为核心,系统审视天主教教义及教规体系,质疑其神学观念以及烦琐的节日、礼仪等,但对其批判的同时又无法摆脱还能走多远的困惑。90 年代创作的《天堂消息》则让这一答案逐渐明晰,《治疗》则基本减弱了宗教批判性,呈现出某种程度的回归意识,当然,这种回归是一种建立在理性认知和理性取舍上的回归,已经不再等同于之前批判的那种狭隘、苛刻、教条化的教会宗教了。显然,宗教的作用在戴维·洛奇天主教小说中经历了一个嬗变的过程,即从批判具体教规、质疑整个宗教教义体系到审慎体悟宗教信仰这样一个过程。

一、宗教回归

在戴维·洛奇天主教小说中,很多人物年轻时对天主教激烈反叛、生活放纵恣肆,人生暮年却大都选择回到天主教怀抱。《走出庇护所》中的凯特如此,《你能走多远》中的菠莉如此,《天堂消息》中的厄休拉也如此。如果说洛奇对这些人物的转化或者皈依的处理囿于故事需要(大都属于次要人物)而稍显简单,那么他的第一部天主教小说《电影迷》已经细致具体地展示了一个出身于天主教家庭的青年如何在历经漠视宗教、引诱少女,最终真心回归天主教的过程。

实际上,早在 20 世纪 80 年代初创作《你能走多远》时,作者在对天主教教义教规系统审视时就一定程度上关注到了信仰危机。小说题目包蕴两层核心含义:在遵守天主教教义的前提下,与一个女孩的亲密之路能走多远? 在不抛弃宗教最有生命力的东西的前提下,宗教改革能走多远? 如果说作者在第一层含义中质疑宗教对人性情欲的束缚,那么第二层含义就表达了作者对宗教改革的质疑与困惑,表达了作者在信仰危机时代的宗教诉求。是啊,不信天堂,不信地狱,人类将何去何从? 没有上帝,一切尽归虚无,人类又将如何生存? 到了 20 世纪八九十年代,西方社会经历了后现代主义、解构主义思潮的冲击,一切历史的和现实的文本都被质疑,上帝或天堂的神话无疑再次被打破。在创作于 20 世纪 90 年代的《天堂消息》中,作者似乎要为曾经提出过的"你能走多远"的问题提供答案。主人公伯纳德神学家的身份设置,无疑有利于作者深入的神学思考。

《天堂消息》表面上仍然执着于宗教与人生的关系,主要笔触落在来世观念与现世生活的取舍。在《天堂消息》中,人们热衷于去"天堂"夏威夷旅游,暗示着来世虚无缥缈的天堂已逐渐降于红尘浊世。文本描述了各种商店、旅行社对天堂的商业化炒作,专门研究旅游的人类学家谢尔德雷克搜集了一大堆以天堂命名的商店、公司、酒店等的名字,这显示出天堂概念在一般人心目中已经完全世俗化了。用谢尔德雷克的话来说:"反复出现的天堂主题给游客们洗了脑,让他们真的认为自己到了天堂,无视现实与天堂原型的错位。"①

---

① David Lodge, *Paradise News*, London: Secker & Warburg, 1991, p. 132.

厄休拉临死之前对上天堂的渴望,伯纳德对上帝的怀疑与思考,都反映出人们对当今物欲横流的社会现实的不满,对爱情、友情以及人间真情的渴望,信仰危机是其出发点。伯纳德对宗教信仰的深入思考乃至质疑,他的身患绝症的姑姑厄休拉对天堂的渴望,对教会的回归,都表明人对信仰的执着,对灵魂安慰的渴望。对于不久于世的厄休拉来说,天堂是那么一个地方,在那里"一切都会得到补偿,正义得到伸张,没有病痛和失落,生活快乐,直到永远"①。她之所以要时隔几十年之后让亲人远隔重洋与自己相会,渴望吐露埋藏心底一生的羞惭与痛苦,实质类同于天主教教徒临终之时的最后告解,她与伯纳德对涂油礼的谈论证实了这一点。在天主教看来,没有履行涂油礼、忏悔自己一生的罪过就突然离世,那是注定要下地狱的。厄休拉濒死之际的执着并不完全出于想进天堂的考虑,毕竟,这么多年以来,她内心对宗教的理解与自幼被灌输的天主教信仰已经相隔甚远。在基督教传统中,天堂之所以是一个反复咏唱的主题,在于它能给人以美好的希望、给人忍耐现世磨难的力量、让人平静面对死亡。在科学发达、理性昌明的今天,人们对天堂的渴望反映出人性对永恒幸福的渴望,对美好世界的向往,更哲学化一点来说,乃是对超越有限人生的渴望。伯纳德经由夏威夷之行之后,挣脱了失去信仰之后多年的迷惘,对生活、信仰都有了全新的体悟。文本第三部分借伯纳德神学课程讲稿分析了 20 世纪末基督教所面临的困境,探讨了基督教中对来世的看法,并援引《马太福音》中一段关于基督复临和末日审判的描写,结论说耶稣基督区分万民中的绵羊、山羊(指义人与非义人)的标准就是是否关心救助现世中的兄弟姐妹。以这样的描述来看,伯纳德逃离教会、又重新找到信仰这一过程中最后的人神合倒是最符合基督信仰之本质的。显然,这才是文本推崇的一种信仰状态。也就是说,《天堂消息》并没有完全否认人类渴望通过宗教方式实现精神永恒的企图,只是巧妙地作了更贴近现实的置换。文本借用伯纳德课堂上的一段神学讲述,认为如果把基督教中永生的承诺都清除掉的话,基督教就类似于世俗的人文主义了,宗教信仰的热诚与否、宗教信条的正统与否乃至遵守律法与否都不再是区分"义人"的标准,取而代之的是一种无私却又务实、只着重今世的助人方式。文本借用他在宗教课堂上的讲解,道出伯纳德理解的基督教本质——抛开"在

---

① David Lodge, *Paradise News*, London: Secker & Warburg, 1991, p. 368.

天堂将获得永生和永福"的虚幻之词,基督教教义所剩余的与世俗的人文主义并无实质区别。

五年之后,戴维·洛奇创作了《治疗》,继续探讨信仰危机之下人的选择。主人公劳伦斯·帕斯莫尔即墩子是一位成功的电视剧编剧,这位中年男人可说是成功男士的典型,拥有事业、家庭、房子、车子、美貌的妻子、自立的孩子,还有一个情投意合的柏拉图情人。但就在他 50 多岁时,却困扰于奇怪的腿疾,难于治愈的怪症让他备受折磨。因柏拉图恋人阿米将其症状用德语描述为 Angst,他在词典上查询单词 Angst,由此信马由缰地查到存在主义及其开创者克尔恺郭尔,克氏著作的题目《恐惧与战栗》、《致死的病》、《忧惧的概念》、《非此即彼》、《重复》让墩子惊悚,意识到似乎隐藏着专门针对他的意义。在精神的忧惧、腿疾的折磨中,他的事业和婚姻遭遇了双重危机,妻子向他提出分居和离婚,编剧工作也遭遇到几乎要戛然而止的厄运。

在无所适从中,墩子做了一系列疯狂的行为,跟踪妻子、与情人幽会、勾搭美国美女,但统统归于失败。对克尔恺郭尔的兴趣促使墩子决定到克氏那里寻找解决自己危机的答案。克氏与女友蕾齐娜的关系让墩子联想到自己的初恋女友莫琳,他花了一个星期时间写下一份有关莫琳的回忆录,追述了莫琳的外貌、家庭背景,与莫琳的邂逅、相爱的过程,叙述对莫琳身体的渴望和受挫,以及最后对莫琳的粗暴抛弃。意识到这正是一个"非常克尔恺郭尔的故事",他与莫琳的关系"类似克尔恺郭尔与蕾齐娜的关系",甚至就连莫琳和蕾齐娜的名字(Maureen 和 Regine)都有相似之处——两者是同韵的。墩子第一次意识到自己对待莫琳的残忍、自私自利、不负责任:"他击碎了一个少女的心。"[1]他感到自己找到了腿疾——内部紊乱症——的根源。于是,墩子决定摆脱各种现实羁绊,跨越数十年漫长成长之路去寻找莫琳,获得莫琳的谅解。于是经由一番流浪汉般的游历,墩子终于在异国他乡的朝圣路上找到了精疲力竭、浑身伤痛的莫琳,英雄救美的同时,自己的腿疾也不治而愈。

在理论批评著作《意识与小说》中,洛奇说《治疗》的创作"很大程度上缘起于自己本人的经历,最重要的情绪则是沮丧,也是沮丧这一主题把自己引向了克尔恺郭尔。随着年龄增长,我越来越多地陷入焦虑和沮丧之

---

[1] David Lodge, *Therapy*, London: Secker & Warburg, 1996, p. 261.

中,尽管生活日趋舒适稳定、没有后顾之忧"①。创作《治疗》之时,洛奇已年届六十,学院三部曲为他博得了学界及普通大众的普遍青睐,他还发表了一批有分量的学术著作,在小说创作与小说批评方面都已卓有成就,可以说正处于事业鼎盛时期。家庭方面也颇为幸福,儿女双全,家境殷实。但洛奇却困扰于经常性的焦虑和情绪低落,而且,洛奇认为自己的焦虑并非个别现象,"就一些报纸杂志的报道文章来看,当时英国社会普遍弥漫着一种沮丧情绪,全世界大致都如此","如此范围广泛的精神和心理上的不适引发了各种治疗方法的兴起,如形形色色的心理治疗、药物治疗、针灸、香熏、瑜伽等,甚至那时连购物也被称作'零售治疗法'"②。正如作者所说:"如果说 20 世纪 60 年代是政治时代,70 年代是性时代,80 年代是金钱时代,那么 90 年代似乎就是治疗时代。"③因此作者决定就这一共同话题——沮丧、焦虑、缺乏自信和多种多样的治疗方式写本小说。可见,在作者看来,这种精神危机是普遍性的。因此,墩子的腿疾在文本中具有某种象征性意义,表面上是心理学中的一种神经症症状,实则蕴含着对生活于工业社会各种社会压力之下人类普遍精神危机的探讨。作者坦承写小说之前自己只是看了有关克尔恺郭尔的一本传记,被克氏工作与生活吸引,克氏哲学作品中的虚构与玩笑成分也引人遐思、启发灵感④。由此,克尔恺郭尔及其哲学在文本中作为主人公寻求解决的方式,并不是主人公选择了克氏,而是由于作者对克氏的兴趣而选择了一个人物与之对应。

墩子对克氏存在主义哲学的探讨是作者对自己以往宗教探讨的延续。当墩子遭遇婚姻危机、事业危机时,他开始试图从混乱的性爱关系中寻找安慰和希望,但是,他最终还是在哥本哈根之旅中拒绝了性的诱惑,选择了克氏,超越性地面对自己的危机。乍一看来,墩子不是天主教教徒,也没有面临天主教教徒遭到的宗教压制和禁锢。天主教教徒的宗教压抑心态产生于人性与宗教律条的冲突,对他们来说,天主教教规教谕是他们主要面临的精神危机,精神危机来源不同,但感受应该大同小异。而

---

① David Lodge, *Consciousness & the Novel: connected essays*, London: Harvard University Press, 2002, p. 270.

② Ibid.

③ Ibid., p. 271.

④ Ibid., p. 269.

且,90年代中期之后,天主教经由"梵二会议"的改革以及之后的激进、自由反叛,力量与权威早已不能同日而语,此时天主教教徒与非天主教教徒面临的应该说是同样的精神困境、人生压力。

克尔恺郭尔通过一系列作品渴望达到自己的宗教目标,其作品大致分为美学作品、哲学作品、宗教作品。从《非此即彼》开始的美学作品系列,一般采取双重作者方式,作者化身为二:一者借助假名作者描述对美感生活的关心,一者化身为宗教思想家。这就呈现出双重美学效果,表面上致力于描述感性生活,实则包蕴宗教目标。哲学作品大多是对美感生活的批判,如《论怀疑》、《哲学片段》、《附笔》等则隶属于哲学作品系列,作者化身为古希腊的僧侣,探讨个体与基督教真理的关系问题,主张从个体生存的角度而不是哲学思辨的角度解决这一问题。后期宗教作品则旨在批判基督教当时的堕落及其一切虚假观念,认为客观化、简单化、思辨化、大众化倾向让人人表面上皆为基督徒的同时,失却了基督教信仰之实质。

克氏哲学与基督教传统存在密切关联。他认识到苏格拉底的道德精神与基督教精神是联姻的。克氏反对只从教条上遵从基督教,认为不能将信仰问题转化为知识问题:"如果信仰仅仅被当作是关于历史事实的知识,那么你会很自然的陷入如此荒谬的境地,以致认为地球是平面的或圆的都可以成为信仰的事情。"①对于基督教,克氏主要接受了来自奥古斯丁、帕斯卡、马丁·路德等人的影响,他接受了他们强调生存体验的倾向,而抵制其客观化、教义化的努力。克氏认为,基督教是理智无法通达的,因为它恰恰是荒谬的、悖理的。信仰是生存关注,而不是知识的探索。克氏主张回到中世纪的权威观念,只不过把教皇和教会替换为信仰典范(如奥古斯丁等),也就是要求"有形教会"让位于"无形教会"。总之,克氏批判继承了基督教传统,接受并强调了宗教典范观念、人的原罪观念、个体主观内向性观念;批判了外在努力及世俗化、简单化倾向,使自己的思想立足于情感性、个体性、内倾化基础之上②。洛奇在《电影迷》、《天堂消息》等天主教小说中都有同克氏类似的宗教或者说哲学领悟,小说文本对教义教规或认知式宗教都表达了不满,如马克认为宗教与娱乐类同的看法,伯纳德对教义问答的调侃等。可见,洛奇对克氏的认同,是自身宗教

---

① 转引自杨大春:《沉沦与拯救——克尔凯戈尔的精神哲学研究》,人民出版社,1995年版,第8页。

② 同上,第2—10页。

思考、宗教观发展的必然。

　　墩子在朝圣途中,把对克尔恺郭尔有关个性发展三阶段的哲学融入他对人生境界的理解上,他认为美学境界是在朝圣途中尽情享受美景和眼前流浪汉式的快乐,而伦理境界则将朝圣视为一种毅力和自律的考验,宗教意义上的朝圣者是真正的朝圣者,是克氏意义上的真正的宗教。"对克氏来说,基督教就是荒诞的,如果它完全是理性的,信仰它便没有价值。全部的意义就在于你是在没有理性强制的情况下选择信仰它——你一跃而入虚空,同时你选择了自我。步行数千公里来到圣地亚哥的圣陵,却不知道是否有谁真正葬在那里,就是这样一种跳跃。"①

　　文本还通过莫琳的遭遇及其宗教选择表达了作者的宗教观。莫琳整个家族是虔诚的天主教教徒,莫琳从小就接受了严格的宗教教育,定期告解、定期领圣体等。与墩子相爱之后,虔诚的莫琳在情人与上帝之间备受煎熬:按天主教教规,她应该努力保持与男人的距离,但爱情又使她无法拒绝恋人的要求。最终在教会组织的圣诞节演出时,由于莫琳拒绝了墩子进一步的要求,墩子也厌倦了这种与上帝角力的漫长过程,两人分手。若干年后,陷入危机的墩子把对莫琳点点滴滴的回忆系统写了下来,才恍悟自己失去了什么。此时莫琳却正在前往圣地亚哥的朝圣路上,直接原因是儿子在天主教组织服务时意外身亡,根本原因也是由于长期积郁。朝圣路上,两位年轻时期的恋人终于相遇。莫琳似乎是一位不折不扣的女"圣徒":年轻时面对情人依然尽力恪守教规,一生淳朴、善良,不忍伤害别人,儿子死后又独自到国外步行朝圣。事实上莫琳的宗教信仰已经发生了很大改变:如把墩子在她几乎完全体力不支时从天而降和墩子腿疾的痊愈归因于圣徒圣·雅各的帮助,但又不相信圣·雅各就葬在圣地亚哥;莫琳的朝圣动机的答案不是宗教,而是精神;在性道德上,莫琳显然背离了传统的天主教,她不同意与丈夫离婚,却在朝圣路上与初恋情人共浴爱河。显然,莫琳的宗教信仰与其说是规范自己言行的宗教律条,不如说是某种建立在爱、宽容、善良、乐于助人基础上的伦理选择。

二、对宗教信仰的多层次思考

　　基督教一再宣传"宗教生活首先表现在于敬拜的行为如祈祷、祭祀、

---

　　①　David Lodge, *Therapy*, London: Secker & Warburg, 1996, p. 304.

圣事礼仪、敬礼庆祝",但归根到底"一切宗教朝拜的灵魂是超性美德","如果缺少这些超性美德,念祈祷经文或举行礼仪只是一个空壳"①。戴维·洛奇天主教小说中,一些看似非常虔诚的教徒对宗教的信仰更多地只是停留于表面,而非出自内心的虔诚,反倒是一些对宗教教义教规持怀疑态度或对之激烈反抗的人,对宗教有着触及灵魂的理解,从而真正切入到宗教精神追索的核心。这实质涉及基督教文化本身,一般认为基督教分为两个层次:一个层次是机构化基督教,另一个层次就是作为一种生活观或世界观的基督教。前者致力于把基督教各种诫命、规章、律法制度化,侧重其政治取向;后者则着重于对其信仰核心的内心体悟,把它作为对于个人精神生活的引导,解决个人生命的意义问题。与基督教作为政治文化及伦理选择两个层次对应,基督教对人的影响也有两个层次:一个层次是基督教信仰的精神层面,这一层面主要依靠信徒自身的精神自省与自我认同;另一层则是教会在发展过程中在基督教禁令基础上逐渐形成的各种清规戒律,这一层面由教会等外在束缚来保障。摒弃基督教信仰本身由于过分推崇灵性导致的对人欲望本性的束缚,包裹在其信仰内核之外的各种由教会主导的戒律成为对信徒最具体直接的压制。在这个层次上,清规戒律最为森严、礼仪礼节最为繁多的天主教比宗教改革之后产生的各种新教对人的压制性更全面、更严苛。在洛奇看来,对于视宗教为枷锁、处在宗教与人性冲突中的很多教徒来说,宗教与其说是一种自觉的选择,毋宁说是一种"被选择"。在这样非理性的被选择状态,很难获取宗教对精神、现世人生的指导与超脱等积极功用,反而放大、极端化了宗教律条对合理人性的压抑与禁锢。

戴维·洛奇从小谙熟于由核心教义出发的各色礼仪、法规、典章、教谕等构成的天主教教规,对其细密繁杂、严格苛刻有切身体会。在进行宗教探讨时,首要的自然是苛刻烦琐的宗教教规,尤其是某一具体教规对自然人性的压制与扼杀,表现天主教教徒在这些具体宗教律条下的生活困境与内心挣扎也便成为首选。弗朗茨·M.乌克提茨认为,"为了能被实行,道德体系必须与人的生理承受能力保持一致;道德必须适于生存。天主教会的传统性道德不适于生存,所以即使虔诚地认同教会的人也一再

---

① 〔德〕卡尔·白舍客:《基督宗教伦理学》(第二卷),静也等译,上海三联书店,2002年版,第18页。

陷入内心冲突"①。

《大英博物馆在倒塌》探讨天主教教义教规对天主教教徒现实生活的影响,如教会"安全避孕法"对已婚天主教教徒的影响,性道德与生育避孕问题,着力点在基督教机构式教规与教徒实际生活的矛盾与冲突。该文本的批判锋芒并不尖锐,戏谑文字与结构蕴含了对罗马教廷为代表的保守思想的质疑与嘲讽。如文本中那位坚持教廷决议的天主教神父对甲壳虫乐队的狂热,其一本正经的权威立场与直接的感性诉求构成微妙的对照。亚当的双重生活——学术生活与家庭生活,反映了教义与实际生活的对立、学术理想与家庭困境的对立,以及学术理想与商业文化的对立。《走出庇护所》又前进了一步,把天主教教会比喻成让个人远离现实迷茫、怀疑及信仰冲突的庇护所,题目喻示个人应该在离开基督教机构庇护的条件下依靠个体感性诉求、理性认知来寻求精神信仰。在这样的小说叙事中,洛奇认为天主教的教义陈腐、教条僵死,这些僵死的教条违背了人性,扭曲人的思想,禁锢人的合理行为,影响人的生活,给人带来痛苦或者悲剧。安全节育法之类僵死的宗教教条是荒唐可笑的,而教会对之毫不通融的态度更突显了其荒谬。

《你能走多远》反映天主教教徒信仰的变化及对天主教教谕教规能否合理制约教徒现实生活的问题,触及天主教自身体系、制度的合理性及其是否应进行改革的问题。可以说,从《电影迷》、《大英博物馆在倒塌》到《你能走多远》,作者宗教批判的矛头针对制度化基督教,矛头所向大多是伴随基督教产生而衍生出的天堂地狱玄学系统和各种强制性的清规戒律,在这方面,对各种新型宗教派别抱有与旧式天主教同样的怀疑。《天堂消息》中叙述伯纳德担任临时教职的圣约翰学院是在 19 世纪末、20 世纪初为培训自由教会神职人员而创立的多所神学院之一。为了适应信徒人数日益减少的局面,为了与当代普世教会的宗旨一致,学院向所有的宗教信仰和派别敞开了大门,有比较宗教学和信仰关系研究、设有犹太教、伊斯兰教和印度教研究中心,还有基督教各个方面的课程。伴随着五花八门的宗教与课程,学生也是形形色色,如社会工作者、外国传教士、第三世界国家的神职人员、领养老金的老人、失业的毕业大学生等。总之,凡

---

① [奥]弗朗茨·M.乌克提茨:《恶为什么这么吸引我们》,万怡等译,社会科学文献出版社,2001 年版,第 148—149 页。

是能归拢到宗教这把大伞之下的一切,都能在任何一所神学院里学到。学院能授予学位或颁发毕业证的专业众多,且各种各样,其中包括牧师专业、《圣经》专业、礼拜仪式专业、传教士专业和神学专业。课程更是收罗广泛:存在主义、现象学与宗教、早期基督教中的异端、女权主义神学、黑人神学、否定神学、圣经阐释学、布道术、教堂管理、基督教建筑、宗教舞蹈,等等。伯纳德常常感到"许多当代激进神学派的观点同它们所取代的正统观念,几乎同样模棱两可、缺乏事实依据"①。《你能走多远》中也罗列出一系列新型宗教,如五旬节派、耶和华见证者教友会以及影响较大的解放神学等。解放神学家宣称基督教是一种信仰,更是一种历史,目标是解放。这本质上是把基督教又转归为曾经的犹太教。解放神学在《新约》中解读出耶稣及其使徒认为一场革命即他们所说的神的王国正在到来,认为主流基督教在第一个世纪发生了转向,不是使这场革命变成现实,而是使之类似于那时地中海世界盛行的其他上百种宗教一样,最终充斥了奇迹、玄学和教士。解放神学完全抛弃了宗教的超验性,把基督教视为一种寻求民族解放的口号及宣传体系。从小说文本对解放神学宣传家演说近似戏谑的口吻,可以解读出作者不置可否的态度。事实上,从宗教漫长的发展历史来看,宗教的兴起、历史延续与变革,有深刻的经济、政治、文化乃至人性根源。宗教有时沦为统治者精神奴役的工具,其宣扬的原罪、救赎、天国永福等,就成为人们忍受苦难的精神慰藉。但是,在一个科学、理性早已发达到克隆、探月的时代,原始教徒们炮制的上帝创世以及经由诸多教父、经院哲学家们不断系统堆积的神学体系,与其说是理性的推演,毋宁说是一种文学传奇,只是由于其承载了人类渴望超脱现世、寻求永恒、追求不朽的哲学梦想而变得深厚、广博,同时拥有了庄重、严肃的深层内涵。因此,再以强制性的教义教规强迫信徒对这些神学观念信以为真,在生活中当成实有其事来遵守,这既不现实也有蒙昧之嫌。戴维·洛奇在小说叙事中选择了个体化感悟的方式,由人物建立在自我生活经历、认知实践基础上自由取舍。

《你能走多远》表现出对宗教个体化感悟的思考。如无论就礼仪还是神学观念都趋于保守的迈尔斯,公开宣称弥合一切差别,包括同性恋者和普通人之间。由保守走向开放的艾德瑞恩主持了"性的新神学"讨论,自

---

① David Lodge, *Paradise News*, London: Secker & Warburg, 1991, p. 29.

由谈论性教育、堕胎等敏感问题。旧式告解也变成了由神父抛砖引玉的自由谈论，前神父奥斯丁则对补赎圣礼表达了独特见解，他认为始终得有一个做补赎圣礼的地方，集体补赎教会曾经导致的所有痛苦、压抑和磨难，如迫害异端、迫害犹太人，以及拷打、火刑、用地狱恐吓等。另一方面，被认为是极端新教徒的五旬节派倒是对自"梵二会议"以来信仰的去神秘化和公开化的反拨，其舌语、驱魔、治病等内容充满了原始宗教的神秘性。与此相对，弥撒中的圣餐部分除之前的领圣体还加上了饮葡萄酒的内容，这在研究文学的迈克尔看来非常相似于那种原始部落杀王食其肉承其伟力的原始仪式，之所以加上葡萄酒，是因为某些原始部落崇拜谷物神，奉国王是谷物神的代表，认同谷物神就往往认同谷物、葡萄、面包和葡萄酒。对于以往虔诚信仰的宗教，大家似乎都不再苛求其真假。安吉拉为自己的信仰赋予某种偶然性，认为自己之所以是天主教教徒只是因为生活于天主教环境中，被当作天主教教徒养大。因为嫁了一位天主教教徒而改宗天主教的特莎发现自己改宗时必须克服的东西，现在已经毫无意义。她坦率承认已没有必要争论教派之间的真与假、好与坏，一切只要看其是否有助于人，是否对人有益。对这一系列变化，文本以画外音形式作了总结：天主教在数十年间对权威、性、崇拜，对其他宗教派别的态度都已发生改变。根本的变化则是传统天主教玄学那种复杂巧妙的神学系统已经削弱，其充斥的诸如天堂、地狱、炼狱、原罪、大罪、轻罪、天使、魔鬼、圣人、圣母、荣耀、补赎、圣物等玄虚概念已然逐渐排除在人类理性意识之外。

　　对于宗教的精神慰藉功能，作者从未有过正面驳斥或者否定。这一点可以从后期创作对宗教的认可得到印证。《天堂消息》与《治疗》的侧重点从教谕教规与个人现实幸福的冲突转向个体精神层面的信仰危机。伯纳德·沃尔什放弃了神职，甚至离开了教会，但无法回避信仰失落的痛苦。排除天主教教会的条条框框，即基督教机构层面的教规教谕，代之以宗教信仰的本质——人生的价值、精神支柱、现世生活的补充。抛弃基督教来世天堂、圣灵感孕乃至基督复活等玄奥神学教义，把天堂由彼岸移到现世，精神追求赋予世俗化色彩，增添更多人性关怀与责任感。作品中"天堂消息"的具体化及象征意蕴，是在接受圣经—基督教天堂意象原型构造基础上的颠覆：精神信仰与人性化关爱的结合置换了冷冰冰的宗教教规，以现世生活置换了彼岸世界。

宗教的产生本是为了避免人欲沦丧,以理性来抑制感性欲求,是为了人类更好的发展。但人造了神,神性逐渐凌驾于人性,剥夺了很多人性的合理需要、合理欲求。在机构化基督教和作为一种生活观或世界观的基督教这两个层次中,后者显然更符合人类理性的选择。各种宗教教派在逐步完成其思想体系之时,制度化、表面化逐渐凌驾于其精神实质之上,成为禁锢人性的枷锁。身为天主教教徒的戴维·洛奇便将表现天主教教徒在具体宗教律条下的生活困境与内心挣扎成为首选。从《电影迷》、《大英博物馆在倒塌》到《你能走多远》,作者宗教批判的矛头针对制度化基督教,矛头所向即伴随基督教产生衍生出的天堂地狱玄学系统和各种强制性的清规戒律,在这点上,洛奇对各种新型宗教派别抱有与旧式天主教同样的怀疑。

戴维·洛奇在小说叙事中既以对教规教义的质疑、批判表达对传统宗教律条的背弃,同时又让故事人物在自我生活经历、认知实践的基础上对宗教信仰作出自由取舍。其笔下的人物大多在经历宗教信仰和世俗欲望挣扎斗争之后,程度不同地选择了回归天主教。应当说,经由这种内心体悟的宗教,已然内化为人类理性抉择或者说灵性追求。

抛弃基督教各种玄学教义之后,宗教对洛奇来说实质上就是一种精神寄托,是追求人性完善的一种方式而已。在此功能上,《治疗》中墩子对克尔凯郭尔宗教哲学的内心体认就把宗教与哲学置放在同一个层面上,暗示看似属于理性思维的哲学与神话思维的基督教实则是一种精神追求的不同选择方式,人类寻求本源的精神存在特性导致两者同样的形而上性质。

斯宾格勒认为:"宗教即是形而上学,不是别的——'正因为是荒谬的,所以我才相信。'——这形而上学不是关于知识、辩难、证据的形而上学(那只是哲学或者学问),而是一种生活过和经验过的形而上学——即把不可思议的视为一种当然,把超自然的视为一种事实,把生活视为一个不实在但是真实的世界中的实体。""宗教自始至终是形而上学,是出世,是在一个感官的证据仅照亮前台的世界中的觉醒。这是存在于超感觉并于超感觉同在的生活。假如无这种觉醒的能量或相信它的存在的能量,真正的宗教也就完蛋了。'我的王国不属于这个世界',唯有能洞察这一闪现的念头所烛照的深处的人,才能理解从那深处所发出的声音。晚期的城市时代就不能够再看到这些深处了,它们将残余的信仰转到了外部世界,用人道主义替代了宗教,用道德化与社会伦理替代了形而上学。"①
自从天主教在尼西亚信经中确立了圣父、圣子、圣灵这一基本教义之后,
三位一体教义即成为基督教的核心教义。它宣称一神具有三个位格、三
种形式;圣父创造天地、万物乃至人类;圣子道成肉身,为救赎人类而被钉
十字架,三日后复活,然后升天,末日审判时审判世人;圣灵从圣父、圣子
而出,圣化人类。这一思想在哲学上实质是神的现实性与超越性问题:
神既超乎世界之上,同时又在世界之内。康德提出的现象界与物自体的
区分,叔本华关于现象界与意志的对立,与基督教三位一体都有异曲同工
之妙。只是基督教的"面向上帝"经叔本华到现代主义哲学、美学这里变
成了"面向自我,面向内心"。在一个充斥了声色犬马诱惑的世界上,能够
保持"自我"完整、维持"内心"平和,大概可算得上是任何一种宗教或者哲
学成功、有效的标志。

对于宗教与心理学,戴维·洛奇也作了一定程度的探讨。《你能走多
远》中心理医生建议深受性意识取向困扰的迈尔斯要么做一个勇于坚忍
的天主教教徒扛起自己的十字架,要么给自己找个伴侣;与迈尔斯在求助
告解神父之后求助心理医生一样,紫罗兰也开始向之前求助告解神父一
样求助心理医生。她求助过很多医生,把自己的问题分别陈述,然后对比
他们给出的诊断及处治(正如之前比较告诫神父一样)。在这里,告解神
父与心理医生、宗教信仰与心理学治疗似乎具有同一功能,《天堂消息》则
干脆说心理医生已然是现代社会的神父了。文本把神父与心理医生、宗
教与心理学并置,显示出某种深层次的用意:与费尔巴哈哲学思想经历
神性、理性、人性一样,洛奇宗教思想似乎也有这样一条轨迹,只是从一开
始,神性味道就比较淡漠,多为人性感性方面的反叛。作为作者本人思想
的直接或间接反映,其天主教小说中的诸多故事人物也有着类似的心
理、人生轨迹。

对宗教禁锢的反抗自然建立在对人的自然本性的理性认知,这种理
性思维的发展确实能够破除由神话思维构筑的宗教蒙昧,消解它在现实
生活中对人精神的奴役。然而,理性精神在还原现实本来面目的同时,切
断了人对宇宙、对未来、对时空之外的神秘遐想,现世人生失却了形而上

---

① [德]奥斯瓦尔德·斯宾格勒:《西方的没落》,张兰平译,陕西师范大学出版社,2008 年
版,第 146 页。

的丰满,只剩下形而下的干瘪存在。抹除了上帝对另一世界的担保,人类也就失去了超越现实世界的精神支柱,只能直面本真的生存状态,在烦、畏、两难、孤独、必死等命运中煎熬。存在主义号召人类进行向死而生的自由选择,但哲学的抽象、理性对很多人来说遥不可及,无法成为现实性的精神支撑。因此,更多的情感色彩、杂糅感性因素之神秘玄奥的各色宗教也似乎成为人类的某种必然诉求。中世纪著名的神学家阿奎那认为,由启示而来的各种真理不能从理性中获得,但是由启示而来的真理同理性并不矛盾,由启示而来的真理是理性所无法达到的。在一个追求安逸、以对财富的追逐为荣的空虚年代,信仰是弥合精神空虚的一剂良药。洛奇天主教小说在去神秘化、去玄学化的同时,也注意到了这一点。比如其小说中多次出现的奇迹:克莱尔做弥撒时的祈祷莫名应验为马克果真皈依了天主教;波莉在孩子病情危重之时的施洗在其成年后的生效(皈依天主教,与一位天主教教徒女孩结婚)等。即便是对教会的清规戒律,在涉及其精神生活方面,作者也没有加以完全抹杀,如一直对教会弥撒、圣餐之类繁文缛节讽刺有加的马克也逐渐理解了宗教生活的吸引力,"尤其是那种被宗教教规统辖的生活,宣誓贫穷、守贞、服从的生活。首要一点,它能让身体服从。一个人需要浪费很多时间与身体斗争,让它经受物理存在的劳累的、不舒适的规则——起床、洗漱、刮胡子,甚至移动"①。身体当然不是如基督教宣扬的那样是低于精神的次等存在,但很多时候身体却会干扰甚至阻碍某些人生意义的实现,这是不争的事实。在这个意义上,能以某些规则强制性规范物理性的身体,显然也是一种选择。当然,这种选择必须是自愿的,有助于实现其他人生目标的,而非被迫的、受虐性的。也正是这一点,让我们理解洛奇天主教小说中仍然存在一些基本的宗教行为,《你能走多远》对整个天主教玄学系统、教义教规体系都有系统审视也有批判,但应该说年轻时代就深受其害的天主教教徒们即便在抛弃了旧式天主教后也仍然保留、坚持了很多改良式宗教仪式,如弥撒、圣餐、忏悔、洗礼等。同时作者也对一些新型宗教表现了不信任与反感。总之,摒弃与否、坚持与否,不在于这种宗教是新还是旧,而只在于它对于个人、社会的现实性功用。

戴维·洛奇天主教小说中的青年信徒不约而同对教义教规的质疑与

---

① David Lodge, *The Picturegoers*, Penguin Books, 1993, p. 182.

反思可以说都出于这种渴望回归内心真实的信仰诉求。《电影迷》中的马克一出场即是一位已然不再履行各种宗教义务的前天主教教徒,这种叛逆可以说是理性反思蒙昧被皈依的必然;第二部天主教小说《大英博物馆在倒塌》中的主人公亚当·艾普比正处在对天主教安全节育法的痛苦纠结中,由此也引发出对这种苛刻教规的源头——天主教教义的质疑;第三部天主教小说《走出庇护所》让一个正处于青春发育期的男孩子提摩太经历了一番教义教规与开放理性的美式生活、美式文化的冲击,从而真正从精神上冲破了单一刻板的天主教的庇护与束缚,真正获得了自立;如果说《大英博物馆在倒塌》中的亚当·艾普比尚只是朦胧意识到安全节育法与教义的关联,还不曾痛下决心完全拒绝这种苛刻而荒谬的教规,那么第四部天主教小说《你能走多远》则直接将教会要求已婚信徒奉行的安全节育法与天堂、地狱说相联系,将批判矛头指向了这一事关教会权威、教义系统的核心理念;第五部《天堂消息》将天堂、地狱教义以及整个神学体系以世俗意义置换之,天堂由彼岸的神学期盼改造为现世的幸福人生;第六部《治疗》则将宗教与心理学、哲学并置,使充满神秘主义的信仰回归到人类对超越现世、超越有限物质人生的灵性追求。

戴维·洛奇把宗教和教会、天主教会和天主教教徒区别开来。作为精神支柱的信仰能拯救人,使人在物欲横流、道德沦丧的现实环境中摆脱精神危机,找到平静与幸福;而教条化的教义教规一旦成为对人类幸福的戕害、对肉体与理性的摧残,就会让人在宗教信仰与世俗生活的冲突中备受煎熬,最终既无法拥有健全完满的生活,也失去坚定的信仰。戴维·洛奇从不认为自己是一个教条化的作者,从不把创作当作某种教义的传声筒。对于他而言,天主教凑巧就是他从小生活的一种氛围,因此宗教意识就自觉体现在了创作中。这种宗教意识在文学表现上体现为对宗教性事实、宗教原型的借用及化用,在思想内涵上体现为建立在宗教概念上的现实性体悟与化用,其坚实根基则是芸芸众生生存于斯的现实生活。对于他来说,天主教小说绝非是某种信仰的公式,也不是教会的档案与教义,仅仅是其用来反映现实的最切近的素材。而蕴含于其中的宗教意识是经过世俗置换的裹着宗教外衣的人文主义,既包含着渴望精神支撑的信仰体认,也同时旗帜鲜明地表现出感性欲求的合理存在。

第四节　以阈限理论审视文本内
语境中的仪式

再次强调,天主教小说特指天主教教徒写的以天主教为主题或题材的小说。赋予与社会历史文化背景、宗教环境相互影响的个体宗教意识以叙述意义是其文本合法性的基础。也就是说,小说的存在价值无法仅仅依托于作者脉络清晰、展现细致的意识诉说,归根结底还要看其是否成为小说美学独特而诗意的传达。众所周知,文学文本具有认识、审美和道德的层面,再往深处讲,还包含一个旨在自我解释的理论运作的层面。这就需要深入剖析文学话语在进行自我解释时所采用的具体策略。情节设置显示出的宗教意识变迁,故事人物最终的理性选择,都可以视为创作语境、作者思想变化的诗学表达。同时,故事叙述的上下文语境及其意识形态暗示可以说是最为隐秘也最为文学化的表达。

作为一位在文学批评和文学创作领域都卓有建树的学院派小说家和具有家学渊源的天主教教徒,戴维·洛奇在天主教小说创作中有着强烈的意识自觉,那就是以文学化手法承载起其对天主教教会教规、教义乃至信仰多年不辍的思考。宗教仪式是世俗生活联系于神学观念的显在符号,具有独特而神秘的象征意义,文本对这些圣事礼仪的叙述折射出作者的宗教意识,其文学意义毋庸置疑。戴维·洛奇六部天主教小说每部都有相关天主教圣事礼仪的片段,尤其以《电影迷》、《走出庇护所》、《你能走多远》、《天堂消息》和《治疗》中涉及的弥撒、告解、朝圣这三大仪式的叙述意义最为复杂、丰富,在不同维度、不同程度上各自切合了人类学的"阈限"理论,以此观照戴维·洛奇的仪式叙述,应能在开掘新的批评视角基础上拓深对作品的理解。

一、阈限理论与戴维·洛奇天主教小说的仪式叙述

法国民俗学家阿诺德·范·根纳普(Arnold Van Gennep,1873—1957)在其人类学名著《通过礼仪》一书中开宗明义:"任何社会里的个人生活,都是随着其年龄的增长,从一个阶段向另一个阶段过渡的

序列。"①根纳普观察、研究了世界各地多种仪式，认为包括宗教仪式在内的各种高级仪式都具有开端、运动和变迁的特点，因此都可以称之为"过渡礼仪"(rites de passage)，都包含着三个阶段，即分离(separation)阶段、边缘(margin-transition)阶段和聚合(reaggregation)阶段，以及三个阈限期(liminal phase)，即前阈限(preliminal)、阈限(liminal)和后阈限(postliminal)②。英国人类学家维克多·特纳在仪式三阶段划分的基础上，仔细观察了阈限的内容及社会功能，进一步发展了阈限的观念。

特纳将阈限前后的阶段称为"社会结构"，它的特征是异质、不平等、有产、世俗、复杂、等级分明、高傲；将阈限期称为"人的特殊关系"，其特征是同质、平等、无产、简单、一视同仁、谦卑③。在阈限阶段，由社会等级引起的矛盾得以缓解，二元对立的关系甚至会颠倒过来，这一仪式进程中的主体从原有的社会结构中脱离，不再是结构的服从者，而反转为结构的反对者，或者说进入一种反结构状态中。经历了阈限之后，阈限主体即阈限人的身份地位发生了改变，而此时社会关系则按照改变之后的状态进行组合，使得社会重新回到既定的社会等级关系和矛盾结构中。

特纳提出阈限处于"两可之间"或者说是一个介于一种个人状态与另一种状态之间的"模棱两可"(betwixt and between)时期④。这种模棱两可状态意味着处于阈限状态中的人既不在门槛之内也不在门槛之外，而是站在一个脱离旧状态进入新状态的临界点上。与根纳普同样，特纳也承认阈限介于两种状态之间，是一种状态和另一种状态之间的中间地带，只是特纳更偏重于以秩序的角度将之理解为过渡进程中的一种"反结构"的模糊状态。特纳发明"阈限"概念的初衷，并不仅仅为了解释原始社会的"仪式过程"，其目的在于向我们揭示对更加普遍的社会现象的认知。也就是说，人的生命历程总是经常性地从一种状态过渡到另一种新状态，这种过渡状态即是阈限状态。在阈限期间，阈限主体不具有(或几乎不具有)以前的状况(或未来的状况)的特点。在这个象征符号的空间里，阈限主体没有确定的身份，面临新旧身份交替，其思想、行动都反常于日常结

---

① Van Gennep, A. *The Rites of Passage*, London: Routledge & Kegan Paul, 1965, p. 3.
② 彭兆荣：人类学仪式研究评述，《民族研究》2002 年第 2 期。
③ 夏建忠：《文化人类学理论学派———文化研究的历史》，中国人民大学出版社，1997 年版，第 305、318 页。
④ [英]维克多·特纳：《象征之林———恩登布人仪式散论》，赵燕玉等译，商务印书馆，2006 年版，第 93—94 页。

构,其想象世界和社会身份都在发生变化,在寻求新的调整。

在根纳普、特纳这些人类学家那里,所有仪式都被认为具有共同的过渡内涵,仪式天然就是社会反结构模式。个人身份、职能、地位都是具有明确标识的社会结构,弥撒、告解、朝圣等宗教仪式则从本源而言属于社会反结构模式。信徒一面是普通人,有着世俗人生,有着社会结构赋予的身份、地位等结构性特征;一面是上帝面前人人平等的信徒,朝向彼岸、天堂等神圣所在。在这个意义上,一旦信徒加入某一宗教团体,自然会深信只要虔诚信仰,人人都会平等均享天堂乐土。因此,置身并参演于各种宗教仪式中的信徒,理论上而言就处于阈限阶段,在这个阶段中,他们自身被剖离了世俗社会所赋予的年龄、性别、身份、等级等外在结构化标识,是反结构状态的存在。然而,仪式也会成为结构化存在。

"仪式"一词在 19 世纪作为一个专门性词语出现,随着其越来越广泛地进入到社会的各个领域,仪式的意义变得越来越复杂,可以说已演变成一个实践超于理论话语之上的话语体系。关于仪式定义的表述林林总总、侧重不一:有的侧重其产生过程,有的诠释其超验根源,有的注意到其对群体间理解和沟通的重要性,但共同点都认为仪式是一套制度化、程序化行为,直接或间接指向某种超越日常生活的象征意义。这些都表明仪式既具有剖离一切世俗等级结构的交融性质,也具有程序化、结构化性质。而且,一切宗教仪式一旦经由一系列争取信徒、争取权威、凝聚团体的漫长历史,就会逐渐将各种仪式固定化,必然会成为壁垒森严、等级严苛的结构组织。

从宗教仪式产生源头来看,一切仪式都是通往信仰的具体存在。如果仪式与信仰已然产生冲突,或者说特定的仪式已然不能导向特定的信仰,那么仪式在个人而言,也就蜕化为僵化的结构化束缚。特纳认为,一切社会都包含着两种截然相对的社会模式:一是作为社会结构的模式,它与公理、政治、官方、地位和角色相连;一是作为社群的结构,它与具体的、个性化的个人相联系①。对于身处于各种宗教仪式中的平信徒而言,如若其对仪式的内心体验是僵化、保守的结构化存在而非满足精神需求的信仰,这些宗教仪式代表的就是特纳所说的作为社会结构的模式,与地位、角色等结构化特征相连,相对的另一面则是具体的个人化的质疑、反

---

① Turner, V. W., *The Ritual Process*, Harmondsworth: Penguin Books, 1974, p. 166.

叛性的体悟。

　　戴维·洛奇笔下的信徒大多是自幼就被家人赋予了天主教信徒身份,可以说是被皈依的天主教教徒,在不谙世事时就陷入了一个礼仪严格、等级森严的社会体系,他们对宗教仪式经历了从反抗到个人体悟、理性认可的阈限历程。这些自幼被皈依的天主教信徒对天主教各种严苛、刻板的教义教规积聚了长期的不满,这种不满在青春期时就成为他们质疑、批判、反抗的爆发性力量。这种反抗大多发生于青春期或青年时代,经历批判后,又重归教会,这可以说是阈限人重回社会。小说中这些年轻天主教教徒面对各种宗教仪式的调侃、质疑、不满、批判等,可视为其人生正面临阈限阶段,由封闭教会进入一个靠人类本能、理性主宰的自由空间。借助阈限时期所提供的"反结构"舞台,个体将那种平时不外露的闪念或感情有意识地释放。实际上,可以将青年信徒对教会教义教规不满、质疑的整个时间流看作一个长长的过渡的"阈限",只不过在诸如弥撒、告解等制度化、结构化传统仪式展演中,"阈限"反常于结构的特点得以集中发挥。

　　此外,传统宗教仪式展演中最常规的表现是信徒剖离了现实社会中包括身份、等级、性别、年龄以及道德伦理等结构化存在,变成上帝面前人人平等的自由存在。《电影迷》、《走出庇护所》、《你能走多远》尤其是《天堂消息》、《治疗》中的信徒在经由象征意义上的告解、朝圣等宗教仪式挣脱身份等级,摆脱婚姻家庭、事业困境等牵绊,进而重新寻获内心平静、生活平衡的过程,这自然也是一种阈限历程。

　　也就是说,戴维·洛奇天主教小说中多个青年信徒在两个维度上切合了阈限人的特征。其一,面对真实仪式的结构性存在,他们表现出疏离与排斥,在弥撒、告解等展演仪式中表现为既不同于虔诚信徒,也不同于完全弃绝教会的模棱两可;其二,在文学化、象征意义上的告解以及旅游朝圣模式中,洛奇笔下的天主教教徒在仪式前后表现出成熟的人格,告解与朝圣又完全履行了宗教功能、信仰功能,参与者在仪式的交融状态下释放出世俗社会中的结构化压抑,完成了生命的转型,仪式之后重归结构。

　　国内学者通过梳理 156 篇(部)相关文献,将阈限划分为六种类型:人生阈限、传统仪式阈限、旅游体验阈限、节日/节庆阈限、身份构建阈限、其他阈限。其中人生阈限指各种各样诸如出生、成年、结婚、死亡等标识性阶段;传统仪式阈限即包括宗教仪式在内的具有一定历史意味和特色的仪式活动，往往体现出人们的信仰；身份构建阈限指个人、群体乃至国家在面对不同环境时，其自身的身份构建与身份定位，处于其中的人既未完全脱离原来的身份，又没能完全融入新的生活、形成新的身份，因此受原来身份和向往的新身份的影响，进入一种既非此又非彼的尴尬状态①。就此言之，戴维·洛奇笔下的天主教教徒无论是在结构化宗教仪式中展演质疑、不满，还是模拟搬演象征性告解、朝圣仪式，其共同切合的是人生阈限或身份构建阈限，也就是说，他们面临的与其说是传统仪式阈限，不如说是仪式之壳包孕的信仰问题所代表的人生状态更替或者身份构建阈限。戴维·洛奇五部天主教小说表现了多个青年信徒的人生转型，转型大多是在其传统宗教仪式演变或象征仪式演变中细致展现的。

二、分离——阈限人对结构秩序的反思与批判（弥撒、告解中的陌生化叙述）

阈限期间所表现出来的是一种互相交缠的状态，处于其间的行动者或当事人，既不属于前一阶段也不属于后一阶段，不属于任何一个既定范畴和结构的过渡状态。戴维·洛奇小说中的青年信徒参演现实宗教仪式时就处于这样一种模棱两可状态：他们既不虔诚信仰，也非理性认可，而是对被灌输的神学解释、仪式的神圣性充满怀疑但又无法判断自我立场，处于一种心理状态上的自我隔离或自我边缘状态。

"阈限"的仪式主体从原有地位中分离出来以后，"局外人"的地位使他们取得了比所有被限制在结构之中的人具有更清晰的理性，因此往往被赋予了批判的能力。特纳认为"阈限能被部分地表述为反思的阶段"②。戴维·洛奇小说经常通过各种"陌生化"（defamiliarization）手法来展现天主教教徒的反思与不满：那些已定型的、被人们不加思考地接受了的教义教规、宗教观念以及情感等都被拆解，并进一步以分离和夸张的方式被孤立或突显。

俄国形式主义学派提出的陌生化叙述的主要内涵是让形式变得模

---

① 廖俊等：《国内外阈限研究综述及其对节事阈限研究的启示》，《旅游论坛》2013 年第 1 期。
② ［英］维克多·特纳：《象征之林——恩登布人仪式散论》，赵燕玉等译，商务印书馆，2006 年版，第 105 页。

糊、增加感觉的困难和时间①。文学中的陌生化手法有多种：如描写事物时不用约定俗成的名字，而是以一种仿佛初次相见的新奇眼光描述；用语打破语言语法规则，使用陌生的词汇和句式，以增加理解的困难、延长感知过程。戴维·洛奇在仪式叙述中大量使用了各种陌生化手法，或是以调侃打趣的语言亵渎性地描述庄重严肃的事物，或是以新奇视角观照对象，最终将以往视为真理的事物消解、降格，进而引发对事物的深刻思考与重新认识。

在天主教七大圣事中，弥撒作为天主教礼仪生活的主体与中心，是最重要的、展演最频繁的传统仪式。弥撒是最早被神圣化、结构化的圣事礼仪之一，源于《圣经·新约》最后的晚餐以及耶稣钉十字架的受难事迹。这一仪式在制度化过程中加入了重演耶稣十字架祭祀的神圣内涵与饼、酒化圣的神秘意蕴。弥撒的核心是祝圣和领受圣体，每个天主教教徒在教义问答的反复灌输下都谙熟教会认可的观念：神父的祝圣蕴含着将基督献给神之意，被祝圣的饼与酒本质上已化为基督的身体和血；这一化体奇迹在信徒领圣体时的会显现，那时基督就从天堂降临到饼与酒之中。对于这种流传千年的化体神学，戴维·洛奇借用《电影迷》主人公马克跪领圣体时的一番意识流调侃了其荒谬："就圣体而言，不啻是食人肉，人们能想象痴迷的东方狂热分子表演这样的仪式，但是这些刻板、体面、自诩正直的人们却这样排队轮流在基督身上撕咬——他们知道自己在做什么吗？……"②这种谐趣的语言与庄重肃穆的弥撒诵念声构成亵渎性对比："正是他把面包放到自己那双最可敬的手中，眼睛仰望天国，仰望你——上帝、全能的父——向你感恩、祝福，把它掰开分给门徒，说：拿去全部吃下，因为这是我的身体。"③受过高等教育的马克无法再将教义问答视为真理，这番意识流调侃消解了弥撒的神圣意义，将祝圣与领圣体这一系列烦冗程序降格为一出荒谬可笑的情节剧。创作于 20 世纪 50 年代的《电影迷》是戴维·洛奇的处女作，有着明显的自传性色彩，主人公马克的英国文学大学生的身份、业余创作的爱好与青年洛奇身份爱好重叠，其思想很大程度上也折射乃至直接反映了作者的立场。

---

① ［法］茨维坦·托多罗夫编选：《俄苏形式主义文论选》，蔡鸿滨译，中国社会科学出版社，1989 年版，第 65、71 页。
② David Lodge, *The Picturegoers*, Penguin Books, 1993, p. 110.
③ Ibid.

20 世纪 80 年代,戴维·洛奇再次在小说《你能走多远》中继续消解弥撒的神圣:"……一片小小的、圆形的、纸片一般的、几乎毫无滋味的无酵饼被置放在舌头上,他们把它吞下(没有咀嚼,否则会被那些准备第一次领圣餐的人视为亵渎),这就把基督接纳进自我。""在人类消化和排泄的过程中,这基督化体奇迹怎么形成的? 难道是圣体在舌头上融化、经过会厌软骨或滑下食道时,基督就从'他'寄寓的麦粒跳进人的灵魂吗?"①神学逻辑与人类理性常识的悖谬显而易见,而这种建基于神学逻辑的观念在理性追问下显然无法自圆其说。

　　弥撒这一宗教仪式在调侃与理性打趣之下被消解了神圣。对于告解,作者则采用了新奇的视角来实现陌生化降格。这种新奇视角主要使用了两次:一次是《走出庇护所》中的儿童化视角;另一次是通过《你能走多远》一位改宗者的眼光实现的。

　　作为天主教的一种传统仪式,告解在基督新教中被称为忏悔,功用在于除去洗礼之后所犯的致死之罪。天主教宣称告解是一种满足神意的方式,只有忏悔认罪,才能得到及时赦免,脱离刑罚、炼狱、地狱的恐惧。《走出庇护所》中的提摩太 7 岁时进行第一次告解,他眼中的告解呈现出这样一个画面:"到教堂旁边一个像壁橱一般的小黑屋,向隔着铁丝网坐立的神父坦白己罪,然后获得赦免,就像耶稣与悔罪信徒一般。而这些所谓的罪过不过就是诸如撒谎或对父母无礼或错过了周日弥撒之类的琐事。"②幼童提摩太显然难以理解告解所包蕴着的严肃宗教内涵,他看到的告解场所、告解程序和心里想到的各种儿戏一般所谓的罪很大程度上解构了仪式的严肃性。《你能走多远》中的米莉亚姆是一位改宗者,对于天主教其他传统礼仪,她没有表现出明显的拒绝与怀疑,但对于这种天主教特有的告解仪式,她始终无法接受。对于她来说,告解就是将自己的内心隐私袒露给一个尊称为神父的陌生男人。在米莉亚姆心目中,听取忏悔的神父,被赋予了基督代言人等神圣品格的神父究其实质与其他男人一样,同样具有七情六欲。神父代神赦罪的仪式在现实眼光中就是一个男人随意踏入女性的隐私禁区。无论是在儿童化视角还是改宗者的新奇眼光中,告解都被剥离了宗教赋予的神圣意义,突显出圣礼仪式在现实层面上的

---

　　① David Lodge, *How Far Can You Go?*, Penguin Books, 1981, p. 19.
　　② David Lodge, *Out of the Shelter*. Martin Secker & Warburg, 1985, p. 21.

荒谬。

从宗教人类学的角度而言，宗教仪式意味着一整套通常由已被公开或私下接受的规则所控制的实践活动。刻板的程序暗含着与过去的连续性，通常与某一适当的、具有重大历史意义的过去紧密联系着，也就是说具有一种神秘的象征性，如弥撒联系于基督圣祭，告解联系于天堂、炼狱、地狱等核心教义。也就是说，文学文本一旦用各种手法剥离与仪式相联系的神圣历史与象征意义，将仪式的一整套程序消解为滑稽可笑的情节剧，仪式的存在就非常可疑了。文本中对弥撒领圣体、告解认罪的常识性追问使得饼、酒化体显示出荒谬，神父的神圣性、告解室的神秘性等尽被解构，按部就班、郑重其事的仪式显出滑稽，宗教的庄重肃穆消解为玩笑。就此，戴维·洛奇完成了对天主教信仰行为的降格化，显示出作者对基督教的质疑与批判。

三、聚合——阈限人重归结构（象征意义上的告解与朝圣）

弥撒、告解仪式在戴维·洛奇小说叙事中被陌生化手法消解、降格，神圣事物被世俗化解构。然而，《天堂消息》、《治疗》等后期天主教小说却对告解、朝圣这些传统宗教仪式表现出认可或者说赞赏。

如果说陌生化手法的描述否定了告解的神圣象征，使告解不再具有精神安慰功能，那么，《天堂消息》、《你能走多远》却又有着对建立在心理宣泄、精神慰藉层次上的"告解"的认同。厄休拉早年脱离家庭、脱离教会，借由工作机会逃到美国，在夏威夷度过半生之后得了绝症。独自栖身于养老院中的厄休拉回顾过往难以释怀，于是用一纸书信传递出自己的内心期盼。伯纳德应姑姑召唤带着年迈的父亲飞往夏威夷，以实现姑姑临终之际的愿望。厄休拉与兄长沃尔什先生的这番和解谈话事实上履行了告解的职能：对于厄休拉来说，她通过向沃尔什先生倾诉幼年遭大哥肖恩猥亵这一事实，去除了半生的精神重负，消除了有罪的恐惧。而对于沃尔什先生而言，当年没有制止肖恩造成厄休拉一生无法摆脱噩梦的后果让他自感罪孽深重，摆脱沉重负罪感的途径就是向神父请求告解，通过这种告解他才可以真正摆脱罪恶。文本主人公伯纳德借助日记向心理医生尤兰德袒露一切，也可以说是一次重要的告解。从文本主要情节而言，伯纳德从阴云密布、气候寒冷的英国到阳光明媚、海风拂面的夏威夷是由于姑姑厄休拉的临终召唤，结合伯纳德前神父、现任神学教师的个人身份,二人的相见也带着一种临终告解的味道。这当然不是巧合,应当说是身为天主教信徒的作者强烈的文学自觉与个人信仰独具匠心的自然结合。文本主要情节、人物关系、故事细节等形成了大大小小、层次不一的以告解为标志性事件的人生阈限。这些面对不同对象、内容不同的倾诉履行了类似天主教传统告解仪式的职能:倾诉者卸去了心灵的沉重包袱,获得了新生。与制度化的告解仪式不同的是,这些倾诉不再囿于告解的刻板场所与程序,取消了神父的高高在上与神圣代言人身份,倾诉者与倾听者的关系置换为正常的人际交往、话语交流。

相比创作于 20 世纪 90 年代的《天堂消息》,早在 80 年代出版的《你能走多远》已出现了这种象征意义上的告解。戴维·洛奇在《你能走多远》中描绘了两位痴迷告解的天主教教徒——渴望借助一次次告解摆脱负疚感的紫罗兰与渴望消解性取向痛苦的迈尔斯。紫罗兰深受幼年时被性骚扰的折磨,她一次次对神父、导师等各类陌生人倾诉过往、袒露不安,渴望以此摆脱童年阴影;迈尔斯则是一位同性恋信徒,他执着于一次次寻找神父、寻找心理医生倾诉,希望借此消解性取向痛苦。在紫罗兰和迈尔斯的告解中,倾听的导师和心理医生也履行了神父的职能。

朝圣虽不属于天主教教会制度化的七大圣事礼仪,却也是信徒们普遍履行的日常宗教仪式。朝圣即朝拜圣地,具体化为朝拜某些具有宗教意义或价值的地点或场所,是一种摆脱红尘牵绊、超越罪恶、获得心灵安宁的方式。在基督教看来,人类历史就是寻找失去乐园的历史,朝圣象征了寻找家园的精神之旅。对于信徒而言,虔诚的旅途也可以使他们摆脱喧嚣尘世,得到心灵安慰。关于传统仪式的阈限研究,宗教朝圣一直以来都是西方学者研究较多的领域。根据特纳的观点,宗教朝圣具有显著的阈限特征:(1)朝圣地通常在距离朝圣者居住地很远的地方;(2)朝圣被看作与常规的、日常生活的、固定的系统不一致,是一种"离开世俗世界的休憩"(retirement from the world);(3)在朝圣过程中,诸如等级、地位等既定的社会道德和伦理价值都宣告消解,所有朝圣者一律平等;(4)朝圣属于个人自由选择,却具有宗教虔诚和个人苦修性质;(5)朝圣行为体现出更为广泛的超越宗教教义的共同体价值①。

戴维·洛奇小说对朝圣仪式既有直接再现也有讽喻象征。在《治疗》

---

① 彭兆荣:《人类学仪式研究评述》,《民族研究》2002 年第 2 期。

中，在墩子回忆录中，莫琳是一位非常虔诚的、有着家学渊源的天主教教徒，无论是参加学校演出、社区舞会还是结交朋友，都事无巨细地要以天主教教义教规为标准作出衡量、判断。莫琳在儿子意外丧生、家庭冷漠、精神空虚的晚年踏上了去往西班牙圣地亚哥的朝圣之旅。她在西班牙选择了最为艰苦的徒步之旅，一身凡尘、满心疲惫的她在烈日炎炎下再次邂逅了少年时期的恋人——墩子。莫琳从遥远的美国到西班牙圣地亚哥朝拜，遥远的路程中摆脱了各种日常清规戒律、摆脱了与墩子各自的身份负累，消解了原有的道德、伦理观念，在虔诚苦修中完成了自我对教义教规的理性体悟与选择。经由朝圣这一与日常生活隔离的封闭时空，莫琳获得了重生。

现实的朝圣仪式是莫琳重生的阈限，对于莫琳的初恋情人墩子来说，追寻莫琳的过程则成为他重生的阈限。这一历程可以说是象征意义上的朝圣。墩子并不是天主教教徒，某种意义上还曾经是少年莫琳天主教信仰的敌人。《治疗》开篇点出墩子的腿疾，之后四处求医问药，腿疾依旧。继而由对克尔恺郭尔、克氏与女友之间的关系的了解与体悟，追忆起自己年少时期的女友莫琳，想起了对莫琳身体的渴望和受挫以及最后对莫琳的粗暴抛弃。于是决定摆脱现实各种羁绊，跨越数十年漫长成长之路去寻找莫琳。经由一番流浪汉般的游历，墩子终于在通往西班牙圣地亚哥的传统朝圣路上找到了精疲力竭、浑身伤痛的莫琳，英雄救美的同时，自己的腿疾也不治而愈。可以说，墩子腿疾的治疗历程成为象征意义上的朝圣之旅，经由这番朝圣之旅，墩子摆脱了现实困境，找回了真爱，重新寻回了生活的平衡。

戴维·洛奇天主教小说中的大部分信徒青春时期面对自幼被皈依的天主教之时，不再坚持、恪守各种教义和教会规定，在一种既不同于虔诚信徒也不同于完全弃绝教会的模棱两可的边缘状态下，以一种超越上下结构秩序的心理嘲讽仪式的神圣，这些天主教教徒经由一番成长的阵痛，最终在个人化体悟基础上重新认可了信仰，跨越了人生的重要阈限。而在文学化、象征意义上的告解以及旅游朝圣仪式中，这些仪式又履行了传统宗教仪式阈限的功能，削弱了现实世界的影响，使参与者在仪式的交融状态下释放出世俗社会中的结构化压抑，获得了内心的宁静，强化了其信仰。事实上，这两种叙述情形下的仪式都可以视为是人生阈限或者身份构建阈限，主体在阈限阶段被暂时隔离于现实世界，继而经由阈限最终获得了宗教信仰与个体理性、世俗需求的平衡。只是，前者是将信仰经由个人化体悟后与世俗追求和谐共处，后者则是要在喧嚣尘世上寻求一种超越各种功名利禄的精神支柱。这体现出小说作者对现实世俗世界和宗教信仰的某种调和，或者说，小说作者经由从 20 世纪 50 年代到 21 世纪初的六部天主教小说创作，实现了对教会由质疑、反叛、反思到合理认同的人生历程，从这个角度而言，其天主教小说创作实现了隐喻意义上的阈限跨越。作者借由文学化仪式叙述完成了自我宗教意识的戏剧演变。

新历史主义与传统历史主义一样都关注书本中的历史元素，只是不再将文学与历史、文学与背景简单二分，认为"历史不可能仅仅是文学文本的参照物或者是稳定的背景"，"历史是一个延伸的文本，文本是一段压缩的历史。历史和文本构成生活世界的一个隐喻。文本是历史的文本，也是历时与共时统一的文本"①。新历史主义认为文学是一种能够清晰地揭示历史本来面目的、生动而有意义的存在形式，文学是一个较大的赋予一个特定历史时刻中的事件以意义的象征符号系统，对历史的文学解释和对历史文学的解释之间有着一种互相促进的关系。文学并不被动地反映历史事实，而是通过文本对复杂世界的阐释，参与历史意义的创造过程，乃至参与对政治话语、权力运作和等级秩序的重新检视。戴维·洛奇的六部天主教小说既是英国半个世纪以来社会历史变化的表达，是历史的见证，同时也以文本内部复杂微妙的言语语境，自觉参与了天主教教徒宗教意识与世俗欲望的较量，揭示了宗教意识变动的征兆，并以合力形式间接促进了天主教教会的改革。文学文本参与到历史的发展和建构，历史与个人、文本与历史、个人与文本互相作用、相互彰显，有力验证了新历史主义倡导的"历史的文本性"和"文本的历史性"。

---

① 朱立元：《当代西方文艺理论》，华东师范大学出版社，1997 年版，第 396 页。

第四章

戴维·洛奇宗教意识影响下的小说个性

　　每一位作家都无法避开前辈的影响,对大多数作家来说,文学渊源并非只带来"影响的焦虑",也是创作上不可或缺的源泉。对戴维·洛奇来说,天主教前辈作家格雷厄姆·格林、伊夫林·沃及其小说创作没有对他造成"焦虑",而是既成为其借鉴的文学导师又最大限度地激发了其本人的创作灵感。戴维·洛奇第一部小说《电影迷》的"某些处理方式,显然受到格雷厄姆·格林的影响,而他的喜剧风格又使人想起伊夫林·沃。总之,洛奇的第一部作品就表明他得益于对前辈天主教作家们的深入研究"。① 洛奇在求学时代就对天主教小说家深感兴趣,1959 年即以著作《天主教作家》(*About Catholic Authors*)获得硕士学位,该著作把现代天主教小说的形成置身于一场声势浩大的宗教运动——牛津运动中,沟通了文学发展与宗教历史的联系。基于对这些作家的研究,戴维·洛奇在《天主教作家》中为天主教小说下过这样的定义:"这一小说传统可以追溯到法国颓废派小说,其特点是关注上帝的恩典对人世的影响,以及世俗价值观和神学价值观的冲突,但通常是后者令人啼笑皆非、出人意料地取得胜利。"②显然,洛奇从宗教角度出发,把颓废派小说对意识、感知、激情的致力表现特别与其宗教性幻觉相联系,而这种联系与洛奇本人对天主教小说的系统研究密不可分。在天主教小说家中,戴维·洛奇尤对格雷厄姆·格林及伊夫林·沃情有独钟,在小说批评领域对其语言风格、宗教意识、创作手法等有大量研究性文字,创作领域则体现为借鉴与模仿。在洛

---

① 瞿世镜、任一鸣著:《当代英国小说史》,上海译文出版社,2008 年版,第 261 页。
② David Lodge, *Evelyn Waugh*, New York & London: Columbia University Press, 1977, p. 30.

奇看来,格雷厄姆·格林与伊夫林·沃在小说中实践了对于宗教观念与现世生活的双重关注。但相较于两者,其小说文本呈现出或神秘罪感或悲观绝望的宗教氛围,洛奇天主教小说具有独特的个性。

第一节 与格雷厄姆·格林之比较

格雷厄姆·格林(Graham Greene,1904—1991)"是现当代英国文学中融雅俗于一体的丰碑,⋯⋯确实是个在宗教信仰的痛苦中挣扎了一辈子的作家"。[①] 宗教感与雅俗共赏性确乎使格林在英国文学史上独树一帜。

一、对天主教体系的不同借用

戴维·洛奇通过六部天主教小说表现了鲜明的宗教意识。这种宗教意识既体现在散布于各小说故事中的宗教教义教规、各色宗教人物、宗教原型以及无所不在的宗教氛围,也体现在萦绕其间、试图以宗教启示结合人类理性处理现实问题、面对世俗世界的价值观念。

格雷厄姆·格林同样试图以宗教作为处理现世人生的方法。对于格林对天主教体系的借用,洛奇有着深入的研究和细致的阐述,他认为格林是一个笃信"原罪"的作家,但其写作目的绝不是为了单纯宣传宗教教义,而是从宗教的角度来审视人生。洛奇在分析格林的创作时一针见血地指出:"除了语言和民族上隶属于小说中那种世俗化的清教传统,格林还吸收了罗马天主教教义系统,并把它们置于其成熟之作的核心。"他认为格林小说故事的价值核心"常根植于天主教教义和信仰之上,奠基于那种有'原罪'存在、基督在圣餐中'真实临在'、奇迹在 20 世纪还会出现等假定上"。[②] 洛奇认识到格林小说对这些宗教观念的认可在多元主义和广泛世俗化的文化语境中大有麻烦,导致很多评论家认为格林构筑整个小说的价值假定不是合理合法的修辞,而只是一种诱导天主教信仰的诡计。很多格林评论家暗示其对罗马天主教的皈依损害了他的创作,但洛奇认

[①] 侯维瑞:《英国文学史》,上海外语教育出版社,1999 年版,第 959 页。
[②] David Lodge, *The Novelist at the Crossroads and Other Essays on Fiction and Criticism*, New York: Cornell University Press, 1971, p. 88.

为格林最好的小说反而是宗教意识最强者。在洛奇看来,"作为公共法规和教条的天主教教义却远非解读格林小说的合适钥匙。大量内部和外部证据表明,格林小说的天主教教义并不是需要解析和无条件同意或反对的信仰实体,而是一个概念体系,是小说情境的资源,是象征的宝库,这些使他得以把自己对人性本质的直觉认识——那种先于并独立于他的天主教信仰的直觉认识——组织起来加以戏剧化展现。由是观之,格林的天主教教义可能并非某种妨碍其艺术自由的不利重负,反而是一种积极的艺术资产"。①

通过其最为著名的"宗教四部曲"——《布莱顿硬糖》《权力与荣耀》、《问题的核心》和《恋情的终结》,格雷厄姆·格林系统表现了他的宗教感。《布莱顿硬糖》中 17 岁的平基与 16 岁的罗丝都出生在贫民窟里,都虔诚地信仰天主教,前者是一黑社会头目,孤独、偏执、残忍、冷酷、狡诈,充满了邪恶,可以说是魔鬼的化身,后者却以爱的名义委身于这一魔鬼。平基死于罪恶,罗丝却怀着恶的种子继续生存。《权力与荣耀》以 20 世纪初墨西哥宗教大清洗为背景,以一位痴迷威士忌的神父的逃亡及其最终选择肯定了信仰的价值。《问题的核心》中的斯考比是一个正直、善良的好人,一个恪守教义的天主教教徒。但他那泛滥的怜悯之心却使他犯下种种天主教不可饶恕的罪行:受贿、纵容走私、私通,以致最后自杀。《恋情的终结》中的女主角莎拉本来不是天主教教徒,却由于一次与情人幽会时遭遇空袭而许下皈依上帝的诺言,从此在上帝与情人之间备受煎熬,挣扎在世俗之爱与神圣之爱之间,最终以生命做了祭献,得到了安宁。

格林作品中常见的主题是:"主人公总是处于逃避和被追逐的境地——被警察和法律追逐,被为他所告发的同伙追逐,被恐惧追逐,被残酷的现实追逐,被上帝追逐,被自己的良心追逐。"②这里的追逐具有双重意义:表面上的罪与罚对应了人物内心、人类本性以及宗教观念上的原罪与受罚,对罪犯的追捕象征了上帝对人类存在的终极拷问。格林小说中的暴力描写也具有高度象征意义,一方面表现了人类灵魂深处永无休止的斗争,另一方面也是现实社会的真实写照。在他的小说世界里邪恶无所不至,人物性格复杂诡异,其所处的环境使得他们性格中的善与恶不

---

① David Lodge, *The Novelist at the Crossroads and Other Essays on Fiction and Criticism*, New York: Cornell University Press, 1971, p. 89.

② 张中载:《格雷厄姆·格林及其作品》,《外语教学与研究》1980 年第 4 期。

可避免地发生矛盾、冲突。与此同时,格林小说的名字大都具有象征意义。《布莱顿硬糖》既有小说细节上对具体硬糖的指代,也喻指平基这一生长在布莱顿的邪恶力量。《权力与荣耀》的名字既指中尉所代表的世俗权力与神父获得的天国荣耀之间的对立,也指神父坚持天主教信仰的权力是他得到天国荣耀的前提。《问题的核心》中的核心既指斯考比的怜悯,也包蕴了基督教文化中耶稣对众生的怜悯。

格林在自传《失落的童年》里对"宗教感"作了这样的界定:"(现代以来)似乎小说世界已失去了广阔性。杰出作家如伍尔夫、福斯特的人物仿佛呆板的符号,穿梭游荡在薄纸般的世界里……然而我们知道另外一个世界与这个人物行动浮雕化的世界不同……他在感官世界里的无足轻重和他在另一个世界里的极端重要是程度相当的。"①换言之,格林试图在小说中营造一个与现实世界对比的彼岸世界,这一世界虽然打着天主教的旗号,事实上却是一个超越任何特定宗教信仰的彼岸世界,一个有关物质、精神,肉体、灵魂的二元世界。

从格林小说创作实践结合其自承的"宗教感",笔者认同洛奇认为格林是原罪论者的评价,格林认为人皆生来有罪,每个人都有恶念。他执着于宗教"恶"的观念,把"恶"看作造成一切社会问题的人性根源,常从这一概念出发看待和分析社会现象。因此,格林笔下几乎尽皆罪人,如堕落的牧师、失贞的妻子、背叛的丈夫、腐败的官员等,直斥人性阴暗、丑恶本质。格林小说营造出的典型环境——"格林之原"(Greeneland),是一个充斥着死亡、痛苦、疾病、罪恶、背叛、冷酷与黑暗的世界。在这个世界中,罪恶到处泛滥,恶挫败善,主人公们彷徨、挣扎在爱与恨、善与恶、天堂和地狱之间。通过表现个人与环境的冲突、命运的捉弄、同恶势力的搏斗以及自我内心深处的善恶冲突,表达对复杂多变的罪恶人性及人类生存境遇、人类社会前途的关注与担忧。

不同于戴维·洛奇自幼即浸淫于天主教氛围,格雷厄姆·格林并不是家学渊源的天主教教徒,他曾是新教徒,1926 年皈依天主教;这种皈依一方面缘于他希望与身为天主教教徒的女友(后来的妻子)保持信仰与情感上的一致与和谐,另一方面则是由于他试图通过宗教"恶"的观念解释

---

① Haim Gordon, *Fighting Evil Unsung Heroes in the Novels of Graham Greene*, Greenwood Press, 1997, Chapter 7.

社会、人类的混乱与堕落，并不意味着他对天主教拥有虔诚的信仰。这种出于爱情和醒世意义的皈依注定天主教对于格林来说只是一件比较趁手的人性标准，而非一种绝对的、排他的信仰。在一封信中，格林这样说："作家被自己的职业塑造成了天主教社会里的新教徒，新教社会里的天主教教徒。他在社会主义中发现资本主义的好处，在资本主义社会中发现共产主义的好处……他代表受害者，而受害者并不固定。忠诚会限制你的观点。忠诚不允许你同情、理解反对者。但不忠鼓励你穿梭于人类任何观点之中，它使小说家的理解范围格外广大。"①可以说，"关注宗教信仰是格林探讨现代世界人精神生活的策略"。②

洛奇认同格林对艺术的忠实及把天主教教义体系的价值规则作为构筑其小说的一种假定价值观，同时，他也认识到小说阅读客体以及很多评论家都倾向于从小说中抽取作者对生活的看法，这很容易导致误解以及对小说构筑方式的忽略。这种清醒认知加之本身对天主教教义系统的深刻了解，使得洛奇在自己的创作中没有如格林那样以一种含糊其辞的态度对待诸如原罪等宗教玄学观念，而是把天主教作为质疑、批驳、系统审视的靶子，借这一种现成体系展现自己对宗教、哲学与实际生活的存在论思考。可以说，对天主教教义教规的嘲讽及探讨天主教教徒灵与肉的冲突构成了洛奇文本的主要叙事核心，这样的叙事选择使得大多数读者不会把洛奇误解为天主教的忠实信徒，或者把小说中的天主教言说混同于一种诱导天主教信仰的牵强诡计。因此，同样是以天主教系统作为文本的价值假定，同样是借助天主教教义教规系统作为构筑小说的情节框架、细节组织、结构框架，但却呈现出一为正面肯定、一为负面批判的伦理取向。

在对待宗教奇迹时，洛奇与格林的处理方式存在某种类同。在格林那里，较为典型的是《恋情的终结》中的多重奇迹：莎拉许下皈依上帝的诺言之后，情人复活；侦探的儿子梦到莎拉抚摸了自己的肚子之后，胃病痊愈；斯密斯神父脸上巨大的斑痕经莎拉吻过之后彻底消失；本是敌人的莎拉情人和丈夫变成了好友；在莎拉的葬礼上，莎拉母亲道出莎拉一出生即接受了天主教洗礼，似乎为莎拉后来对天主教的虔诚作了神秘注解。

戴维·洛奇在小说中也有类似宗教奇迹的描述，且对之并没有表现

① Henry J. Donaghy, *Graham Greene: an Introduction to His Writings*, RodopiBV. Editions, Ansterdm, 1986, p. 24.

② 韩加明：《格雷厄姆·格林研究综述》，《外国文学动态》1999 年第 4 期。

出如同对待安全节育法乃至天堂、地狱之类具体教规、神学观念的直接调侃与批驳，反而处理得比较模糊：克莱尔在马克准备领圣体时祷告上帝显灵，马克领圣体的那一刻忽生灵异之感，从此开始从一位一心寻花问柳的登徒子转向虔诚教徒直至要当神父；菠莉危急关头对儿子施洗，儿子成年之后皈依了天主教，娶了一位虔诚的有家学渊源的天主教教徒妻子……对这些细节的模糊处置明显迥异于小说整体的宗教批判色彩，某种程度上既是对格林小说宗教奇迹的模仿，也反映出洛奇类似格林一样矛盾的宗教情结。

任何一位还执着于精神追求的文学家，都不可能仅仅满足于对现实的简单反映，而是更关心个人与社会的冲突以及自我的内心冲突，关心人在各种现实境遇里的生存状态和生存意义，探索个人在精神层面的追求及最终信仰。宗教指向终极与彼岸的目的论取向，无疑也正对应着人类探求意义的精神追求。洛奇把自身浸润一生的天主教作为切入点，当是最为便宜。人类的基本价值和信念常常被现实实际利益所蒙蔽，在这方面，格林厄姆·格林通常关注的是两者的冲突，且具体化为人与社会及自我的内心冲突。而洛奇则往往直截了当地让现实利益湮没人物争取终极价值的可能，不追究其更深含义或冲突表现。表面看来格林的笔触好像更深入，然而在一个后工业社会的浮躁语境中，有多少人还能审慎细思自己的言行举止，对此值得怀疑，很难说在表现人性方面何者更为真实。

二、对可读性的不同关注

戴维·洛奇与格雷厄姆·格林都非常关注小说的可读性。在这方面，洛奇一方面接受了格林对曲折情节、电影手法的钟爱以及对读者的重视，另一方面又在具体操作上显现出诸多不同。

就格林来说，他通常把情节剧作为传达自己宗教观念的载体，以复杂的情节变换、心理描写体现深邃的主题。格林致力于将有关社会、宗教等的严肃题旨融汇于犯罪、侦探类小说等情节、细节设置之中，借通俗小说因子传达深层寓意。加之小说在人物和主题上的复杂、模糊，以至于某一具体作品可从宗教小说、社会小说乃至侦探、犯罪类通俗小说等各种角度加以解读。

格林之所以在小说中融犯罪与宗教于一体，似乎是将惊险故事作为某种隐喻，借以传达人类的精神危机。格林被称为是英国最伟大的小说家，其笔耕时间之长、题材之广、作品之多产以及其畅销程度，在英国文学史上几乎无出其右者。这既得益于作品中显现或潜藏的"宗教感"、对社会人生的严肃思考、形而上探讨,很大程度上也受惠于种种扣人心弦的情节、光怪陆离的异域风情。格林一向重视文学可读性,追求小说的雅俗共赏,这使他对故事情节显示出某种近乎痴迷的执着,尽管这种对情节的钟爱一度使一些评论家视其为娱乐作家。格林把自己的文学创作分为消遣读物与小说两大类,但在读者看来两者并无绝对分界。消遣读物一如严肃小说一样关注人性、关注社会现实,表现出强烈的道德宗教感。严肃小说也如消遣读物一样讲求故事性,重视文本的娱乐性。有些作品连作者自己也无法确切界定,如出版于 1938 年的《布莱顿硬糖》虽被列为格林宗教四部曲之一,但格林本人对其是归于消遣还是严肃之列始终未有定论。作品出版伊始,他称其为"小说",美国出版时又称其为"消遣读物",后来再版时又称为"小说"①。如果说营造情节、制造轰动效果几乎是格林小说的必杀技,洛奇天主教小说中的情节则具有更多概念化、游戏化色彩。从《电影迷》到《治疗》等六部天主教小说,虽然都有较为连续、丰富的情节叙述,但情节走向总取决于小说表现人物思想、宗教思考以及小说结构、美学风格等的需要。为此,作者不惜打断故事的自然发展,自由插入与拼贴人物、故事、现实事件,乃至发表对人物、故事、现实事件等的评价、议论。《电影迷》的二元结构几乎成为压倒一切的小说元素;《大英博物馆在倒塌》在基本构思上对《尤利西斯》亦步亦趋;《走出庇护所》的"庇护所"、"走出"、"走出庇护所"三大场景成为小说结构布局、叙事的根本框架;《你能走多远》以主要人物群体若干次团聚为主要叙事原点,对每一人物故事的线性叙事让位于宗教观念的若干集中展现;即便以故事丰富性见长的《天堂消息》与《治疗》也大量掺杂对宗教、哲学的长篇思考,且两者的结构框架或追随基督教朝圣或模拟精神分析治疗流程,展现了与传统迥异的情节观、小说观。基于这种现代甚至后现代小说观念,洛奇甚少对小说人物进行深层的心理挖掘,与人物的个性、特殊性相比,他更注重的是人物的普遍性与庸常,注重表现人物的代表性特征。换言之,读者从洛奇小说中见到的人物并不是某个人,而是某类人的人格象征。只不过洛奇还没有像卡夫卡那样把人物抽象化为某一英文字母 K,彻底对其抽象化处理,他还要在两者之间找出第三条道路,即雅俗共赏性。

---

① 侯维瑞:《英国文学史》,上海外语教育出版社,1999 年版,第 962 页。

与深受现代乃至后现代观念影响、关注小说人物概念化的洛奇不同，格林一生都专注于传统小说叙事，即便是在作家运用现代小说、后现代小说实验性技巧乃至观念蔚然成风之时，他依然坚持其传统的创作理念，坚持对人物深层心理的挖掘。格林在小说中尤其注重营造极端性人类境遇以及二元对立情节、细节结构，加强故事节奏强度，增强小说感染力。他的小说中有很多极端境遇，如《布莱顿硬糖》中死亡与谋杀间的抉择；《权力与荣耀》中威士忌神父因一个临终祈祷滞留在宗教大清洗的白色恐怖中，又因一个明知可能遭出卖的约定丧失了最后的生机；《恋情的终结》中莎拉在情人生死不明之际选择最痛苦的诀别；《问题的核心》中斯考比每逢紧急关头总是背叛自己，选择对他人有益的选择。在这些最极端情境中演示心灵的苦难历程，表达对人性本质的思考。格林小说中充斥着各种各样的对立模式：生与死、贫与富、勇敢和怯懦、高尚和卑劣、爱与恨、真与假、犯罪与赎罪、情人和敌人。这种种模式突出对立概念、对立人物、对立人性，在两个极端的矛盾、对比中荡涤灵魂、振聋发聩。如《布莱顿硬糖》中的平基与罗丝：一个极恶，一个极善、眼中只看得到善（极端处甚至视恶为善）；威士忌神父的人性弱点与神圣选择，威士忌神父之死与中尉之大获全胜；莎拉的选择与丈夫、情人的对比；斯考比的无私、妻子的自私，自杀的初衷、结局的反讽（自私的妻子大获全胜，可怜的情人孤独无依）。洛奇为了传达小说人物的普遍性特征，牺牲了人物的心理深度，某种程度上也牺牲了文学作品打动人心的感性因素。他的小说中，几乎没有类似格林小说一样的极端境遇，也刻意避免让人物在生与死的抉择中表现人性。对他来讲，与其拷问人类在生死抉择中暴露的本性，莫如展示现世生活中的庸常人生。

此外，对于格林小说中广泛运用的电影手法，洛奇在借鉴的同时也作了取舍。洛奇认为格林"摒弃'诗化'文本，摒弃对'故事'的冷漠，摒弃现代小说大师们普遍遵行的客观化权威，格林培育了一种散文的规则和品性——偏爱有吸引力的情节，重申小说家有评论其小说人物和行为的权力"。同时，"并不仅仅满足于为电影制作而讲述惊悚小说、故事，而且在其重要作品中大量利用电影小说的常用手法。"①格林大量借鉴电影画面

---

① David Lodge, *The Novelist at the Crossroads and Other Essays on Fiction and Criticism*, New York: Cornell University Press, 1971, p. 88.

表现中的长、短、特写镜头等拍摄技巧以及画面、情节、人物转换中的蒙太奇手法,丰富了传统现实主义的表现技巧。而洛奇主要借用电影手法中较为宏观的场景转换手法即蒙太奇手法,并把它作为结构衔接的一种常规手段,这与其综合现代、后现代小说观念、技巧的基本取向一致。

总之,格林小说的可读性特征主要体现于充满悬念的情节走向、色彩缤纷的异国情调、深邃真实的心理刻画、罪恶与善良在极端境遇的碰撞。洛奇除注重情节的线性逻辑、注意经营富于吸引力的情节与细节、注意以电影手法之类技巧丰富小说的表现手段之外,更注重读者心理期待以及大众审美猎奇心理,关注大众欣赏口味以及文学市场的变化,消解雅俗文学的界限。

作为一名注重包容性与客观性的学院型作家,洛奇从不讳言小说与市场的紧密联系。在批评领域他明确提出小说的商品性,认为"小说从产生之日起就在艺术中处于一个模糊的地位,既是艺术品也是商品"①。在个人创作中洛奇同样非常重视市场和读者,他的小说对传统现实主义写实风格和情节构思的继承,以及对现代主义、后现代主义实验和创新手法的尝试,本身就是对市场与读者的合作,前者适合普通大众的阅读趣味,后者则吸引学术化深层研究。他自称创作"层次小说",期望达到"雅俗共赏"②。伯纳德·伯冈兹的评价可谓一语中的:"他的作品对读者既是挑战也是娱乐。"③洛奇非常在意读者的期待心理,他对主人公一向宽容大度,对他们的缺点大多止于诙谐幽默的调侃,而从不忍心讽刺挖苦,更不忍心让他们永远倒霉,总是在结尾处设置一份意外的欣喜。典型者如《大英博物馆在倒塌》,主人公亚当·艾普比一天中可谓历尽波折、受尽心理折磨,但最后不但得到一份意外的工作,妻子也没有如担心的那样怀孕,烦恼之源尽皆解决,皆大欢喜。《天堂消息》中的伯纳德·沃尔什也是如斯幸运。这位前神父在解除神职之后,无家无业倍加凄惨。故事开始于伦敦希斯罗机场,伯纳德夹在一群观光客中陪同年迈的父亲前往夏威夷去探望离散多年的姑姑。一路上老沃尔什笑话百出,且刚抵目的地就因英美交通规则差异而被尤兰德的汽车撞到。伯纳德奔忙于姑姑与父亲所在的两家医院之间,奉献着无私的关怀与爱,同时又因车祸与尤兰德相

---

① David Lodge, *The Practice of Writing*, London: Secker & Warburg, 1996, p. 13.
② John Haffenden, *Novelists in Interview*, London: Methuen & Co. Ltd, 1985, p. 160.
③ Bernard Bergonzi, *David Lodge*, Plymouth: Northcote House, 1995, p. 60.

识、相爱。到了最后,姑姑解开了心结、安然辞世,伯纳德则双喜临门,不但得到了一笔足以成家的财产,而且得到了心仪伴侣的天堂来信。《治疗》同样如此,主人公墩子饱受精神、肉体折磨之后,身心都获得了康复。

戴维·洛奇的选择在某种程度上应和了消费文化、大众文化的需求,是无奈也是主动。在西方欧美国家,以大规模商品消费为特征的消费社会大致出现在 20 世纪六七十年代。二战之后,欧美国家随着技术创新、现代管理体系产生以及各种资本运营模式的成功运作,经济实力迅猛增强,一种新的社会形式——消费社会,即后工业社会开始逐步形成。它颠倒了以生产为主导的社会结构,将消费和消费行为置于主导地位。"消费社会也是进行消费培训、进行面向消费的社会驯化的社会——也就是与新型生产力的出现以及一种生产力高度发达的经济体系的垄断性调整相适应的一种新的特定社会化模式。"①也就是说,消费社会里的消费不单单是指个人的一种随意行为,更是一种基本的存在方式,表现出人与物、与集体、与世界的关系。与此呼应的文化形态就是消费文化。概言之,消费文化即刺激消费欲望或制造消费欲望、指导消费欲望的文化,也就是为消费行为寻找意义和依据的文化。

文学是一种综合性的创作活动,它的生产机制包含了创作主体、出版媒体、接受者的趣味以及批评者的反馈等各种社会力量的参与。消费社会之前的文学创作,在生产机制上更多侧重于创作主体的主导力量,接受者基本不能左右文本。然而,到了大众传媒阶段,情况就完全不同了。伊格尔顿认为:"艺术可以如恩格斯所说,是与经济基础关系最为'间接'的社会生产,但是从另一意义上也是经济基础的一部分;它像别的东西一样,是一种经济方面的实践,一类商品的生产。"②二战之后,欧美国家随着技术创新、现代管理体系以及各种资本运营模式的成功运作,经济实力迅猛增强,一种新的社会形式——消费社会,即后工业社会开始逐步形成。它颠倒了以生产为主导的社会结构,将消费和消费行为置于主导地位。在这样一种新形态社会中,商品化愈来愈侵入文学生产方式的各个环节,文学市场的运作日益明显,文学生产必须和市场需求挂钩,才能有广泛的接受市场,最大限度地拓宽利润空间。文学的接受者成了消费者,

---

① [法]让·波德里亚:《消费社会》,南京大学出版社,2001 年版,第 73 页。
② [英]伊格尔顿:《马克思主义与文学批评》,文宝译,人民文学出版社,1980 年版,第 64 页。

而在消费文化中,消费者就是"上帝"。于是,在这个商品化市场中,文学受众的地位日益得到突出与强调,大众的趣味愈来愈主导了文学的生产和存在方式,知识分子曾经居高临下指导大众的精英地位几乎完全颠覆。

在强调消费者第一的文学市场中,创作主体为迎合受众趣味而做的自我炒作、自我包装以及对文本的客体表现,都成了必然选择。他们或是根据消费者的心理需求,或是从自身需求出发制造一种趣味,然后按照这种需求或趣味去控制文学的生产、制作、发行乃至接受。畅销书三大成功法宝:性、暴力、猎奇,无疑正是消费社会某种肤浅生活态度与审美趣味的集合。20世纪70年代的文坛,由于受电视等大众媒体的冲击,小说几乎丧失了读者。然而到了80年代,随着马丁·艾米斯等作家创作的新派小说的出场,小说又重新有了买方市场。更新传统小说那种日常化、心理化的题材以及平铺直叙、波澜不惊的手法,让性、暴力、血腥、金钱等大众话题进入小说,成了在新的现实境遇下获得买方市场的主要手段。这虽有媚俗的嫌疑,却有现实的胜算。这几种因素在洛奇小说里几乎都有反映,每部小说都涉及金钱、两性关系、哥特式暴力想象等。

出于整体统一的喜剧性笔触,洛奇一向把小说中的暴力作喜剧化处理,被喜剧化的暴力严格说来已经不再具有暴力的恐吓,只起到吸引眼球的作用。《大英博物馆在倒塌》在叙述亚当寻访作家手稿的探险之旅时,描绘了一个阴暗的地下室、几个凶横的暴徒,为一个本不含任何威胁的所在营造了一个近似哥特小说的恐怖气氛。《天堂消息》开篇营造出一幅现代社会的可怕现实——三个不同的恐怖组织宣称要对不久前发生的坠机事件负责,但旅行社职员打趣地宣称要渡送旅客去天堂夏威夷,无形中减弱了其暴力刺激。这种被喜剧化处理的暴力描写,常展示出人物的某种"猎奇"心理,而"猎奇"又往往混合了一种古老的文学形式——"传奇",为一种大众性话题、一种感官刺激赋予了一种源远流长的文学传统。小说中的"性",因多种因素而复杂化,要么裹上了"情"的外衣,要么致力于表现灵肉对立、成长过程等。《电影迷》中男女主人公在灵与肉的对立、冲突中,逐渐逆转各自性与信仰的立场;《大英博物馆在倒塌》中的性与天主教教徒严肃的婚姻生活合二为一;《走出庇护所》中的性成为少年主人公成人教育中的重要一环;《你能走多远》诸色人等各自的性欲与性行为几乎都相连于对宗教教义的质疑、思考……在这些文本表述中,性这一生理行为被赋予了宗教、婚姻、教育等各种文化因子,已经不再等同于一般意义上的感官行乐、原欲放纵,承载了鲜明的社会、历史、文化功能。到了《天堂消息》和《治疗》,性甚至成为主人公疗救病患的良药,是主人公拯救自我、确认存在的必要途径,成为心理医疗手段与形而上思考的方式。凡此种种都使得这些畅销文学的改装版不再流于庸俗、浅薄的生活之流,流于表面、低级的感官刺激,而拥有了某种丰富的文化内涵、细腻的情感因子以及严肃的道德诉求。

与俗文学的靠近并没有导致洛奇的创作丧失深度,洛奇的宗教疑虑虽没有激进为礼崩乐坏的末路之感,但也体现在对宗教教义律条的戏谑调侃中。洛奇把善与恶放在当代世界物欲横流、精神危机重重的现实环境里,自始至终都有严肃的伦理道德取向。可以说,对现实的人文关怀是洛奇创作的主线,所以,无论他采用了多少游戏笔墨,都不会削弱这一点,反而由于其对趣味性及各种新潮创作手法的强调,赢得了世俗及学界的双重认可,从而进一步加强了文学关注人生的社会效用。

第二节　与伊夫林·沃之比较

除了宗教感,戴维·洛奇天主教小说的另一重要特征即是其强烈的喜剧色彩,这一特征虽在表现强度、范围上稍逊于其学院小说,但由于其混杂于庄重、严肃的宗教思考之中,倒多了一种严肃与幽默、庄重与秽亵并置的张力,可谓别具风味。在文学传承上,洛奇天主教小说的喜剧性品格与英国现代著名作家伊夫林·沃的创作颇具可比性。本书以黑色幽默与诙谐喜剧分别概括伊夫林·沃与戴维·洛奇的美学风格,以荒诞与狂欢作为两者喜剧风格的理论来源与文学表现。本书在描述中大致将黑色幽默、荒诞置于现代主义的范畴,而将狂欢归结为后现代主义范畴。

一、黑色幽默与诙谐喜剧

提起伊夫林·沃(1903—1966 年),其最显著的创作特色即是喜剧性特征。他以长篇处女作《衰亡》(1928 年)在英国文坛一举成名。继推出《衰亡》之后,30 年代又相继发表《罪恶的躯体》(1930 年)、《一捧尘土》(1934 年)等小说。中期以《旧地重游》(1945 年)最为著名,晚期则以战争三部曲为代表。虽然沃本人拒绝被称为讽刺小说家,但其作品尤其是早期作品中无处不在的讽刺笔触早已使其跻身于从斯威夫特到萧伯纳这一讽刺传统作家之列。

事实上，沃的小说在喜剧表面下潜流的是悲剧性的个人体验，是以喜剧笔法表现绝望情绪，很大程度上属于黑色幽默。成名作《衰亡》于表层的谐趣细节堆积中营造出整体悲戚氛围，是一部颇具闹剧色彩的悲剧小说。主人公保尔在牛津大学受到不实指控后被逐出校园，经历了一连串事件和冒险历程，目睹了无处不在的衰亡景象。小说描绘了各个阶层、各行各业的人，从大学负责人、舍监、校友到私立学校校长、家长、监护人、监狱长、律师，极尽失责、渎职、自私自利、无耻等各种负面描写，表现英国社会从教育到各个领域普遍存在的腐朽、没落，呈现出整体的"荒原"景象。《一捧尘土》则通过善良而幼稚的主人公托尼·拉斯特被妻子背弃、遭世人冷眼的悲惨遭遇，像一面哈哈镜映射出一战后英国社会道德沦丧的丑恶现实，反映出作者对现代社会及现代人的彻底绝望。伊夫林·沃已经不像传统讽刺小说家那样，希望通过揭露愚蠢和邪恶来使人类改善从而获得拯救。在作者看来，英国社会已步入穷途末路，精神上已经死亡，无异于"一捧尘土"。人们没有信仰，生活中缺乏目标，为了寻找生机和活力，忙于变换他们的婚姻关系，表面上忙碌、气氛喧嚣，实则一片空虚。

小说中表现出的这种沉重的悲观主义，潜隐着作者本人的生存体验。《一捧尘土》中隐含了作者本人第一次婚姻失败的情感。1927年4月，伊夫林·沃认识了与他同龄且同名的贵族小姐伊夫琳·加德纳，很快求婚成功，并于1928年秘密结婚。婚后沃留在乡间写作，加德纳则留在伦敦。不久加德纳爱上了一位当记者的贵族青年，向沃提出离婚。沃深受打击，有段时间沉浸在颓废放荡的生活中寻求刺激。婚变给沃的创作带来了深刻影响，其作品中的女人几乎都放荡轻浮，所有的妻子都背叛丈夫。

沃小说黑色幽默美学效果的形成还由于作者对宗教式微世态的彻骨了解。从其个人选择和小说情节取向来看，沃相信宗教的力量。他在遭到妻子背叛之后很快于1930年皈依了罗马天主教，似乎把宗教当成了逃避罪恶现实的庇护所。《衰亡》结尾时备受打击的保尔继续攻读神学，预备成为神父。《罪恶的躯体》喻示着没有信仰的人不过是罪恶的躯体，救赎躯体罪恶的唯一途径只能是宗教信仰的重新回归。同时，沃又清醒认识到宗教救赎在现实中的无能为力，意识到金钱的无所不在、无所不能以及宗教内外各色人等的丑行。《衰亡》中保尔任教的学校中神父根本没有信仰,宗教只是其赖以谋生的手段。《一捧尘土》中乡村神父的布道文是他在印度当随军牧师时写就的,有很多指涉军营生活、有关异域风情的文字,他却不作丝毫改动,照样对着村民照本宣科;而早就视礼拜仪式可有可无的村民们对此也见怪不怪、安之若素。《罪恶的躯体》开篇描绘了一艘近似渎圣的客船,承载了一群毫无信仰、道德沦丧的乘客:一位俨然是宗教代表的耶稣会牧师,貌似虔诚的外表之下却并不热衷于传教布道,而是热衷于操纵政治、谋取私利;一位女福音传教士,带着十名依次以信仰、慈善、毅力、圣洁、谦虚、谨慎、怜悯、公正等命名的被称为“天使”的修女,这些名为各种美德天使的修女,事实上既不是天使,也不是修女,而是谋财的歌女。戴维·洛奇在分析伊夫林·沃的作品时指出,《罪恶的躯体》是沃所有作品中最为现代的,表层是片断性、荒原般的结构,潜流其下的则是世界末日式的绝望。沃“据以毁誉褒贬的准则是早已融入英国文学传统的牧歌理想,沃崇尚真诚和谐的人际关系,包括婚姻和家庭关系,维护社会生活中的基本的道德水准。不幸的是,这一理想在道德沦丧、毫无责任心可言的英国现代社会里,根本就没有立足之地而只能走向幻灭。作为一位讽刺作家,沃对此有敏锐的感受,故而他笔下的英国现代生活,除了残忍、紧张、不幸与无情,别无他物”①。对个人、对世界、对时代的生存体验构筑了沃在喜剧笔触下的深层绝望。

这种现代性绝望在小说技术层面有多重体现,如刻意淡化事件之间的因果联系,场景、对话的讽刺性并置,以及用一种超然于外的态度和冷漠的叙述语气,居高临下地俯瞰芸芸众生从苦苦挣扎到灰溜溜地退出人生竞技场。如《罪恶的躯体》对各种闹剧般场景的大量堆砌、《衰落》与《旧地重游》中导致主人公厄运的各种偶然性事件的莫名集聚等,都属于这种讽刺性并置。沃“古典派的超然、明晰和沉静”的叙述笔调,则被洛奇视为其“独特声调之源,也是他最具特色的喜剧效果之源”②。如《一把尘土》中的布伦黛背叛丈夫之后为求心安,竟唆使女友勾引丈夫,而托尼在拒绝之后又为自己辜负了妻子的“一番好意”而心生愧疚。沃小说中各种偶然性事件已经出离了一般常识的逻辑规律、自然规律,表现出一种现代主义

---

① 姚君伟:《含蓄冷峻的讽刺——伊夫林·沃〈洛夫迪先生一次短暂的外出〉赏析》,《名作欣赏》1995年第2期。
② David Lodge, *Evelyn Waugh*, New York & London: Columbia University Press, 1977, p. 5.

荒诞感。同时,其含蓄、冷峭和克制的叙事笔调则表明了沃作为一个讽刺作家的严肃用意,也使一部集中了许多荒唐行为的讽刺小说显得真实可信。这种不直接展露作者看法、不细致展示人物内心的"浮在表面"的风格,让小说中的人物通过自己的言谈展示或暴露了自己的内心世界,故事叙述者则保持一定距离,不作任何心理分析或道德上的评论①。这种风格造成叙述与内容的不一致,营造了更为强烈的讽刺效果。

戴维·洛奇在自己的作品中广泛使用了沃的喜剧性技巧,如超然冷静的语言、貌似中立的叙述立场等。从第一部小说开始,洛奇就开始刻意保持一种叙述的超然,让人物自动暴露内心世界。如《电影迷》中虔诚教徒的达米恩内心对克莱尔的性欲望与其表面上的托词之间的张力,构成强烈的喜剧色彩。《你能走多远》中艾德瑞恩的虔诚信仰通过恪守宗教义务、尝试宗教余功与内心时刻交织的野心、欲望并置以及他从右倾保守派一下子转到左倾激进派的前后对立,也无形中增强了讽刺性。

西方传统喜剧美学的基本准则是以美为主导,以美突显、批判丑。以这样的美学主导的喜剧作品,一般是丑遭到排斥、限制或被融化在美之中,成为美的陪衬或有机组成部分。到了 19 世纪末,西方传统喜剧美学逐渐向现代喜剧美学发展。就社会根源来说,19、20 世纪之交以来的政治、经济、社会文化的变迁,尤其经济危机、两次世界大战、现代科技的高度发展、大众文化的勃兴,使得传统喜剧不再适应时代的发展。而西方现代哲学非理性主义的转向,则为现代喜剧美学提供了哲学和思维基础,加之现代文论的语言学转向,对现代喜剧思维与表现方式也产生了深远的影响。在以上诸种因素作用叠加之下,现代喜剧美学总体呈现出荒诞化和狂欢化的非理性主义色彩②。

英国文学一向以幽默感、道德训诫为主要特征。可以说,喜剧与伦理是其民族特色在文学中的直接投射。伊夫林·沃作品的喜剧性特征在吸收借鉴西方传统喜剧美学的同时,大致属于现代喜剧美学的范畴,是非理性主义现代荒诞感的体现。洛奇深切认识到沃小说是以喜剧性笔触表现悲剧性思考,并以诺斯罗普·弗莱研究 T. S. 艾略特时使用的概念"衰落的神话"来名之。洛奇认为:"衰落的神话就像对失乐园的乡愁一样古老,

---

① 戴维·洛奇:《小说的艺术》,王峻岩等译,作家出版社,1998 年版,第 187 页。
② 苏晖:《西方喜剧美学的现代发展与变异》,华中师范大学出版社,2005 年版。

但是在 19 世纪和 20 世纪这个概念具有特殊重要性。正像弗莱指出的那样,这一时代正趋向扭转始自启蒙运动向上曲线的人类历史进程,生活逐渐趋向衰落。"①这一评价,把沃的悲剧性思考联系于人类亘古以来的神话意识以及对文学本质的探求。

洛奇对现代社会没有如沃一般彻底的绝望,他的小说总是呈现出一种乐观意识,无论是宗教,还是人物生活际遇,都给人以柳暗花明之感。洛奇继承了一个由斯威夫特、简·奥斯丁、狄更斯发展成熟的讽刺喜剧传统,喜欢掉掉书袋,抖落点学究气的英式幽默,有时用点夸张的漫画式笔法,写写寻常人事,大多是对现实善意的嘲讽。洛奇认为:"普通人的生活包含着一种淳朴的欢乐。"不赞成某些现代派作家没有切身体会却刻意要表现绝望、荒诞感,他认为那是一种轻浮的虚无主义。他宣称喜欢人们把他"当作一个处理严肃问题的喜剧作家"。② 洛奇对虚无主义的拒绝以及本人天主教人文主义的立场都让他对现实世界采取一种乐观主义立场,这种立场使得他笔下的世界尽管充满波折、磨难,却显示出勃勃生机。他的人物总能在关键时刻得到某种意外之喜而摆脱现实困境、挣脱厄运羁绊。《大英博物馆在倒塌》依靠的是一份意外工作,《天堂消息》依靠的是一笔美国遗产,《治疗》则借重一次"朝圣"之旅,身、心危机统统得以摆脱。

洛奇虽然同沃一样,在小说中也塑造了各色貌似虔诚实则各怀疑惧的天主教教徒形象(人物在履行宗教义务时同样都在想着圣礼外的事情,如早餐、学习、天气、性、或仅仅是膝盖上的疼痛),同样呈现出一幅宗教日趋与世俗苟同的现实景观。但与沃虔诚于信仰又愤怒于宗教的现实崩溃以及小说中刻意营造出一片荒原景象的现代性绝望不同,洛奇作为一个具有家学渊源的天主教教徒,对宗教显然有着更为理性而乐观的思考。他在小说中没有显现出某种坚定的天主教信仰,作为正面人物塑造的小说人物也大都不是虔诚的教徒,某些教徒虔诚的表面下潜藏的倒是龌龊的思想。洛奇透过文本传达出的思考是对宗教教义教规的理性改造,而小说人物历经教义教规压迫到信仰改造后的安然入世,整体上反而呈现出宗教仍能在现实社会发挥作用的乐观预想。

与此同时,戴维·洛奇天主教小说的喜剧性特征又无法完全归于传

---

① David Lodge, *Evelyn Waugh*, New York & London: Columbia University Press, 1977, p. 25.
② 杰西·扎内维茨:《戴维·洛奇访谈录》,丁兆国编译,《外国文学动态》2003 年第 5 期。

统喜剧范畴,他对天主教体系从近乎颠覆般的质疑、批判到重新改造,对自己身为其中一员的学术生活的调侃,都构成对权威的颠覆,大致切合了巴赫金的"狂欢化"世界观。

二、沃的荒诞与洛奇的狂欢

伊夫林·沃与戴维·洛奇在喜剧性品格上一为绝望苦笑、一为诙谐幽默的美学取向,这既出于生存体验的潜在影响、创作上的自觉选择,也反映了现代主义与后现代主义这两种文化思潮的主要分歧。

沃在创作上深受 T. S. 艾略特的影响,《一捧尘土》这一小说名字取自艾略特的诗稿,艾略特以《荒原》一诗铸就的荒诞感也成为主宰沃整个创作的观念核心。沃的荒诞感不仅体现于其作品整体呈现出的荒原景象,也体现为一个个孤独的反英雄形象以及丰富复杂的象征表达。

成名作《衰亡》中的保尔面对各种场合,各色人等,各类阴暗、邪恶、不公,表现得无奈、麻木、随波逐流。《罪恶的躯体》中的亚当为了得到一笔钱结婚,不分对错、无论善恶,可以说是绞尽脑汁、无所不为。与这两个形象相比,《一捧尘土》中的托尼·拉斯特是另一类反英雄,他善良而幼稚,厌烦伦敦的喧嚣,偏爱祖先留下的哥特式赫顿庄园,固守着家族的古老传统,是一个充满理想主义精神的悲剧人物。他对妻子的满怀信任遭到无情背叛、周围人们对此的反应也让他无所适从。这样的人物完全不同于西方传统文化中人与上帝抗争的形象塑造,主人公只能无奈或主动地随波逐流。在西方文学传统中,对生存困境的克服与超越有两种取向:一种是古希腊神话集中表现的那种以自身行动、个体力量去反抗不定的命运,如俄狄浦斯王;另一种是吸收希伯来旧约文化的信仰传统,即将自我主体性泯灭,虔诚期待上帝的拯救,如摩西。托尼家族的基地——赫顿大宅的每间房都以亚瑟王圆桌骑士命名,这似乎象征其英雄意识的希腊渊源,然而托尼的故事以及世态人情的描述又显现出骑士精神早已时过境迁,圣杯也注定只是一个传奇。在一个信仰的世界中,人可以依靠信仰把握现实、获得生存的精神支柱。然而自古典主义、启蒙主义等理性主义以来,人们所信仰的超验教义已经逐渐失去确定性,信仰逐渐被当作幻想而舍弃。到发生一战、二战这种大面积伤亡性战争之时,赖以维系生存的理性也失去了解释现实的能力,人的内心需要与伦理需求历史地落在一个空白的零点。这些反英雄的存在彰显了西方现代生活的生存困境与伦理困境,人与自然、人与社会、人与自我的冲突无所不在,而人却无能为力。现代主义对生存境遇的荒诞感本质即在于此。沃小说中的反英雄群像注定是现代平庸生活中的庸人,现代世界注定也只是一个没有英雄的时代。与沃同样表现出这种无奈的有一系列现代主义大师,如乔伊斯、艾略特、卡夫卡、普鲁斯特等。

　　与表达现代性荒诞感的众多文学大师一样,沃在小说中选择的技术性手法也是大量的象征。沃小说广泛应用象征手法,如人名象征、建筑象征、景象象征等。其小说中的人物多有象征意义,一干现代人物或用宗教人名或使用宗教原型意象以表达深厚意蕴。《旧地重游》中有丰富的意象表达,建造于一座古堡废墟之上的布莱兹赫德庄园是英国天主教的象征,庄园豪华的巴洛克建筑风格让查尔斯叹为观止,认为"住在这里可以受到审美的教育",也正是在这里,查尔斯完成了从"罗斯金的清教主义"到"巴洛克"的转变①,象征着从不可知论到罗马天主教信仰的转变。布莱兹赫德庄园中的喷泉喻指查尔斯与茱莉亚恋情的炽热,小教堂不熄的火焰则代表天主教教徒们对天国的希望和向往。

　　《罪恶的躯体》则是各种现代性象征的集中。小说名字借用基督教灵肉二分的宗教观念,视七情六欲之身为罪恶之源。其中的主人公亚当则又借用了圣经所述的人类始祖之名,故事围绕亚当向女友尼娜求婚等情节而展开。亚当像大多数现代人一样,没有信仰,把自己的命运寄托在金钱的获取上,以为拥有了金钱,也就有了稳定的婚姻。不幸的是,亚当的谋生之路总是遭遇挫折,写的书稿被烧掉,赢来的钱被骗走,借的支票是废纸一张,记者生涯也只是昙花一现,最后连旅馆费都付不起,婚事更无从谈起。情急之下将女友尼娜卖给了情敌,情敌被召回军营后,亚当又充当了替身。在"快乐的结尾"中,战争爆发,亚当坐在树桩上,那位叫"圣洁天使"的修女与骗子将军在放荡,远处尼娜快要生下亚当的孩子,人们在编造着关于战争的新闻故事。伊夫林·沃通过对小说人物在一个丧失了基本传统道德、丧失了理性的荒原世界里的外在生活的描写,有力地昭示了人们生存状态的荒诞。与《邪恶的躯体》类似,《一捧尘土》这一小说题目本身也蕴含着丰富的象征含义,它源自艾略特的《荒原》中的"死者葬仪",这种援用沟通了丰富的象征意义。男主人公托尼·拉斯特(Tony

---

① ［英］伊夫林·沃:《旧地重游》,赵隆勷译,外国文学出版社,1988年版,第96—97页。

Last)中的"Last"在英文中的意思是"最后的"、"末了的",象征主人公是正在消亡的、即将退出历史舞台的贵族阶层的最后一个卫道士。在文末出现的托德(Todd)是一个极其不祥的名字,Todd 与 death(意为死亡)出于同一词源。小说结尾,托尼在去巴西丛林寻找梦想的路上身染重病,被一个隐居在原始森林里的怪人托德所救,被迫每天为其阅读狄更斯的小说。可以认为,《一捧尘土》借"最后一个"与"死神"在丛林里相遇这一场景,隐喻了基督教的末日景观。《一捧尘土》中的哥特式建筑海顿大宅包含了伊夫林·沃最重要的象征意义和讽刺意图:这座古老的哥特式建筑处于城市的边缘地带,象征着其游离于现代社会、现代文明的现实处境。对于托尼来说,祖传的海顿大宅代表了英国传统中全部高贵的东西,是其宗教信仰、传统道德的化身。对于他的妻子布伦黛来说,这幢年久失修、死一般寂寞的大宅,仿佛是一座阴森森的修道院,毫无活力和生机,俨然是一座囚禁她的城堡,是其自由与享乐的阻碍。托尼去巴西寻找一座被历史淹没的哥特式古城,是对失去文明的寻求,也是对生活价值的探索。而其不得不没完没了地读狄更斯的小说,就像《等待戈多》一样,剧情充满了无尽的绝望与荒诞。

伊夫林·沃的生存体验、生存年代注定他不可能具有后现代主义调侃一切的举重若轻。而戴维·洛奇无论是生长、创作年代还是所受教育、从事职业,都让他深味后现代主义精髓,巴赫金"狂欢化"理论则构成了其文学本质性理解与文本形式构成的主要理论根源。

巴赫金极端推崇文艺复兴时代的文学巨人拉伯雷,把拉伯雷看成是中世纪民间广场文化即狂欢节文化的典型代表,认为要理解拉伯雷就必须从本质上重建整个艺术和意识形态的把握方式[1]。巴赫金认为狂欢节文化是与官方文化代表的现实世界对立的另一世界,具有乌托邦和世界观性质。洛奇对文学本质的理解是喜剧性的,他宣称文学就是娱乐,要带给人快乐。他的小说在本质上是对各色权威的颠覆,如对天主教教义教规的全面审视、重新改造,对身为其中一员的学术生活、学界众人的调侃,这种颠覆与调侃建立在一种积极的、无视任何权威的既不居高临下也不俯首帖耳的姿态上,在自由、平等的笑声中,对应了巴赫金狂欢化理论的世界观性质。在对文学狂欢化本质的理解中,洛奇小说中的人物都只是

---

① [俄]巴赫金:《巴赫金文论选》,佟景韩译,中国社会科学院出版社,1996 年版。

民间普通一分子。身为天主教教徒,戴维·洛奇没有把宗教中的人神化或矮化;身为学界中人,他也没有对象牙塔作清高孤傲或者虚伪堕落的单面描写。在他的笔下,神父对信仰的理解各异,都有七情六欲;平信徒们大都有着各种各样的缺点,在信仰方面也多动机不纯;学者们要么孤陋寡闻、自以为是,要么装模作样、追名逐利……这些人俨然构成了民间市井的本质。除了人物的市井化、氛围的广场化,洛奇小说在语言、美学风格上总体构筑了一个狂欢节象征。在这里,语言既是参与者,又构成小说的狂欢本质,以笑的形式颠覆独白的意识形态。语言的轻松明快带来的既是审美愉悦,也宣泄着权威被颠覆的释放、畅快与自由。

这种对文学狂欢化本质的理解是否能够体现到创作本身,自然还要切实落到实践层面。各种后现代主义创作手法,成为洛奇赖以表现其文学本质理解的技术手段。戴维·洛奇为后现代主义创作总结出六大原则:矛盾、排列、中断、随意、过分和短路。"矛盾"指文本不断自我否定;"排列"即文本内容的并置;"中断"指拼贴;"随意"指文本故事顺序的随意性;"极端"是指将现代主义隐喻与现实主义转喻技巧推到极致,表达出世界的难以理解;"短路"即元小说手法,表达文本的虚构本质。洛奇在文学批评领域总结出以上六大后现代主义法宝,在文学创作领域则大量实践了这些后现代主义技巧。

首先,戴维·洛奇在小说创作中大量使用滑稽模仿。早在《大英博物馆在倒塌》中,洛奇已经广泛采用了这一手法。主人公亚当是一位穷困潦倒、耽于幻想、信仰天主教、已婚的英语专业研究生。他在大英博物馆写著作,但18个小时中他甚至未能翻开一页书。亚当就像一只无头苍蝇般晕头转向:一会儿打电话回家询问妻子是否已月经来潮;一会儿又在天主教教徒聚会中讨论避孕问题;他误报火警,搞得整个大英博物馆人仰马翻;他在学术界聚会中喝醉了酒,颜面尽失;又误打误撞结识一位已逝作家的情妇,后者珍藏了一些作家手稿,他为得到手稿与其周旋、与其女儿周旋;好不容易得到的手稿,却又随着摩托车的爆炸起火而灰飞烟灭;最后他当了一个美国书商的代理人,妻子怀孕之事也成了虚惊一场。这些滑稽荒唐事件串联起小说主人公的一天,这显然是在模仿乔伊斯的《尤利西斯》,最后的结尾也如《尤利西斯》那样以大段具有反讽意味的内心独白结束。文本每个章节都侧重模仿一位著名现代小说家的作品,作者在序言中承认在小说中有十段滑稽模仿或拼凑的内容,并把模仿的作家按字母顺序拉了个长长的名单,如约瑟夫·康拉德、格雷厄姆·格林、厄内斯特·海明威、亨利·詹姆斯、詹姆斯·乔伊斯、弗兰兹·卡夫卡、D. H. 劳伦斯、F. R. 罗尔夫、巴伦·科尔沃、C. P. 斯诺、弗吉尼亚·伍尔夫等,还有同时代人马丁·爱米斯和马尔科姆·布雷德里小说的印迹,几乎把整部小说变成了这些作家文学内容、语言的狂欢化演示。洛奇坦诚,滑稽模仿是他对付美国批评家哈罗德·布鲁姆所谓"影响焦虑"的一种方法。布鲁姆认为文学传统给新一代作家的压力巨大,大师们会像梦魇一样令人焦虑地影响文学后辈,摆脱这种焦虑的方式就是东拼西凑地模仿过去。在后现代主义看来,主体消失了,"拼贴"作为一种创作方法几乎无所不在。当今艺术家已经无法创造个人的风格,那就只能模仿加拼凑了。"其方法是按照作品特有的风格特色,予以全面的模仿、抄袭,接着拟造及嘲弄风格中的怪癖,重新肯定正统风格的常规典范。"①文本把大量戏仿文字拼凑到一起,造成一种互文性的美学效果。

在西方结构主义和后结构主义思潮中产生的互文性理论是巴赫金"狂欢化"理论影响下的后现代主义概念之一,用戴维·洛奇的话说,互文就是"用一种文本去指涉另一种文本",简言之即"文本互涉",洛奇认为"互文性是英语小说的根基……小说家们倾向于利用而不是抵制它,他们任意重塑文学中的旧神话和早期作品,来再现当代生活,或者为再现当代生活添加共鸣"。文本互涉"有时是构思和写作中的一个决定性因素"。②可以说,后现代主义广为运用的戏仿、拼贴等手法,大多具有互文性特征。

在戏仿中,戴维·洛奇还对当时颇为时髦的后现代主义理论话语进行了滑稽模仿。20世纪七八十年代正是各种批评术语和理论话语泛滥成灾之时,作为批评家的洛奇自然谙熟这些术语和话语,在小说中经常借人物之口略带滑稽地给予模仿。这些尤其体现在其学院小说中,如《小世界》中莫里斯·扎普教授对解构主义的极力鼓吹,诸如"解码即编码"、"意义的延异"等标准解构主义术语张口即来;而研究精神分析文学批评的女才子安吉丽卡则满口性词汇。《好工作》中的女主人公罗宾也是满口符号学批评术语,时不时对日常事物、言行给予一番学术性解说。

《走出庇护所》戏仿对象大而言之是成长小说这种小说体裁,具体言

---

① 詹姆逊:《晚期资本主义的文化逻辑》,陈清侨等译,三联书店,1997年版,第451页。
② 戴维·洛奇:《小说的艺术》,王峻岩等译,作家出版社,1998年版,第110—114页。

之则借鉴了乔伊斯《青年艺术家的肖像》。《治疗》的文本整体上以精神分析理论及其治疗步骤贯彻始终。在这部小说中，奥地利著名精神病医学家西格蒙德·弗洛伊德(Sigmund Freud)创立的精神分析学说成为文本故事内外有机的组成部分。文学叙事戏仿了精神分析学说诸如神经症、性与潜意识、三重心理人格等理论基石，在整个情节走向、整体结构上也全盘模拟了精神分析治疗案例的具体过程，可谓是把一种心理学学说转化为文学文本的后现代主义成功尝试。

戴维·洛奇把这种拼凑手法与格林和沃惯用的电影蒙太奇手法糅合，在文本故事层面、叙事层面辅之以细节化堆砌，造成文本结构上的影视平面化与叙事上的细节强化，回应了"深度消失"、"历史意识的消失"、"主体消失"、"意义不确定"等后现代文化逻辑。可以说，戴维·洛奇在所有小说中都采用了蒙太奇连接这种叙述结构。这种蒙太奇的连接影响到内容整体的淡化和细节的强化，导致人物性格的淡化与情感的模糊。如《大英博物馆在倒塌》每一章在内容的连接上缺乏故事与情节的逻辑联系，无法推测其性格特征，读者反倒对亚当穿妻子短裤、拒绝诱惑、多次电话询问妻子是否怀孕等细节琐事印象深刻。

《你能走多远》让一群人物通过学校弥撒聚集在一起，在人物集中亮相之后，再分头叙述各自在相同时段不同的经历，以时间为线索进行共时叙述，最后一章用电视剧脚本的形式展示了前述各色人等共同参与的革新后的复活节仪式。每个人物都是主角，又都是配角，模糊了开始、发展、高潮、结局等故事曲线，甚至淡化了故事元素。丰富与强化的细节演示消解了小说的故事性，担当了讲述与表意功能。《天堂消息》用信件、明信片等形式"叙述"了旅行团成员各自的故事的发展。《治疗》的很多篇幅则更是以主人公的自述、笔记以及模仿其他人物的戏剧性独白构成，叙述视角、叙述人等叙述因子发生了多次转变与多层次复合。

拼贴既指各种文学风格、故事、人物的并置杂糅，也指不同文体的拼贴。洛奇除了大量戏仿、拼贴名家名作之外，还杂糅多种文学形式、体裁构建小说。《你能走多远》结尾运用纪录片脚本的形式展现了一场开放的复活节仪式。《天堂消息》则在侧重描述主要人物伯纳德故事的同时，运用人物并置、文体拼贴等技巧展示了其他游客的经历，文本第二部分借用每位游客寄给朋友的明信片和信札，将各自的故事一一演绎；最后的一场酒会几乎等同于告别演出，每个故事都设定了完美结局，新婚夫妻消除龃龉、爱情更美满,独身女乐遇单身汉、"陪葬者"喜得解脱,青年、少年终将成为各自命运的主宰。在这里,通过直接显示信件、明信片的内容,为这群作为故事背景的中产阶级绘制出一幅栩栩如生的众生相,倒也异彩纷呈。

其次,是元小说技巧的使用。"元小说"(metafiction)是后现代派小说中的一种,有时也译作"超小说",意思是"关于小说的小说"。这一术语由美国批评家威廉·盖斯(William Gass,1924—)在20世纪70年代所创,用来指称当时出现的一些显然具有自我评论和自我解构倾向的小说。实际上,这种自我评论和自我解构的方式古已有之,早在《堂·吉诃德》和《项狄传》中就已存在(戏拟手法,要么戏拟自己,要么戏拟某一类或某一部小说)。"超小说"把这种模拟手法推到了极致,只是它模拟的既不是某一类小说,更不是某一部小说,而是所有传统小说,或者说是传统意义上的小说自身,其目的就是要通过对传统小说的戏拟,使其虚构性暴露无遗。这种嘲讽不是针对某一具体的创作手法,而是针对传统小说的固有形式。"超小说"可说是一种介于小说和批评之间的文学形式,因而也可称为"类小说",目的在于破除小说和外部世界之间的界限,在于把创作和批评、"建构"和"解构"混合在一起。用洛奇的话来说,元小说就是"关注小说的身份及其创作过程的小说"①,作者直接在小说中对小说艺术进行思考和评论,使叙事性话语和批评性话语交织在一起。在《现代写作方式》一书探讨"现代派、反现代派和后现代派"的章节中,洛奇把这种作者直接闯入叙事、突出文本虚构本质的手法称为"短路",是"后现代主义"的技巧之一。这种制造文本短路效果的元小说方法,简而言之就是把虚构文本和真实文本直接混合在一起,也就是在小说故事中直接引入真实事件。

在戴维·洛奇的文学创作中,元小说技巧或"短路"手法颇为常见,作者或直接插入,或借助人物之口,通过引用、暗指、戏仿等各种艺术手段,既制造幻象,又打破幻象。在《你能走多远》中,作者通过独特而有趣的细节使读者感到人物个性、行为的真实性,如丹尼斯参加弥撒的私密、迈克尔的性冲动等,另一方面小说中又加入了20世纪六七十年代发生的重要

---

① David Lodge, *The Art of Fiction: Illustrated from Classic and Modern Texts*, Penguin Books, 1992, p. 230.

史实的记载，再加上叙事过程中作者对现实事件的插入以及突然停下来发表一番关于小说的议论，如解释人物姓名与外貌特征中的象征意义，这些手段赋予文本以双重身份，使读者在小说幻象与现实之间跳来跳去，在此过程中感悟小说的虚构性与不确定性特征。对于教皇在"梵二会议"上对生育节制最终的保守选择，洛奇在小说中调侃说："小说家的全知视角也有其界限，在这儿我们不打算尝试追寻最终产生这一文件过程中的考虑、争论、谋略、恐惧、担忧和无意识动机。想了解一个教皇思想的困难，丝毫不啻于教皇想了解一位三个孩子的年轻母亲的思想，这位女士躺在双人床上，感受到丈夫的爱抚，内心简直被接受丈夫爱抚的欲望和怀孕的恐惧撕裂成了两半。"①他把属于小说创作的全知视角与故事进程中涉及的人物思想并置，造成一种真实与幻象之间的短路。

在叙事中嵌入文学理论是典型的元小说技巧，戴维·洛奇在小说中广泛运用这些手段。以《天堂消息》为例，文本第一部分中伯纳德对飞机上播放的影片的评价、第二部分中伯纳德在日记中对列维·斯特劳斯理论的引用以及小说最后一章对叶芝诗句的引用，都属于叙事参与故事进程的元小说手法。故事结尾直接嵌入伯纳德的神学课程，借助昔日天主教教徒伯纳德的眼光看待神学和宗教；尤兰德信件的嵌入，则借助心理学者尤兰德的眼光看待厄休拉的最后生活以及天主教式的葬礼，运用这种框架策略的叙述，既可以便捷地穿行于故事与故事之外，整体上的全知叙述由于包含几次叙事视角的转换，实现了幻觉与现实世界的结合。

戴维·洛奇对巴赫金对话理论、狂欢化理论的痴迷，对后现代主义各种笔法的熟谙与自觉运用，创作了一系列多重结构、文体杂糅的狂欢化文本和交叉小说。在天主教小说中，洛奇大量运用双重结构（上文第二章第三节"结构原型"一节对此有详细阐述）以及后现代的戏仿、拼贴，把诸多文本营造成各种声音、叙事结构、互文性文本的对话与狂欢，而现实主义、现代主义与后现代主义结合的创作风格也赋予其一种特殊的交叉小说风格②。

《大英博物馆在倒塌》在学术与家庭、宗教与世俗、小说与生活等多个层面形成具有反讽关系的对话模式，而对众多文学文本的滑稽模仿和拼

---

① David Lodge, *How Far Can You Go?*, Penguin Books, 1981, p. 114.
② 罗贻荣：《走向对话：文学·自我·传播》，中国社会科学出版社，2006年版，第224—245页。

凑则营造了一种狂欢化叙事特征;《走出庇护所》中庇护所内与庇护所外、国际社会与英国状况之间形成对比,庇护所内提摩太儿童化视角的叙述与庇护所外传统全知视角叙述形成对比;《你能走多远》中虚构与历史双重叙事的对话与十位天主教教徒性与宗教信仰冲突的不同生活经历聚合在一起;《天堂消息》、《治疗》集全知叙述、日记体第一人称叙述以及信件、明信片、自述、戏剧性独白等多重叙事视角的转换,造成众声喧哗的美学效果。

第三节　戴维・洛奇天主教小说的
平面化风格或独特性

　　戴维・洛奇不同意李维斯式的批评家以格林与沃对故事性的强调而把他们排除于严肃作家之列的看法。洛奇认为现实主义小说是自由人文主义态度的表达工具,一部优秀的天主教小说应该暴露的是天主教内部的矛盾和紧张状态,而不单单是教义的一种宣传工具①。因此戴维・洛奇在天主教小说创作中,既吸收借鉴格林与沃对小说娱乐性、故事性的追求,也秉承其一脉相承的英国现实主义创作传统。与此同时,他也承认,那个处于反文化、性观念革命、具有容忍一切的社会氛围的 20 世纪 60 年代是非常重要的 10 年,这 10 年"提供了一种全新生活方式的可能,那是一种解放的、实验的、拒绝权威的、重新阐释一切的生活方式"。在这 10 年中,洛奇"第一次接触了从欧洲大陆传来的文学理论",对其开创的一套有关小说写作的后现代技巧和策略深感兴趣,并最终把它们自觉融入了最初创作时采用的"素朴的现实主义"②,完成了个人小说叙事技巧的提升与飞跃,也丰富了传统的现实主义创作方法。

　　就宗教而言,戴维・洛奇吸收借鉴了格林以天主教信仰体系为叙事核心的整体部署,只是格林把宗教信仰作为参照标准,突显人类、世界的丑恶与罪恶,洛奇则以其为靶子,侧重批判其压制人性、现世幸福的僵化与缺憾。尽管如此,洛奇作品中仍然呈现出浓重的宗教感,这种宗教感一

①　杰西・扎内维茨:《戴维・洛奇访谈录》,丁兆国编译,《外国文学动态》2003 年第 5 期。
②　同上。

方面是由于后期小说对宗教信仰某种程度上的认同与回归,更重要的则是每本小说中都充斥着大量宗教性事实与宗教原型。在对宗教感的表达上,洛奇更大程度上吸收借鉴了沃小说广泛应用的象征手法,如书名象征、人名象征、建筑象征、景象象征等。与沃类似,洛奇小说中的人物也大多具有象征意义,现代人物或用宗教人名或用宗教原型意象以表达深厚意蕴。《大英博物馆在倒塌》象征意味十足,既指主人公亚当学术生活的岌岌可危、家庭生活的拮据,也指其性与本能和宗教教规的激烈冲突。《你能走多远》也蕴含个人生活、宗教改革等多重意蕴。《天堂消息》更是集现实与彼岸信息两重含义于一体,借以表达作者改良的人文主义基督教信仰。《治疗》在身体治疗与心理治疗的融汇中彰显了人类错综复杂的现实困境与精神危机。至于各种意象象征、概念象征、结构象征,在洛奇小说中更是得到了广泛的应用,可以说是对沃象征手法的继承与发展(上文第二章"宗教原型"对此有具体阐述,在此不赘)。

此外,无论是对传统现实主义的固守,还是喜剧性特征的借鉴,戴维·洛奇都在继承前辈的基础上推陈出新,各有特色。格林对现实主义的固守表现在其故事悬念的营造与场景描述上,沃为了营造荒原意象而任意组合人物的性格,注重对生活的本质化抽象与夸张,而洛奇则追求故事的日常生活化,模仿人生的随意性、开放性与细枝末节。"洛奇写小说,是凭才气而非情感,他的笔下没有动人肺腑、大悲大苦的故事,人物也没有惊天动地、震撼鬼神的形状",洛奇小说"以精绝贴切幽默智慧的语言取胜,故事多取材于周围的日常生活"①。相较于格林与沃,小说创作与小说批评一直交叉进行的洛奇在小说实践中对小说创作理论有着更多自觉的应用,在与两者同样坚持传统现实主义创作的基础上,更多运用了后现代笔法,使得笔下的世界保留线性叙事可读性的同时也更专门化、学术化。这些后现代笔法的大量运用,让洛奇笔下的人物没有如活动于"格林之原"上的人们那样深刻、细腻、动人,思想、情感力度相对较弱;另一方面,后现代语境下迎合市场、受众的游戏笔墨也使得其媚俗味道更浓重,加之其戏仿、拼贴、元小说、互文等各种后现代主义手法的大量运用,造成一种后现代主义的狂欢化风格。

戴维·洛奇致力于小说形式创新的一系列实验技巧,确实造就了一

----

① 凯蒂:《学院小说家——大卫·洛奇》,《读书》1993 年第 4 期。

种叙事奇迹,既在后现代叙事语境下保留了传统现实主义的领地,又于现实主义、现代主义、后现代主义众声喧哗中创造了一种对话性、狂欢性的交叉小说、多元小说模式。大量应用浮于生活表层的后现代笔法,对形式的侧重乃至倚重,使得小说不再如传统现实主义文学中那样深刻剖析人物性格、传达人物情感、探讨人物思想,洛奇笔下性格模糊、情感薄弱、思想单薄的人物形象某种程度上类似于传统批评领域的"扁形人物"。福斯特在《小说面面观》中把文学人物分为圆形人物与扁形人物,圆形人物指性格复杂的人物,性格简单的人物即扁形人物。"扁形人物"一般在故事中保持固定的性格特征。在传统批评领域,人物扁平化是一种贬抑之评,然而,洛奇人物的扁平化已经成为其创作的主要风格,很大程度上表现了作家对传统现实主义的超越。因此,在更多侧重形式技巧与实验的后现代主义特征最显著的小说中,洛奇的人物大多属于福斯特所说的"扁形人物",而侧重体现信仰回归与道德焦虑的小说则大多遵循传统现实主义创作手法,注重人物性格、情感的细腻刻画。如《电影迷》中的马克与克莱尔定格于诱惑与被诱惑、皈依与背离的擦肩而过;《大英博物馆在倒塌》中的亚当停滞于性欲与怀孕恐惧、学术著作与家庭窘境挤压之下;《走出庇护所》关于主人公的悬念集中于他何时挣脱天主教教义、失却童贞之上;《你能走多远》中读者只能看到 10 位天主教教徒 20 多年来性与教义冲突、调和的矛盾历程……其他与小说文本叙事重点无关的人物思想、感情则一笔带过或不作任何提及。而在宗教越来越趋于回归姿态、创作手法更趋向现实主义本色的《天堂消息》、《治疗》中,人物刻画则颇为丰满、立体,如伯纳德的外貌通过同行游客以及尤兰德的眼睛得以展现,墩子的外貌通过自述得到自嘲性描绘;两部小说中主人公的思想、性格描述分别借用了日记、自述、戏剧性独白的方式;伯纳德与尤兰德以及墩子寻找到莫琳之后的耳鬓厮磨,则某种程度上都富有激情地表现了各自的情感。福斯特认为,喜剧性人物一般是扁形人物,悲剧性人物则大多为圆形人物。洛奇天主教小说中最富于喜剧性特征的人物往往也是形象最为扁平的人物,而后期《天堂消息》、《治疗》中的主人公则已不再局限于喜剧性特征,他们身上已然包蕴了作者对宗教信仰的取舍与重新诠释。相对而言,另一些次要人物则仍然停留于引人发笑的单薄形象的塑造,如老沃尔什的偏执、唠叨、不近情理等。

在艺术技巧、创作手法等属于传统二分法中的形式方面,戴维·洛奇天主教小说比格林与沃更趋实验性、创新性、后现代性，在传统内容方面则更趋现实乃至世俗(主题是宗教对人性的压抑，人对宗教的取舍等；题材也多是天主教教徒在宗教压力下的身心伤痛，内容大多有关两性关系)。继承有之，反叛更有之。洛奇是典型的"十字路口的小说家"，"在他的小说与文学批评中，混合了喜剧性的反讽与严肃的关怀、现实主义的思考与后现代主义的表现手法"①。

每一位作家都有自己独特的精神世界，作家的魅力往往并不在其与前辈或同侪的共性方面，而恰恰是在其所具有的个性之处。忽略了这种个体之间的差异性与独特性，我们的文学研究也就失去了认识与审美的意义。

即使是同一国家的作家，他们的文化背景往往也不是单一、纯粹的，虽然他们都有相似的大文化背景，但个人出身、经历和所受教育等先天或后天际遇的不同，决定了每一个体具体文化背景的巨大差异性。事实上，在当今全球化的大背景下，按照后殖民理论来看，是否还存在着彻底民族化的作家已是个问题。

戴维·洛奇与格雷厄姆·格林、伊夫林·沃等前辈作家既有联系又有区别，他们同为天主教教徒，有着共同的人类精神信仰，但是不同的阅历、时代背景又使他们显现出个性化差异。人类灵与肉的冲突只要存在，宗教就永远是一个未完待续的话题。

---

① 马凌：《后现代主义中的学院派小说家》，天津人民出版社，2004年版，第146页。

结　语

　　戴维·洛奇通过六部天主教小说的各种宗教性事实、宗教原型的借用与融入,展示了天主教从 20 世纪 50 年代到 20 世纪末的变化历史以及基本教义教规对教徒的具体影响,文学化地叙说了一个个天主教教徒心灵的历史,借宗教性事实、原型借用以及叙事结构,表现了作者自身宗教意识的变化,总体传达了洛奇的宗教观——新天主教理想。这种新的宗教观抛弃教会强加于人的清规戒律,立足于理性、立足于人性、立足于社会人伦,在保持信仰的前提下对抽象、神秘的系统神学观念进行理性扬弃,侧重于今世的助人、宽容、人与人之间的和睦相处以及互爱。从思想本质来说,这种源于宗教的伦理思想破除了宗教的蒙昧与神秘,既融汇了古希腊以来的人文主义传统,也吸收了基督教文化中的合理元素,显示出包括天主教在内的各种基督教信仰派别在新时期的继续发展。

　　从词源上来说,humanism 源自拉丁语 humanitas,古罗马作家西塞罗使用 humanitas 一词,意为人性的修养。humanism 到 1808 年才出现,汉语译为人文主义或人道主义或人本主义。这个词在各个历史时期、不同领域的意义都不完全相同,有时候甚至互相冲突。但就其本质来说,无论是强调伦理学意义上的互相尊重、包容,主张社会学意义上的人类文明,强调历史学意义上诸如文艺复兴、启蒙运动等特定历史时期,还是主张人与自然、人与诸神相比的优越地位,其实质都是对人类尊严、自由与幸福的强调与捍卫,是对人类自我发展或自我完善的肯定。渊源于古希腊与希伯来文学、文化的这一概念,可以归结为一种基于尊崇人类的自由、平等、尊严、理性、宽容、仁慈与博爱的人论,其核心就是自由、平等、博爱。

　　众所周知,基督教文化在希伯来文化基础上吸收、融汇了古希腊文化,是两者的合体。古希腊文化具有两个不同渊源,其一是由奥林匹斯神系主导的神话精神,其二则是由苏格拉底、柏拉图等哲学家主导的理性主义精神。古希腊神话中体现出一种对情欲的追求、对物的占有、对力量的尊崇、对个体自由与尊严的捍卫,可称得上是对人类追求原欲满足的具体化。对于古希腊人来说,追求原欲的满足是个体生命与意志的实现,这种对"人"的理解成为西方文学与文化的一种传统与特征。另一方面,古希腊人又主张运用人的思维能力去追究宇宙本源、拷问社会正义、诘问人生意义,表现出追求知识、崇尚智慧的理性人格,因而涌现出泰勒斯、毕达哥拉斯、赫拉克利特等追问万物本源的自然哲学家,苏格拉底、柏拉图等叩问社会人生的伦理道德家。古希腊文学、文化体现了一种张扬个性、放纵原欲、肯定人的智慧理性、重视世俗生活和个体生命价值的世俗人本意识。不同于古希腊文化对人的张扬,希伯来民族更倾向于自我的内省。希伯来民族信仰上帝,认为世界是上帝所造,上帝是万物主宰,人对上帝必须绝对服从,宣称人世罪恶都是源于人类的原罪,强调在服从上帝的过程中不断涤除罪恶、走向至善。这种宗教观直接影响了希伯来文化与文学中"人"的观念,表现出一种轻现世、重灵魂、重群体本位的宗教理性。

基督教文化对两种异质文化的融会贯通,建立在对两者不同的扬弃之上。大致来说,基督教吸收了希伯来文化中的一神观念,在思想本质上承认原罪、主张上帝崇拜、禁绝现世欲望等,本质上是一种宗教理性型文化。与此同时,基督教又在理论层面多角度、多方面吸收了希腊文化,如以斯多葛主义、犬儒主义为禁欲主义寻找理论基础;吸纳了诸如柏拉图"三个世界"的理论,新柏拉图主义者构筑的"灵魂"、"努斯"、"太一"观念,富于神秘主义色彩的"逻各斯"学说等,把希腊文化中的理性主义、神秘主义依托于犹太教的宗教骨架,改造成一整套关于三位一体、道成肉身等的玄学体系。此外,基督教集中发展了平等与爱的哲学。平等观念对古希腊世界来说是一个等级制度之内的词语,希伯来民族在长期的流亡生涯中只把这一观念局限于本民族内部,也无意向其他民族贯彻这一观念。而基督教宣称上帝面前人人平等,这一平等观念借助《新约》中耶稣的历次宣讲深入人心,而这也成为后来启蒙运动的精神旗帜乃至诸多资产阶级革命的口号之一。在古希腊文化中,"爱"既有两性、亲情、友情之爱,也有圣爱。前三种爱显然都属于尘世之爱,最后一种则更多地具有形而上的超脱性质。基督教中的"爱"主要指后者,并把这种"爱"改造成一种超脱一切物质形态和手段的价值体系,仿佛是对现世人生"放之四海皆准"的:"爱是恒久忍耐,又有恩慈;爱是不嫉妒;爱是不自夸,不张狂,不做害羞的事,不求自己的益处,不轻易发怒,不计算人的恶,不喜欢不义,只喜欢真理;凡事包容,凡事相信,凡事盼望,凡事忍耐……"(林前13:4—7)这种爱基于人与人之间的平等,基于对弱者、对手足、对同胞乃至对一切同类之爱。平等与博爱这两个观念互相贯通,博爱建基于平等之上,平等又是博爱的体现。基督教中的爱不仅强调爱上帝、爱朋友,还扩展到爱仇敌、爱一切人,把爱视为生存体验的根本出发点,在此基础上延伸出了宽恕、忍让等观念。

在人类文明史上,欲望与克制欲望是一对亘古的矛盾,欲望的无限满足总是不可实现的。叔本华把人的本质归结为意志,意志最终表现为形形色色的欲望,如食欲、肉欲、爱欲、享乐欲等。马克思主义把人类欲望分解为"生存"、"享受"、"发展"三个由低到高的层次。美国心理学家马斯洛把欲望具体分解为五个方面的需要:生理需要、安全需要、爱的需要、尊重的需要、自我实现的需要。法国结构主义心理学家雅克·拉康则把欲望提升到本体论高度:"欲望是一种本体性的存在,它不是一种简单的性欲或其他生理性的欲望,而是所有欲望和需要——从食欲、性欲到审美需要和伦理要求——的渊源和本体。"① 这些哲学家、心理学家对欲望的解读并不完全相同,但都把欲望大致划分为自然、社会、精神三个层次。确实,人的欲望是一个立体的多维的存在,既有动物性的自然欲望,如食欲、性欲,也有社会欲望,如占有欲、权力欲等,而求真、求善、求美等高级欲望则是人类求取自我完善的最高阶段。如果人的欲望总是停留在物质领域,以享乐主义价值观统领人生,无视对理想、道德、人性、真理的追求,人必然会失去其主体性、心理情感、历史意识等深度模式,异化为欲望、消费的"单面人",变成了以金钱、私利、享乐以及色情等标签限定的平面化概念。根源于这种对人性的深刻体察,才有了形形色色的宗教或社会伦理规范,以控制各种不合理的欲望追逐。东方儒学以"仁"教化众生,主张"达则兼济天下,穷则独善其身",扬君子之道而抑小人之欲。流传西方两千年的基督教则近乎一种受虐宗教,认为人性生来就是不完满的,上帝则是完满、永恒、至善的。人出世伊始就带着原罪,现世是罪恶、痛苦、堕落

---

① 转引自王杰:《审美幻象研究》,广西师范大学出版社,1995年版,第101页。

之城,只有信仰上帝,完成赎罪的此生,才能进入上帝之城那幸福的天国。

从克制欲望的积极意义上来看,希伯来人或基督教中的上帝是一种强大的理性力量,只不过化身为一种脱离了人类掌控的外在、异己力量。因此,希伯来文化与古希腊文化蕴藉了人性中不同侧面的文化内涵,是人类对现世人生以及渴望超越个人、现世的不同选择,呈现出既排斥又统一、既冲突又互补的复杂姿态。无论是文艺复兴时期高举"人"的大旗,宣扬原欲、追求现世幸福的合理性,还是此后理性主义对民族责任与国家利益的强调、启蒙主义在重视人的个体情感的同时注重理性的制约,大致都取决于在自由、平等、博爱等几种核心质素上的不同侧重。到了 20 世纪,人们发现理性已经无法解释很多现实苦难,于是开始探求决定人类行为的更深层次的原因:尼采提出世界的主宰是权力意志,弗洛伊德宣称人类的行为取决于性本能,存在主义更宣称人的存在本身才值得探讨……种种现代主义、后现代主义哲学大都建基于"上帝已死"的结论之上。

在这样的世界上,强求宗教对欲望的全面制约自然既不合时宜,也无法为人类理性所接受。洛奇对天主教在现代世界的改革与改进基本持赞同态度,其天主教小说中对两性爱欲的尽情铺陈、对人物窘迫生活的同情、对人物得到金钱物质的认可,都表达出对人类欲望得到满足的迫切期望。只是,洛奇这一期望带有鲜明的理性特色,他并不赞同对欲望的无限度满足,他笔下的人物在基本满足欲望之后大致都重新走向了理性与克制,很多激进派人物最终又重新回归了信仰。

如果说原始世界的人类尚可依靠各种信仰找到行动的指南、世界的答案,那么现代世界的人们俨然已完全身处不知所终的虚无之中,人的无奈发展到了极致。戴维·洛奇这等西方知识分子就处在这样一个时代,这一时代对上帝是否存在的疑问早已定论,放逐上帝之后的答案则仍然无法明确。洛奇的解决方法是抛弃类似于圣母纯洁受孕、基督道成肉身之类的玄学体系,割裂各种烦冗复杂的天主教教规、礼仪,不做彼岸的美梦,合理满足个体欲望,珍惜现实世界幸福,以现世的互助、互爱作为人类幸福的基础。这种在物欲横流、信仰迷失的现代世界中对生存方式的重新安置,是古希腊文化与古希伯来文化的又一次融会贯通,也是基督教世界、基督教文化在现代世界发展的大势所趋。

基督教在历史发展过程中,一直伴随着对自身的改造。由路德挑起的宗教改革运动是基督教历史上最大的一次革新运动,这一运动保留了对上帝的信仰和灵魂得救的人生终极远景追求,剥离了教廷对得救大门的垄断,把得救的途径归于每个信徒。宗教改革之后产生的诸多新教,大都选择了这种灵魂自救的策略。这种新教教义意义巨大,既阉割了教会权力、继承了灵魂获救的教义,又植入了务实的现世奋斗精神。这是基督教历史由中世纪转入现代社会的历史转折点。从此,基督教各色派别就开始了各种适应性转变,就连中世纪一统西方的天主教也相继进行了改革,对以往不合人性、忤逆人心的诸多教义教规进行了程度不同的改造。现时代的天主教已经远远不是中世纪那个威权霸道的基督教教廷了,其开放、自由、人性程度应该说不逊于其他任何基督教新教。

　　从宗教发展史上来看,原始宗教更多侧重于其文化功能,是人类认识自然、社会的手段;随着文明的发展,宗教进入了阶级国家,成为统治者维持统治、麻痹大众的"精神鸦片";人类进入现代社会以后,宗教的精神慰藉功能开始得到提升,对宗教的需求成为个体获得精神支撑、个性完善的一种重要手段。《走出庇护所》呈现出的宗教意识强调宗教信仰与教条化教义的区别,主人公提摩太的天主教信仰已经迥异于教会化、教条式的宗教信仰,主要体现为对个人、社会的道德关怀。《天堂消息》剥离了宗教对来世的承诺,保留了宗教关于现世助人、包容、仁爱的教谕。《治疗》则直接提出宗教在现世的主要功能就是精神慰藉,在此功能上与精神分析等心理科学一脉相通。

　　按照精神分析理论对人类潜意识的深刻体察,人性中生来即具有自我保存的内驱力和性欲内驱力,较之于求取吃饱穿暖的自我保存,性欲内驱力不是强制性的,由性欲构成的各种内驱力易于转移和交换,一种力比多冲动的挫折可以较易为另一种得到满足的冲动所抵消。宗教的产生某种程度上就应和了这种内在力量的诉求,精神分析大师弗洛伊德认为以教义为代表的宗教思想是"幻觉,是最古老、最奇怪、最迫切的人类愿望的实现"[①]。戴维·洛奇在天主教小说中既赞同对人类性欲、物欲等各种欲望的合理满足,又多次描写圣餐、洗礼等礼仪过程中神迹的显现,某种意义上也表现出对宗教神秘主义个人体验的一定认可。这既区别于完全无视理性的欲望大放纵,也区别于彻底以理性思维解释一切的现代科学理

---

① 转引自埃里希·弗洛姆:《弗洛姆著作精选》,黄颂杰编,上海人民出版社,1989年版,第13页。

性,表现出其独特的天主教神学背景以及信仰认可。

罗素认为任何文明都逃不了两种倾向的交替:"一般说来,重要的文明都是从一种严格和迷信的体系出发,逐渐地松弛下来,在一定的阶段就达到了一个天才辉煌的时期;这时,旧传统中的好东西继续保存着,而在其解体之中所包含着的那些坏东西则还没有来得及发展。但是随着坏东西的发展,它就走向无政府主义,从而不可避免地走向一种新的暴政,同时产生出来一种受到新的教条体系所保证的新的综合。"①基督教的发展正印证了罗素这一文明更替说,或许也可以说罗素学说正扎根于对基督教发展史的研究与回顾。洛奇天主教小说虽然仅仅涉及基督教发展史中的一个短暂片段,但回顾西方基督教的发展历程,注定这段岁月有无可匹敌的重要性。"梵二会议"在整个基督教发展史上都是一个重大的事件,会议前后遍及整个信徒群体的宗教怀疑、骚动乃至神学家们的深入思考、教会当局对旧式宗教的改革,都赋予这段岁月以近乎开创性的意义。洛奇天主教小说通过对"梵二会议"前、"梵二会议"期间、"梵二会议"后以及20世纪末、21世纪初天主教信徒、非信徒的现实生活、宗教信仰、思想斗争、精神危机的追踪,较为全面地展现了基督教——文中具体化为天主教——在西方社会的现代性演化。面对基督教演化的这一必然趋势,空泛的质疑、反对或是赞成都毫无意义,重要的是深谙其中蕴含的社会必然、历史必然与人类渴望超越的理性诉求。这就需要一种自由主义的土壤、自由主义的思考,"自由主义的学说就是想要避免这种无休止的反复的一种企图。自由主义的本质就是企图不根据非理性的教条而获得一种社会秩序,并且除了为保存社会所必需的束缚而外,不再以更多的束缚来保证社会的安定。这种企图是否可以成功,只有未来才能够断定了"②。

20世纪是思想大解放的世纪,各种宗教思潮纷至沓来。大略而言就有正统派、自由派、新正统派、极端主义与修正主义五大神学模式。较为进步的宗教哲学家、神学家在认可宗教对社会、人生的指导作用的同时,都强调现世人生的意义。如天主教现代主义认为:"宗教的真理,必须是生活的真理。因为它是内在于经验中的真理,因此它常常是不完美的,是

---

① [英]罗素:《西方哲学史》,何兆武等译,商务印书馆,2006年版,第23页。
② 同上。

发展中的真理。"①激进的圣经学者阿尔弗烈·菲尔明·罗阿西甚至认为宗教与道德行为是等同的,道德为宗教精神所激发,并且因之具有神圣的特征。他宣告说:"每一种哲学学说的目的,都是为了让生命得到意义,让人的存在得到意义,因此每一条这类的学说都是道德工作。它是靠我们从生活做出来。"②洛奇本人自称"是一位自由主义的天主教教徒,所尊崇的教义中融合了人文主义的因素"③。20世纪末叶,天主教拒绝极端的自由主义,同时又将正统教条加以现实化改造,承认了多元与含混的现实环境,这一点甚至与后现代主义激进的怀疑论有着某种程度的相同。而自由主义神学自19世纪发端以来,无论其思想有多少派别,其核心都是遵从个人对宗教的自由思考。从整个宗教发展来看,之所以宗教信仰在理性已然充分发达的现代社会还能生生不息,与宗教信仰的个人化、自由化发展紧密相关,那就是因为它以个人的际遇解释宗教,以个体感悟、现世善行为宗教信仰的核心,并把这种方法延伸至整个宗教经验的范围。身为天主教教徒的洛奇实质上在激进自由主义神学与天主教信仰之间选取了一条折衷道路,把宗教信仰与现世幸福结合起来,明显侧重其现实性、人本性内核及功能。

戴维·洛奇在天主教小说中表达的新天主教理想,既推崇原欲的合理满足,一定程度上认可潜意识对人类行为的决定性作用,也尊崇理性、尊崇信仰对人的欲望合理制约的一面。在对人类欲望合理制约的意义上,洛奇把信仰当作了人类理性的某种化身,作为对人类理性的合理补充。与传统宗教强调来世相对,洛奇新宗教排除了虚无缥缈的来世许诺,更注重现世建立在两性合理性爱基础上的博爱、宽恕与互助。与此同时,他也不赞成把信仰完全还原为一种机械的现世宣言,不赞同完全剥离宗教信仰之终极关怀的形而上特征。洛奇一定程度上赞成某些宗教神秘性因素,保留了某种灵魂救赎的追求,在物欲横流的现代世界、后现代消费社会保留了一扇灵性天窗。戴维·洛奇的这种宗教观更接近于耶稣时代的原始基督教:怜悯、救助弱者,博爱众生,在现世关爱、互助中达到灵性的完善。

---

① 〔英〕约翰·麦奎利:《二十世纪宗教思潮》,何菠莎等译,宗教文化出版社,2006年版,第187页。
② 同上,第188页。
③ 杰西·扎内维茨:《戴维·洛奇访谈录》,丁兆国编译,《外国文学动态》2003年第5期。

附录 1

戴维·洛奇生平与创作

1935年　戴维·洛奇生于伦敦南部一个中下阶层家庭。父亲是乐队的乐师，母亲是一位虔诚的天主教教徒。

1945年　就读于一所国家资助的天主教文法学校，此后一直到1952年，都受教于这所学校。

1953年　进入伦敦大学，并开始尝试写小说。

1955年　以优异成绩获得学士学位。

1956年　开始在皇家军队服役，两年之后，又回到伦敦大学攻读硕士学位。

1959年　以论文《天主教作家》(*About Catholic Authors*)获得硕士学位，该著作的视野是从牛津运动看现代天主教小说的形成，具有文学史研究的特征。

同年结婚。妻子玛丽·雅各布也出生于天主教家庭。之后洛奇开始在英国文化委员会外国学生中心教授英语和文学。

1960年　在著名的伯明翰大学谋到一个助教职位。同年发表处女作《电影迷》(*The Picturegoers*, 1960)，开始学者与作家的两栖生涯。

1961年　这一年马尔科姆·布拉德伯里进入伯明翰大学英语系任教，洛奇与他相知甚深，成为好朋友和合作者。

1962年　洛奇以自己的军营生活为蓝本的小说《傻生姜》(*Ginger, You're Barmy*)出版，与《电影迷》一样，大致是小心谨慎的现实主义作品，反响不大。

1963年　在马尔科姆安排之下，洛奇等人共同创作了一出时事讽刺剧《四壁之间》，剧本在伯明翰上演了一个月，获得不大不小的成功。洛奇后来指出："相比较而言,那部作品微不足道,而且寿命很短,但是它采用了喜剧手法,对我而言,这开启了一个新世界。"这部作品让洛奇惊喜地发现自己对讽刺、闹剧和滑稽模仿之类的作品充满了热情,这使他得以冲破现实主义的"樊笼",找到适合自己的文学形式。

与此同时,洛奇的学者生涯也颇顺利,同年由助教晋升为讲师。

1964 年　这一年,刚刚当上讲师的洛奇在较有名气的《现代文学评论》上发表了第一篇有影响的学术著作《康拉德的胜利与暴风雨》(*Conrad's Victory and the Tempest: an Amplification*)。

同年获得哈克尼斯联邦奖学金,携妻子玛丽、两个孩子及第三部小说《大英博物馆在倒塌》的第一章手稿赴美国。在布朗大学、加州大学伯克利分校等地研究和旅行。开放激进的美国 60 年代校园文化给洛奇留下了深刻印象。在美期间,完成了《大英博物馆在倒塌》(*The British Museum is Falling Down*, 1965),这是洛奇第一次尝试将学术内容结合进主流小说,也是其第一次运用戏剧性笔法。他把小说题献给好朋友马尔科姆,"我写幽默小说,主要是他的罪过"。洛奇深信找到了一个大众普遍关心和感兴趣的话题,即天主教会有关生育控制方面的教谕对已婚天主教教徒生活的影响以及当时教会内部对此教谕提出的质疑。此书赢得了一批天主教教徒和学者的喜爱,评论界慎重的赞许使洛奇对自己的文学实验如释重负,他从此找到了自己的路。

1966 年　发表学术著作《格雷厄姆·格林》(*Graham Greene*),沿袭新批评所开创的路线,相当中规中矩。

同年,洛奇第一部有影响的学术批评著作《小说的语言:英国小说评论及语言分析著作集》(*Language of Fiction: Essays in Criticism and Verbal Analysis of the English Novel*, 1966)问世,作为评论家的洛奇开始崭露头角。这是洛奇的扬眉吐气之作,他告别了理查兹重诗歌、轻小说的立场,走向韦勒克提出的文学语言观念,指出"小说也是一门语言艺术",从而将过去被人不屑的小说研究提升到一定高度。洛奇认为小说家的工具是语言而非生活,也就是强调小说的虚构本质。除此以外,洛奇反对利维斯在《伟大的传统》中表现出来的以道德判断取代文学批评的倾向,认为虽然在小说批评中不能否认道德判断,但是决不能将"道德感"和"对生活的真实反映"作为批评的标尺。

1967 年　洛奇在伯明翰大学获得博士学位。

1970 年　发表小说《走出庇护所》(*Out of the Shelter*)。

1971 年　晋升为高级讲师。

同年发表理论作品《十字路口的小说家》(*The Novelist at the Crossroads and Other Essays on Fiction and Criticism*，1971)。

1972 年　编辑出版《二十世纪文学批评》(*20th Century Literary Criticism*，1972)。

1975 年　洛奇出版了写交流学者故事的《换位》(*Changing Places: A Tale of Two Campuses*，1975)使他名声大振，获得评论界的好评，赢得两个文学奖项(霍桑登奖和《约克郡邮报》小说大奖)。这是在学院的高墙内获得一定名望之后，洛奇频繁地"带着学术和文化使命"环游世界，在一个接一个的学术会议中观察知识界的众生相而催生出来的结果。

1976 年　凭借数本颇有影响的学术著作，洛奇本年度终于当上了伯明翰大学现代英国文学教授。

1977 年　发表理论作品《现代写作方式》(*The Modes of Modern Writing: Metaphor，Metonymy，and the Typology of Modern Literature*，1977)以及《现代主义、反现代主义、后现代主义》(*Modernism，Anti-modernism and Postmodernism*，1977)。

1980 年　发表《你能走多远》(*How Far Can You Go?* 1980)。

1981 年　发表理论作品《结构主义的运用：19 世纪和 20 世纪文学评论及书评集》(*Working with Structuralism: Essays and Reviews on Nineteenth and Twentieth-century Literature*)。

1984 年　发表以学术会议为背景的《小世界》(*Small World*，1984)，此小说获布克奖提名，在大洋两岸都引起了强烈反响。不仅赢得学者关注，也赢得了大众的欢迎，既是学者从知识界内部解剖知识界的书——"学者的哈哈镜、笑料的聚宝盆、文本的万花筒"，也被《纽约时报书评》称为"一部奇异非凡、妙趣横生的小说"。

1985 年　发表《现代小说中的对话》(*Dialogue in the Modern Novel*)。

1987 年　从伯明翰大学退休(退职从事创作，兼任伯明翰大学英国文学荣誉教授)。

1988 年　另一部写学术界与工业界关系的小说《好工作》(*Nice Work*，1988)发表，获布克奖提名。该小说与之前的《换位》、《小世界》合起来构成洛奇最有影响的"校园三部曲"。

同年，编辑出版《现代批评理论：读者》（*Modern Criticism and Theory: a Reader*）。

1990 年　理论作品《巴赫金之后》（*After Bakhtin*）出版。

1991 年　小说《天堂消息》（*Paradise News*，1991）出版。

同年，在《星期日独立报》上开辟专栏，每周一篇，用通俗的语言和精选的文本讲述小说理论，这些文章在 1993 年结集发表，即《小说的艺术》。

1993 年　《小说的艺术》（*The Art of Fiction: Illustrated from Classic and Modern Texts*，1993）出版，成为他流传最广的一部理论著作。

1996 年　出版《治疗》（*Therapy*，1996）。

2001 年　出版《思索》（*Thinks*，2001）。

同年，发表文学批评理著作集《意识与小说》（*Consciousness and the Novel*，2002）。

2004 年　出版传记式小说《作者，作者》（*Author，Author*），选择亨利·詹姆斯一生中的片段为其作传。

2006 年　该年年底，洛奇出版了《亨利·詹姆斯年》（*The Year of Henry James*）。除了几篇之前发表的评著作章和书序之外，大部分都是对《作者，作者》的写作和出版情况的详细回忆。他站在一个作家的立场回顾了创作中的艰辛和喜乐，感叹作品在交付出版前是完全受作家本人控制的，具体表现为大量的研读、修改甚至重写，但是一旦交到读者手上，就不再受作者左右了。同时洛奇又以一个批评家的眼光分析了作品的酝酿、创作和接受三个阶段的特征，提出现代意义上的"接受"包括了传统文学批评和普通读者阅读之外的诸种因素。作家自身在参与其中的同时也深受其影响。

2008 年　发表以本人耳聋和父亲经历为主线的传记式小说《耳聋之刑》（*Deaf Sentence*）。

2011 年　发表以科林·威尔斯为原型的《多面人》（*A Man of Parts*）。

附录 2

获　　奖

1975 年，小说《换位》获霍索恩登奖。

1975 年，《换位》获《约克郡邮报》图书奖最佳小说奖。

1980 年，《你能走多远》获怀特布莱德年度图书奖。

1984 年，《小世界》入围布克小说奖提名。

1989 年，《好工作》入围布克小说奖提名。

1989 年，《好工作》获皇家电视协会最佳电视剧奖。

1989 年，《好工作》获《星期日图书快报》年度奖。

1990 年，《好工作》在国际电视节获最佳剧本银质奖章。

1995 年，获编剧家协会最佳编剧奖。

1996 年，小说《治疗》获英联邦作家欧亚地区最佳图书奖。

1997 年，获法国文学艺术骑士勋章。

2009 年，入围小说《耳聋之刑》获英联邦作家欧亚地区最佳图书奖。

主要参考文献

一、著作类

（一）中文著作

1. 瞿世镜编：《当代英国小说》，外语教学与研究出版社，1998 年版。

2. 张和龙：《战后英国小说》，上海外语教育出版社，2004 年版。

3. 殷企平、高奋、童燕萍：《英国小说批评史》，上海外语教育出版社，2001 年版。

4. 侯维瑞：《英国文学史》，上海外语教育出版社，1999 年版。

5. 侯维瑞、李维屏：《英国小说史》，译林出版社，2005 年版。

6. 高继海编：《英国小说名家名著评析》，中国社会科学出版社，2006 年版。

7. 朱维之：《圣经文学十二讲》，人民文学出版社，1989 年版。

8. 亚里士多德：《诗学》，罗念生译，人民文学出版社，2000 年版。

9. 卓新平：《当代西方新教神学》，上海三联书店，1998 年版。

10. 卓新平：《当代西方天主教神学》，上海三联书店，1998 年版。

11. 卓新平：《基督教小辞典》，上海辞书出版社，2008 年版。

12. 胡家峦：《历史的星空——文艺复兴时期英国诗歌与西方传统宇宙论》，北京大学出版社，2001 年版。

13. 布鲁斯·雪莱：《基督教会史》，刘平译，北京大学出版社，2004 年版。

14. 科林·布朗：《基督教与西方思想》，查常平译，北京大学出版社，2005 年版。

15. 奥尔森：《基督教神学思想史》，吴瑞诚、徐成德译，北京大学出版社，2003 年版。

16. 麦格拉斯：《基督教文学经典选读》，苏欲晓等译，北京大学出版社，2004 年版。

17. 施密特：《基督教对文明的影响》，汪晓丹、赵巍译，北京大学出版社，2004 年版。

18. 斯图尔特：《圣经导读》，魏启源等译，北京大学出版社，2005 年版。

19. 谢柄国编：《基督教仪式和礼文》，宗教文化出版社，2008 年版。

20. 费尔巴哈：《基督教的本质》，商务印书馆，2007 年版。

21. 阿利斯特·E. 麦格拉斯：《天堂简史》，高民贵、陈晓霞译，北京大学出版社，2006

年版。

22. J. G. 弗雷泽:《金枝》,徐育新等译,新世界出版社,2006 年版。

23. 菲奥纳·鲍伊:《宗教人类学导论》,金泽、何其敏译,中国人民大学出版社,2006 年版。

24. 诺斯罗普·弗莱:《批评的解剖》,陈慧等译,百花文艺出版社,2006 年版。

25. 诺斯罗普·弗莱:《伟大的代码》,北京大学出版社,1998 年版。

26. 诺斯罗普·弗莱:《神力的语言》,吴持哲译,社会科学文献出版社,2004 年版。

27. 休斯顿·史密斯:《人的宗教》,刘安云译,海南出版社,2013 年版。

28. 约翰·麦奎利:《二十世纪宗教思潮》,何菠莎、周天和译,宗教文化出版社,2006 年版。

29. 麦克斯·缪勒:《宗教的起源和发展》,金泽译,上海人民出版社,2010 年版。

30. 李茂增:《现代性与小说形式》,东方出版中心,2008 年版。

31. 曾艳兵:《西方现代主义文学概观》,北京大学出版社,2006 年版。

32. 曾艳兵:《西方后现代主义文学研究》,中国社会科学出版社,2006 年版。

33. 申丹:《叙述学与小说文体学研究》,北京大学出版社,2007 年版。

34. 申丹:《叙事、文体与潜文本——重读英美经典短篇小说》,北京大学出版社,2009 年版。

35. 梁工:《圣经叙事艺术研究》,商务印书馆,2006 年版。

36. 梁工主编:《莎士比亚与圣经》,商务印书馆,2006 年版。

37. W. C. 布斯:《小说修辞学》,华明等译,北京大学出版社,1987 年版。

38. 张寅德编选:《叙述学研究》,中国社会科学出版社,1989 年版。

39. 西蒙·巴埃弗拉特:《圣经的叙事艺术》,李锋译,华东师范大学出版社,2006 年版。

40. 王宏图:《都市叙事与欲望书写》,广西师范大学出版社,2005 年版。

41. 曲春景、耿占春:《叙事与价值》,学林出版社,2005 年版。

42. 热拉尔·热耐特:《叙事话语·新叙事话语》,王文融译,中国社会科学出版社,1990 年版。

43. 西摩·差特曼:《故事与话语》,徐强译,中国人民大学出版社,2013 年版。

44. 张京媛主编:《新历史主义与文学批评》,北京大学出版社,1993 年版。

45. 戴维·洛奇:《小世界》,罗贻荣译,重庆出版社,1992 年版。

46. 戴维·洛奇:《治疗》,罗贻荣译,重庆出版社,2002 年版。

47. 戴维·洛奇:《大英博物馆在倒塌》,杨立平、张建立译,作家出版社,1998 年版。

48. 戴维·洛奇:《换位》,罗贻荣译,作家出版社,1998 年版。

49. 戴维·洛奇:《小世界》,赵光育译,作家出版社,1998 年版。

50. 戴维·洛奇:《美好的工作》,罗贻荣译,作家出版社,1998 年版。

51. 戴维·洛奇:《天堂消息》,李力译,作家出版社,1998 年版。

52. 戴维·洛奇:《小说的艺术》,王峻岩等译,作家出版社,1998 年版。

53. 戴维·洛奇:《小世界》,王家湘译,上海译文出版社,2007 年版。

54. 戴维·洛奇:《换位》,张楠译,上海译文出版社,2007 年版。

55. 戴维·洛奇:《好工作》,蒲隆译,上海译文出版社,2007 年版。

56. 戴维·洛奇:《作者,作者》,张冲、张琼译,上海译文出版社,2007 年版。

57. 格雷厄姆·格林:《布莱顿硬糖》,王宏译,译林出版社,1999 年版。

58. 格雷厄姆·格林:《问题的核心》,傅惟慈译,译林出版社,2008 年版。

59. 格雷厄姆·格林:《恋情的终结》,柯平译,译林出版社,2008 年版。

60. 格雷厄姆·格林:《权力与荣耀》,傅惟慈译,上海译文出版社,2008 年版。

61. 格雷厄姆·格林:《人性的因素》,韦清琦译,译林出版社,2008 年版。

62. 伊夫林·沃:《衰落》,高继海译,译林出版社,2003 年版。

63. 伊夫林·沃:《邪恶的躯体·亲者》,胡南平译,译林出版社,2003 年版。

64. 伊夫林·沃:《旧地重游》,赵隆勷译,外国文学出版社,1988 年版。

65. 巴赫金:《巴赫金文论选》,中国社会科学院出版社,1996 年版。

66. 詹姆逊:《晚期资本主义的文化逻辑》,陈清侨等译,三联书店出版社,1997 年版。

67. 让·波德里亚:《消费社会》,南京大学出版社,2001 年版。

68. 伊格尔顿:《马克思主义与文学批评》,人民文学出版社,1980 年版。

69. 苏晖:《西方喜剧美学的现代发展与变异》,华中师范大学出版社,2005 年版。

70. 罗贻荣:《走向对话:文学·自我·传播》,中国社会科学出版社,2006 年版。

71. 马凌:《后现代主义中的学院派小说家》,天津人民出版社,2004 年版。

72. 蒋承勇:《西方文学"人"的母题研究》,人民出版社,2005 年版。

73. 王杰:《审美幻象研究》,广西师范大学出版社,1995 年版。

74. 埃里希·弗洛姆:《弗洛姆著作精选》,上海人民出版社,1989 年版。

75. 罗素:《西方哲学史》,何兆武、李约瑟译,商务印书馆,2006 年版。

76. 约翰·麦奎利:《二十世纪宗教思潮》,何菠莎、周天和译,宗教文化出版社,2006 年版。

77. 陈晓兰:《城市意象——英国文学中的城市》,广西师范大学出版社,2006 年版。

78. 杨大春:《沉沦与拯救——克尔凯戈尔的精神哲学研究》,人民出版社,1995 年版。

79. 朱维之、赵澧等编:《外国文学史》(欧美卷),南开大学出版社,2009 年版。

80. 卡尔·白舍客:《基督宗教伦理学》(第二卷),静也等译,上海三联书店,2002 年版。

81. 赵建敏主编:《天主教研究论辑》第 3 辑,宗教文化出版社,2006 年版。

82. 顾忠华:《韦伯〈新教伦理与资本主义精神〉导读》,广西师范大学出版社,2005 年版。

83. 仵从巨：《文学的风景》，作家出版社，2003 年版。

84. 仵从巨：《叩问存在——米兰·昆德拉的世界》，华夏出版社，2005 年版。

85. 仵从巨：《世界在镜子中》，黄河出版社，2007 年版。

86. 聂珍钊等：《英国文学的伦理学批评》，华中师大出版社，2007 年版。

87. 李平、杨启宁：《米兰·昆德拉：错位人生》，四川人民出版社，2000 年版。

88. 赵敦华：《西方哲学简史》，北京大学出版社，2001 年版。

89. 陈召荣：《流浪母题与西方文学经典阐释》，中国社会科学出版社，2006 年版。

90. 赫伯特·马尔库塞：《爱欲与文明》，黄勇、薛民译，上海译文出版社，1987 年版。

91. 弗朗茨·M. 乌克提茨：《恶为什么这么吸引我们》，万怡等译，社会科学文献出版社，2001 年版。

92. 奥斯瓦尔德·斯宾格勒：《西方的没落》，张兰平译，陕西师范大学出版社，2008 年版。

93. 马丁·海德格尔：《存在与时间》，陈嘉映、王庆节译，三联书店，2006 年版。

94. 萨特：《存在与虚无》，陈宣良等译，三联书店，1987 年版。

95. 纳博科夫：《文学讲稿》，申慧辉等译，上海三联书店，2005 年版。

96. 哈罗德·布鲁姆：《西方正典》，江宁康译，译林出版社，2005 年版。

97. 厄尔·迈纳：《比较诗学》，王宇根等译，中央编译出版社，2004 年版。

98. 陈炎：《反理性思潮的反思》，山东大学出版社，1994 年版。

99. 胡塞尔：《现象学的方法》，倪梁康译，上海译文出版社，1994 年版。

100. 胡塞尔：《纯粹现象学通论》，舒曼、李幼蒸译，商务印书馆，1997 年版。

101. 默罗阿德·韦斯特法尔：《解释学、现象学与宗教哲学：世俗哲学与宗教信仰的对话》，郝长墀选编，中国社会科学出版社，2005 年版。

102. 马利亚苏塞·达瓦马尼：《宗教现象学》，高秉江译，人民出版社，2006 年版。

103. 张中载：《西方古典文论选读》，外语教学与研究出版社，2002 年版。

104. 张中载等：《二十世纪西方文论选读》，外语教学与研究出版社，2002 年版。

105. 海登·怀特：《后现代历史叙事学》，陈永国、张万娟译，中国社会科学出版社，2003 年版。

106. 哈贝马斯：《公共领域的结构转型》，曹卫东等译，学林出版社，2004 年版。

107. 哈贝马斯：《作为"意识形态"的技术与科学》，李黎、郭官义译，学林出版社，2002 年版。

108. 夏建忠：《文化人类学理论学派——文化研究的历史》，中国人民大学出版社，1997 年版。

109. 维克多·特纳：《象征之林——恩登布人仪式散论》，赵燕玉等译，商务印书馆，2006 版。

110. 茨维坦·托多罗夫编选：《俄苏形式主义文论选》，蔡鸿滨译，中国社会科学出版社,1989 年版。

111. 朱立元:《当代西方文艺理论》,华东师范大学出版社,1997 年版。

(二) 英文著作

1. David Lodge, *Paradise News*, London: Secker & Warburg, 1991.

2. David Lodge, *How Far Can You Go?*, Penguin Books, 1981.

3. David Lodge, *Out of the Shelter*, Martin Secker & Warburg, 1985.

4. David Lodge, *The British Museum is Falling Down*, Martin Secker & Warburg, 1981.

5. David Lodge, *The Picturegoers*, Penguin Books, 1993.

6. David Lodge, *Therapy*, London: Secker & Warburg, 1996.

7. David Lodge, *After Bakhtin*, London: Routlege, 1990.

8. David Lodge, *20th Century Literary Criticism*, London: Longman, 1972.

9. David Lodge, *The modes of Modern Writing*, London: Edward Aunold, 1977.

10. David Lodge, *The Novelist at the Crossroads*, New York: Cornell University Press, 1971.

11. David Lodge, *The Practice of Writing*, London: Secker & Warburg, 1996.

12. John Haffenden, *Novelists in Interview*, London: Methuen & Co., 1985.

13. Bernard Bergonzi, *David Lodge*, Plymouth: Northcote House, 1995.

14. Seymour Chatman, *Story and Discourse: Narrative Structure in Fiction and Film*, Ithaca and London: Cornell University Press, 1978.

15. David Lodge, *The Art of Fiction: Illustrated from Classic and Modern Texts*, Penguin Books, 1992.

16. Haim Gordon, *Fighting Evil Unsung Heroes in the Novels of Graham Greene*, Greenwood Press, 1997.

17. David Lodge, *Consciousness & the Novel: Connected Essays*, London: Harvard University Press, 2002.

18. David Lodge, *Evelyn Waugh*, New York & London: Columbia University Press, 1977.

19. *Chinese English Bible*, Hymnody and Bible House, 1990.

20. Van Gennep, A. *The Rites of Passage*, London: Routledge & Kegan Paul, 1965.

二、论文类

1. 杰西·扎内维茨:《戴维·洛奇访谈录》,丁兆国编译,《外国文学动态》2003 年第 5 期。

2. 张恩华：《论〈小世界〉的狂欢化精神》，《天津大学学报》（社会科学版）2000 年第 1 期。

3. 苏晖：《〈小世界〉的典故反讽》，《外国文学研究》2002 年第 2 期。

4. 李增、马晓明：《从现代到后现代：〈小世界〉的两种声音》，《东北师大学报》（哲学社会科学版）2001 年第 5 期。

5. 刘萍：《论〈小世界〉的互文性艺术》，《外语研究》2004 年第 4 期。

6. 罗贻荣：《元小说与小说传统之间——评戴维·洛奇的〈换位〉》，《外国文学研究》1996 年第 4 期。

7. 罗贻荣：《"英国状况"小说新篇——评戴维·洛奇的〈美好的工作〉》，《国外文学》2002 年第 3 期。

8. 罗贻荣：《沉沦与拯救——评戴维·洛奇的长篇小说〈治疗〉》，《英美文学研究论丛》2008 年第 1 期。

9. 黄梅：《学商扎普》，《读书》1995 年第 6 期。

10. 李静：《激情与现实的碰撞——论〈小世界〉中的人物色彩》，《现代语文》（文学研究版）2007 年第 3 期。

11. 吴昌红：《一座精神堡垒，两种小说形式——〈小世界〉与〈围城〉之比较》，《南京师大学报》（社会科学版）1998 年第 4 期。

12. 孟冰纯：《学者的罗曼司——〈围城〉与〈小世界〉比论》，《当代外国文学》1999 年第 2 期。

13. 童燕萍：《与"两种文化"的对话——谈戴维·洛奇的小说〈想……〉》，《外国文学评论》2004 年第 1 期。

14. 张琼：《多重关系的再诠释——戴维·洛奇新作〈作者，作者〉》，《外国文学》2005 年第 2 期。

15. 张琼：《创作内外的选择——戴维·洛奇之〈治疗〉》，《当代外国文学》2006 年第 1 期。

16. 杨冰峰、田祥斌：《论戴维·洛奇喜剧小说风格的形成——解读〈大英博物馆在倒塌〉》，《三峡大学学报》（人文社会科学版）2005 年第 3 期。

17. 车晓琴：《〈大英博物馆在倒塌〉的叙事艺术》，《安徽师范大学学报》（人文社会科学版）2003 年第 3 期。

18. 阎小青：《苦恼人的笑——评戴维·洛奇的〈大英博物馆在倒塌〉》，《长江文艺》2003 年第 1 期。

19. 李斯：《从〈天堂消息〉看戴维·洛奇小说的喜剧特征》，《黄石理工学院学报》（人文社会科学版）2007 年第 2 期。

20. 肖谊：《论戴维·洛奇〈天堂消息〉的元小说叙事策略》，《当代外国文学》2007 年第 3 期。

21. 丁兆国：《戴维·洛奇的天主教小说》，《外国文学动态》2003 年第 5 期。

22. 张扬：《灵魂与欲望冲撞中的变革——戴维·洛奇的天主教小说创作》，《学术交流》2006 年第 7 期。

23. 童燕萍：《怀疑与希望——浅谈戴维·洛奇的〈天堂消息〉》，《外国文学》2000 年第 3 期。

24. 童燕萍：《语言分析与文学批评——戴维·洛奇的小说理论》，《国外文学》1999 年第 2 期。

25. 张和龙：《戴维·洛奇小说批评理论评述》，《外国语》2001 年第 3 期。

26. 王辽南：《戴维·洛奇小说理论评析》，《外国文学》2005 年第 2 期。

27. 欧荣：《戴维·洛奇小说批评理论再探》，《当代外国文学》2007 年第 1 期。

28. 姚君伟：《含蓄冷峻的讽刺——伊夫林·沃〈洛夫迪先生一次短暂的外出〉赏析》，《名作欣赏》1995 年第 2 期。

29. 蔡志全：《文人与文学的互释——评戴维·洛奇的文集〈写作生涯〉》，《外国文学动态》2014 年第 4 期。

30. 蒋翃遐、邓颖玲：《试论戴维·洛奇的叙述结构》，《西北师大学报》(社会科学版) 2012 年第 3 期。

31. 王守仁、宋艳芳：《戴维·洛奇的"问题小说"观》，《外语研究》2011 年第 1 期。

32. 彭兆荣：《人类学仪式研究评述》，《民族研究》2002 年第 2 期。

33. 廖俊等：《国内外阈限研究综述及其对节事阈限研究的启示》，《旅游论坛》2013 年第 1 期。

后 记

本书稿是我的博士毕业论文。早在 2010 年博士毕业之际这本书已然完稿，但一拖再拖，一直到今日才得以出版。拖的原因有我本身的缘故，刚开始稿子完工的时候，虽然忝列优秀毕业论文，但总觉得不够成熟，想着将来能继续充实，等到自己觉得满意之后再考虑出版的事。毕业之后这五年时间里，也曾断断续续加以补充，借用阈限理论剖析阐述小说中的仪式叙述，从理论层面为宗教因素的小说的美学构成提供了一个分析样本；也曾仔细阅读戴维·洛奇最新著作《耳聋之刑》(*Deaf Sentence*)，专门对这篇小说写了一部分，写成之后反复审读，觉得这本书主要取材于戴维·洛奇本人及其父亲耳聋的经历，主人公大学教师的身份颇为符合学院小说的划分，但宗教因素乏善可陈，跟我的文稿选题没有太大关系，于是乎，又将这部分从文稿中抽出。在此期间，误打误撞加之机缘所致，我去了埃及搞对外汉语教学，这一去就是两年多。在埃及的时候，由于当地时局动荡，再加上第一次走出国门从事对外汉语教学，所以大半时间处于适应期，适应异国他乡的生活，适应一种全新的授课方式。一直到今年2月份回国，书稿的出版才再一次也是最后一次正式提上日程。

既然说书稿，大抵得谈到当年攻读博士学位的初衷。硕士毕业七年之后才再次踏上求学之路，完全说是出于对学术的追求委实令人汗颜，但在教学过程中学识粗浅之感、学科意义之惑时不时冒出头来，每每会心虚冒汗。为了充实自己，也为了将来真正把工作当成事业，我选择再次当一名纯粹的学生。吾师仵从巨先生，之前并不曾相识，只是机缘所致看到了老师的一系列文章，其才华横溢、妙语如珠的文笔，行云流水的文风，委实让我等叹服。佩服之至也就自然而然便想投师。一番苦读，历经笔试、复试等多重关卡，终于愿望成真，成为仵老师的学生。在老师指导下，学习、练笔了一段时间，大概是一年多以后吧，就决定选择以戴维·洛奇宗教小说创作为研究范围，这既是自己的选择，也离不开老师的启发与最终决定。

遥想开题之初，吾师仵从巨先生就一语中的："恐怕你这篇文章最大难点就在于宗教内容。"是啊，我不是信仰者，难说切身体会；虽经广泛搜集资料、细读泛读多本书籍，也称不上有造诣的系统研究者。但或许是童年时代因资源匮乏偶然得到一本《圣经》当成故事品读的经历，或许是后来在外国语学院时期为教授《西方文化》课程而对基督教文化的恶补，也或许是身为外国文学从教者对异质文学的学术自觉，对研究对象的直觉感悟、自觉联系，学术粗浅的我还是做了这一尝试。老师的话不但在开题、写作时一直响在耳边，时过多年依然不断回响，促我时时自省、不断扩充资料与阅读范围、调整写作思路、努力弥补缺憾。对于这部书稿，虽惭其鄙陋，不敢求教于方家，但敝帚自珍，如若确实能对感兴趣者有所启迪，那就算是最大成功了。

这部书稿最终得以完成，首先得感谢我的导师仵从巨教授。仵从巨先生是欧美现代主义、后现代主义文学与比较文学方面的专家，其关于黑色幽默、存在主义、荒诞派文学的研究在国内有着重要影响。在这篇论文的选题与写作过程中，先生丰厚的学养、严谨的学术态度、严格的教学要求、锤炼字句的一丝不苟，都让身为学生的我铭感五内、受益终生！

感谢我的硕士导师杜林教授。从1998年成为杜老师的学生，迄今已近20载。20年里，跟老师的联系断断续续，每每联系，老师总是关照有加，惭愧之余倍感温暖。现又烦劳杜老师作序，谢谢！

感谢山东大学的高文汉教授、人民大学的李铭敬教授在开题以及论文写作过程中的指导与帮助，感谢给予我帮助与友情的同门以及我的至交好友们！

感谢帮助我查询搜集资料的师姐郭春英，让本书的写作有了较为扎实的文本基础！感谢好友许俊莹，新春佳节尚帮我校对书稿！感谢给予我帮助与友情的所有师友，你们的友情与帮助是我一生的财富！

论文当年的写作、后来的补充以及时隔五年之后的修改与校订，是一次次艰难的磨炼，多少次面临着似乎难以逾越的障碍，多少次想要中途放弃，是家人给了我继续的力量，最终完成了这部稿子。特别感谢我的丈夫，无论是当年还是现在，每一次的选择都离不开他的支持，离不开他对家庭责任的大力承担。感谢我的爸爸、妈妈、公公、婆婆以及所有的兄弟姐妹，他们替我照顾孩子、照顾家庭，给了我一个最稳固的后方！

感谢东方出版中心以及该中心所有相关工作人员，没有你们认真负责的工作，我的书稿出版不知还会推迟到何年何月。

愿将此书敬献给以上所有的人！

张艳蕊

图书在版编目(CIP)数据

戴维·洛奇天主教小说的宗教叙事 / 张艳蕊著. —
上海：东方出版中心，2016.6
ISBN 978 - 7 - 5473 - 0964 - 3

Ⅰ. ①戴… Ⅱ. ①张… Ⅲ. ①洛奇，D. -小说研究
Ⅳ. ①I561.074

中国版本图书馆 CIP 数据核字(2016)第 098637 号

戴维·洛奇天主教小说的宗教叙事

出版发行：东方出版中心
地　　址：上海市仙霞路 345 号
电　　话：(021)62417400
邮政编码：200336
经　　销：全国新华书店
印　　刷：昆山亭林印刷有限责任公司
开　　本：710×1020 毫米　1/16
字　　数：199 千字
印　　张：13
版　　次：2016 年 6 月第 1 版第 1 次印刷
ISBN 978 - 7 - 5473 - 0964 - 3
定　　价：40.00 元

东方出版中心邮购部　电话：(021)52069798